माया

प्यार, शादी, तलाक के संघर्ष की कहानी

राम प्रताप सिंह

ISBN 979-888521123-9

यह रचना भारतीय सेना व अर्ध सैनिक बल की वीर नारियों को समर्पित है जिनके पति देश की रक्षा व सुरक्षा में अपने प्राणों की आहुति दी है |

क्रम-सूची

प्रस्तावना

माया – उन युवाओं की कहानी है जो यौवन के सौन्दर्य को प्यार समझ बैठते हैं और भटकते रहते हैं वासना के अंतहीन माया जाल में |जबकि **प्रेम अंतर्मन की एक भावना है** | प्रेम एक अभिव्यक्ति है, जो एक जीवात्मा को दूसरे जीवात्मा से जोड़ती है | आसान शब्दों में कहें तो प्रेम ही वह धागा है जो इस सम्पूर्ण जगत को आपस में जोड़ कर रखता है | प्यार ईश्वर का एक वरदान है जो उन्होंने अपने पुत्र स्वरूप सभी जीवों को प्रेम स्वरूप भेंट किया है | या यूं कहें कि प्रेम ही ईश्वर का स्वरूप है , अर्थात प्रेम के रूप में ईश्वर ही सभी प्राणियों के हृदय में निवास करते हैं,ताकि सृष्टि का सृजन और पोषण अनवरत चलता रहे | केवल इतना ही नहीं बल्कि सृष्टि के विनाश का कारण भी प्रेम ही है |

प्रेम का सर्वश्रेष्ठ उदाहरण ईश्वर का जगत के प्रति प्रेम है| ईश्वर ने हम सभी जीवों को लाखों प्रकार के पेड़-पौधे, फल-फूल और खाद्य सामग्री दी है | हमारे जरूरत की प्रत्येक वस्तु दी है ताकि हम सुख पूर्वक अपना जीवन व्यतीत कर सकें | यह ईश्वर का प्रेम ही है, ईश्वर हमारी छोटी बड़ी गलतियों को माफ कर देते हैं और हमें सही मार्ग दिखाते हैं | हमें हर मुश्किल से निकालते हैं | यह ईश्वर का निस्वार्थ प्रेम ही है जिसे हम करुणा कहते हैं | इसी प्रेम के प्रभाव से सृष्टि के दो विपरीत लिंग वाले प्राणियों का शारीरिक संबंध स्थापित होता है | जिसके फलस्वरूप एक नए जीव का जन्म होता है | प्रेम के इस प्राकृतिक प्रक्रिया के द्वारा ईश्वर सृष्टि का सृजन करते हैं | एक माँ अपने बच्चे को निस्वार्थ भाव से स्तनपान कराती है जिसे हम ममता कहते हैं | एक शिष्य अपने गुरु की निस्वार्थ भाव से सेवा करता है इस प्रेम को हम श्रद्धा कहते हैं |"

"प्रेम के प्रभाव से ही सृष्टि के सभी मनुष्य एक दूसरे की सहायता करते हैं,एक दूसरे के जीवन में सहयोग करते हैं | इसके अतिरिक्त प्रेम के और भी कई सारे रूप होते हैं , जैसे पति-पत्नी का प्रेम , भाई-बहन का प्रेम, मित्र-मित्र का प्रेम या प्रेमी-प्रेमिका का प्रेम, परंतु इन सभी प्रेमों में जगह और वक्त के अनुसार प्रेम का स्तर बदलता रहता है | हालांकि प्रेम

तो वही रहता है बस उसके मायने बदल जाते हैं | परंतु निस्वार्थ प्रेम जहां रहता है वहाँ आनंद ही आनंद देता है | प्रेम के बिना जीवन का अस्तित्व ही नीरस और अधूरा है | जरा एक बार कल्पना करो , क्या प्रेम के बिना जीवन संभव है, कदापि नहीं | इसीलिए कहा जाता है कि प्रेम ही जीवन है | श्रद्धा , भक्ति, ममता, करुणा और स्नेह ये सब प्रेम के वास्तविक स्वरूप हैं | एक बात हमेशा याद रखो – वास्तविक प्रेम हमेशा निस्वार्थ होता है, स्वार्थ तो लोग उसमें जोड़ देते हैं जो निस्वार्थ प्रेम को विकृत बना देता है |"

सच्चा प्रेम क्या है ?सच्चा प्रेम ईश्वर द्वारा मनुष्य को दिया गया सबसे बहुमूल्य उपहार है | प्रेम ही वह फूल है जो मनुष्य के जीवन को खूबसूरत बनाता है | जी हाँ प्रेम ही वह खुशबू है जो मनुष्य के जीवन को खुशियों से महका देता है | वास्तव में प्रेम ही संसार की सभी खुशियों का सार है | प्रेम के कई रूप हैं | परंतु प्रेम चाहे किसी भी रूप में हो उसकी तो बस एक ही परिभाषा है **समर्पण**| यानि किसी के प्रति सच्चे मन से समर्पित होना,और प्रेम यदि सच्चा हो तो आनंद ही आनंद देता है|

भूमिका

BE BOLD WHAT YOU STAND FOR

राम प्रताप सिंह भारतीय सेना, मैकनाइज्ड इनफेन्ट्री रेजीमेंट व सीमा सुरक्षा बल में एक सैन्य अधिकारी थे | उन्हे सैन्य सेवा का 36 वर्षों का अनुभव है| अपनी सेवा काल के दौरान उन्हे भारत-पाकिस्तान व भारत -बांग्लादेश सीमा में कार्य करने का अनुभव है | इसके अलावा उन्होंने अंग्रेजी साहित्य, विधि,मानव अधिकार, बिजनेस एडमिनिस्ट्रेशन, सायबर लॉ , लेबर लॉ में मास्टर्स डिग्री व डिप्लोमा हासिल किया है | सैन्य सेवा से मुक्त होने के बाद वो एक कंपनी में प्रशासनिक व सुरक्षा अधिकारी रहे| उन्होंने वकालत का पेशा भी अपनाया | अब वह अपना पूरा समय पठन-पाठन व लेखन में देते हैं | माया हिन्दी भाषा मे लिखा गया उनका आठवाँ उपन्यास है |

इस उपन्यास में भटके युवाओं के जीवन का चित्रण है जो यौवन और सौन्दर्य को ही प्यार समझ कर वासना के अंतहीन मायाजाल में उलझ जाते हैं | जीवन में आने वाली चुनौतियों , धैर्य , लक्ष्य हासिल करने की जिद, जीवन के उतार-चढ़ाव , मानवीय संवेदनाओं , प्रेम व रोमांच का इस उपन्यास में सजीव चित्रण है जिसे लेखक ने अपनी जिंदगी में बहुत करीब से देखा और जिया है| यह भारत के हर शहर और गाँव के आम युवाओं की कहानी है जो जीवन की राहों मे भटकते हुए ,आशा , निराशा , प्रेम और संघर्ष के माया जाल में उलझते हैं | इसमें युवाओं के सपनों का ,और उनकी भावनाओं का सजीव चित्रण है | यह उपन्यास उन युवाओं को अपने लक्ष्य हासिल करने के लिए प्रेरणा देता है जो जीवन संघर्ष में निराश हो जाते हैं | लेखक से पत्र व्यवहार का पता –Email : rps1959@gmail.comMobile No 91-7000153809.

पावती (स्वीकृति)

मैं अपने मित्र तारेन्द्र सिंह चौहान का आभारी हूँ जिन्होंने इस पुस्तक को लिखने का बहुमूल्य सुझाव दिया |

1

माया का रूप

भगवान श्री कृष्णने गीता में कहा है ,

न मां दुष्कृतिनो मूढ़ाः प्रपद्यन्ते नराधमाः |
माययापहृतज्ञाना आसुरं भावमाश्रिताः ||
गीता 7/15 ||

अर्थ :माया ने जिनका ज्ञान हर लिया है ऐसे दुष्ट कर्म करने वाले मूढ़, नरों में अधम, और आसुरी स्वभाव वाले मेरे शरण में नहीं आते |

व्याख्या: माया का काम है फंसाना | माया का अर्थ केवल धन से नहीं होता बल्कि जिस चीज में हमारा मन भटकता है, वही हमारे लिए माया है | जैसे किसी का मन धन में भटकता है, किसी का भोग में , किसी का रूप में , किसी का शब्द में, किसी का स्वाद में , किसी का दुष्ट कर्मों में , किसी का अपने में और किसी का अपने वालों में | अनेक स्थानों या किसी एक स्थान पर भी यदि मन अटक जाता है वही उसके लिए माया है | मन के माया में आते ही हमारी ऊर्जा बाहर की तरफ बहने लगती है, जिससे आत्मा का ज्ञान नष्ट हो जाता है और व्यक्ति संसार में बंधने वाले दुष्ट कर्म करने लगता है जिससे मूढ़ता को प्राप्त हो जाता है |

इस तरह के लोग आध्यात्मिक दृष्टि से सबसे निचले स्तर के होते हैं, ऐसे लोग आसुरी स्वभाव वाले कहलाते हैं | ये परमात्मा को पाने की चाह नहीं रखते, इसलिए प्रभु की शरण में नही आते |

संत कबीरने कहा है ,

माया मुई न मन मुवा, मरि मरि गया शरीर |
आशा , तृष्णा ना मुई, यों कहि गया 'कबीर' ||

माया बहुत शक्तिशाली है जो जीव को अपने वश में कर लेती है | मनुष्य का जीवन समाप्त हो जाता है लेकिन माया सदा बनी रहेगी | जीव अपने साथी जीव को दुनिया छोड़ कर जाते हुए देखता है फिर भी माया को नहीं छोड़ता है | लोग आते हैं, उनका जीवन पूरा हो जाता है लेकिन धन,माया और तृष्णा सभी यहीं रह जाते हैं क्योंकि वो युगों युगों से मानव को अपने जाल में फांस कर रखते हैं |

माया का अर्थ :मोह वश मन, वचन, काया की कुटिलता द्वारा प्रवंचना अर्थात कपट , धूर्तता , धोखा व ठगी रूप मन के परिणामों को माया कहते है | माया व्यक्ति का वह प्रस्तुतीकरण है जिसमें व्यक्ति तथ्यों को छद्म प्रकार से रखता है | कुटिलता, प्रवंचना, चालाकी, चापलूसी, वक्रता, छल कपट आदि माया के ही रूप हैं | साधारण बोलचाल में हम इसे बे-ईमानी कहते हैं | अपने विचार, अपनी वाणी, अपने वर्ताव के प्रति ईमानदार न रहना माया है |

माया का अर्थ -प्रचलित धन संपत्ति नहीं है | संपत्ति को यह उपमा धन में पाए जाने वाले छद्म व झूठे सुख के कारण मिली है | मायावश व्यक्ति सत्य का भी प्रस्तुतीकरण इस प्रकार करता है जिससे उसका स्वार्थ सिद्ध हो | माया ऐसा कपट है जो सर्वप्रथम ईमान अथवा निष्ठा को काट देता है | मायावी व्यक्ति कितना भी

सत्य समर्थक रहे या सत्य प्रस्तुत करे अंततः अविश्वसनीय ही रहता है | तथ्यों को तोड़ना मरोड़ना, झांसा देकर विश्वसनीय निरूपित करना , कपट है | वह भी माया है जिसमें लाभ दर्शा कर दूसरों के लिए हानि का मार्ग प्रशस्त किया जाता है | दूसरों को भरोसे में रखकर जिम्मेदारी से मुख मोड़ना भी माया है | हमारे व्यक्तित्व की नैतिक निष्ठा को समाप्त करने वाला दुर्गुण माया ही है |

कुटिलता प्रेम और विश्वास की घातक है | कपट,बे-ईमानी ,अर्थात माया, शील और चरित्र (व्यक्तित्व) का नाश कर देती है | माया करके हमें प्रतीत होता है की हमने बौद्धिक चातुर्य का प्रदर्शन कर लिया | सौ में से नब्बे बार व्यक्ति मात्र समझदार दिखने के लिए बेमतलब

मायाचार करता है | किन्तु इस चातुर्य के खेल में हमारा व्यक्तित्व संदिग्ध बन जाता है | माया एक तरह से बुद्धि को लगा कुटिलता का नशा है | माया को शांत करने का एकमात्र उपाय है – 'सरलता' |

माया दो अक्षरों से बनी है | 'मा' अर्थात नहीं 'या' अर्थात जो | जिसका अस्तित्व ही नहीं है – वही माया है | दूसरा अर्थ है मा अर्थात समावेश या गणना करना , जिसमें सम्पूर्ण विश्व का समावेश हुआ है वही माया है | माया सत् और असत् से अलग है , अनादि है | ईश्वर अथवा ब्रह्म को छोड़ कर माया की सत्ता नहीं होती | केवल माया से जगत की उत्पत्ती नही हो सकती , उसके पीछे अधिष्ठान (आधार) भी चाहिए | वह अधिष्ठान है -ईश्वर |

जीवात्मा स्वरूपत: ब्रह्म है, किन्तु माया के प्रभाव से वह स्वयं को ब्रह्म से अलग मानता है | ज्ञानी माया की चपेट में नहीं आता | उसे अपने स्वरूप का ज्ञान होता है |

एक बार नारद ने श्रीकृष्ण से पूछा – "प्रभु, माया क्या है ? श्रीकृष्ण ने कहा, "इसका उत्तर तुम्हें कुछ समय बाद मिलेगा | दोनों वेश बदलकर पृथ्वी लोक गए | चलते चलते भगवान ने कहा, "प्यास लगी है , थोड़ा जल लाओ |" नारद थोड़ी दूर गए तो एक घर दिखा | उन्होंने पानी मांगा | तभी उनकी दृष्टि गृहस्वामी की पुत्री पर गई | वे मोहित हो गए | उन्होंने गृहस्वामी से कहा कि वे उनकी पुत्री से विवाह करना चाहते हैं | गृहस्वामी ने भी स्वीकार कर लिया | विवाह हुआ और वे सुखपूर्वक रहने लगे | संताने हुई | फिर एक दिन बाढ़ आई | नारद जी का पूरा परिवार बह गया | वे विलाप करने लगे | इतने में श्रीकृष्ण आए और हँसते हुए बोले, "नारद, तुम तो पानी लाने गए थे |" तब नारद को पता लगा कि उन्होंने भगवान से माया के बारे में पूछा था |

भगवान श्रीरामकृष्ण देव ने कहा है , "काम और कंचन ही माया है |" माया भगवान को जानने का अवसर नहीं देती | उसके दो रूप हैं | विद्या-माया और अविद्या-माया | अविद्या माया संसार चक्र में फँसाती है | विद्या माया से युक्त व्यक्ति भक्ति, विवेक, वैराग्य, दया आदि गुणों का आश्रय पाकर ईश्वर-साक्षात्कार का अधिकारी बनता है |

विवेकानंद कहते हैं – संसार में मृत्यु गर्व से घूम रही है , पर हम सोचते हैं कि हम सदा जीवित रहेंगे | युधिष्ठिर ने सबसे बड़े आश्चर्य के बारे में कहा – रोज लोग मर रहे हैं, पर जो जीवित हैं, वे सोचते हैं की वे कभी मरेंगे नहीं | यही माया है |

महापुरुषों के कथनों में माया का यथार्थ

" माया दुर्गति-कारणम्" –माया दुर्गति का कारण है -विवेक विलास

"मायावशेन मनुजों जन-निंदनीय:"-कपटवश मनुष्य जन जन में निंदनीय बनता है - सुभाषित रत्न संदोह

"यदि तुम मुक्ति चाहते हो तो विषयों को विष के समान समझ कर त्याग दो और क्षमा, ऋजुता (सरलता), दया और पवित्रता इनको अमृत की तरह पी जाओ|" -चाणक्य नीति –अध्याय 9)

"आदर्श, अनुशासन, मर्यादा, परिश्रम, ईमानदारी तथा उच्च मानवीय मूल्यों के बिना किसी का जीवन महान नहीं बन सकता है |"-स्वामी विवेकानंद

"ईमानदारी, खरा आदमी, भलेमानस – यह तीन उपाधि यदि आपको अपने अंतस्तल से मिलती है तो समझ लीजिए कि आपने जीवन फल प्राप्त कर लिया, स्वर्ग का राज्य अपनी मुट्ठी में ले लिया |" -अज्ञात

"मनुष्य की प्रतिष्ठा ईमानदारी पर ही निर्भर है |"- अज्ञात

विवाह माया का ही एक रूप है :

हमारे देश में एक कहावत है– "शादी का लड्डू जिसने खाया वो पछताया और जिसने नहीं खाया वो भी पछताया तो फिर खाकर ही क्यों ना पछताएं ?" शादी का मायाजाल अंतहीन है, जो भी इस जाल में फंसा उसे फंसे रहने में ही खुशी मिलती है , वह कई बार छटपटाता भी है निकल भागने को, उस बंधन से मुक्त भी हो जाता है फिर भी उसी जाल में फँसने की तिकड़म भिड़ाता है – यही है विवाह का मायाजाल, प्यार का माया जाल, और विवाह व प्यार से उत्पन्न संघर्ष का का माया जाल |

विवाह प्रथा की शुरुआत कैसे हुई ?

धरती पर सबसे पहले शादी किसने की ? यह सवाल अमूमन हमारे जेहन में उठता है | लेकिन हिन्दू पुराणों के अनुसार इसका सबसे सटीक

उत्तर यह है कि सबसे पहले धरती पर विवाह मनु और शतरूपा ने किया था |

पुराणों के अनुसार संभवतः मनु-शतरूपा ही पहले दंपति रहे होंगे जिनकी संतान आज दुनिया भर में है | लेकिन मनु और शतरूपा धरती पर कहाँ से आए ? दरअसल, इन दोनों की ही उत्पत्ति ब्रह्मा द्वारा हुई थी |

ब्रह्मपुराण के अनुसार शतरूपा का जन्म ब्रह्मा के वामांग से हुआ था और वह मनु की पत्नी थी | सुखसागर ग्रंथ के अनुसार सृष्टि की वृद्धि के लिए ब्रह्मा जी ने अपने शरीर को दो भागों में बाँट लिया जिनके नाम 'का' और 'या' हुए | उन्ही दो भागों में से एक से पुरुष तथा दूसरे से स्त्री की उत्पत्ति हुई|

पुरुष का नाम स्वयंभुव मनु और स्त्री का नाम शतरूपा था | इन्ही प्रथम पुरुष और प्रथम स्त्री की संतानों से संसार के समस्त जनों की उत्पत्ति हुई | मनु की संतान होने के कारण वे मानव कहलाए | हरिहरपुराण के अनुसार शतरूपा ने घोर तपस्या करके स्वयंभुव मनु को पति रूप में प्राप्त किया था और इनसे 'वीर' नामक एक पुत्र हुआ | मार्कन्डेय पुराण में शतरूपा के दो पुत्रों प्रियव्रत एवं उत्तानपाद के अतिरिक्त आकूति , देवहूति और प्रसूति नाम की तीन कन्याओं का भी उल्लेख है |

पृथ्वी पर विवाह की प्रथा शुरू नहीं हुई थी | समाज के नीति और नियम नहीं बनाए गए थे | तब पुरुष और स्त्री इच्छा अनुसार विचरण करते थे | स्त्री को सिर्फ भोग की वस्तु माना जाता था| उस समय उद्दालक नाम के एक ऋषि हुए | उनके पुत्र का नाम था – श्वेतकेतु | श्वेतकेतु को समाज सुधारक माना जाता है | उन्होंने समाज की भलाई के लिए जो नियम बनाए उनका आज भी पालन होता है | समाज में सुधार के लिए उस समय उनका बहुत विरोध किया गया | पुराणों मे ऐसा उल्लेख है कि अपने उग्र स्वभाव के कारण पिता ने उन्हे घर से निकाल दिया था |

एक दिन उनके पिता के आश्रम में कुछ लोग आए थे जो आश्रम की स्त्रियों को उठाकर ले गए | तब श्वेतकेतु एक बालक थे | उन्होंने अपने

पिता से पूछा की वो लोग स्त्रियों को उठाकर क्यों ले गए ? तब उनके पिता ने बताया कि ऐसा ही होता आया है | स्त्री को भोग की चीज ही समझा जाता है | जो उसका जबरदस्ती हरण कर जाता है वही उसका स्वामी हो जाता है |

अपने पिता की बात सुनकर श्वेतकेतु को दुःख हुआ और श्वेतकेतु ने उस दिन यह नियम बना दिया कि अबसे पुरुष को स्त्री से विवाह करना पड़ेगा | जो स्त्री पतिव्रत धर्म का पालन नहीं करेगी और जो पुरुष परस्त्रीगमन करेगा वह भ्रूण हत्या का दोषी माना जाएगा | शास्त्र में जो भ्रूण हत्या का दंड है उसे वह भोगना पड़ेगा |

विवाह का उद्‌देश्य क्या था?

विवाह की प्रथा का सीधा मतलब है यौन संबंध स्थापित करने और तत्पश्चात संतान के पालन पोषण की जिम्मेदारी निर्धारित करना है | प्रागैतिहासिक काल में कोई भी नर मनुष्य यानि की पुरुष , मादा मनुष्य अर्थात स्त्री से यौन क्रिया कर लेता था और उत्पन्न संतान के प्रति उसकी कोई जिम्मेवारी नहीं रहती थी | नर और मादा भाई-बहन भी हो सकते थे और माँ- बेटे भी |

समय के साथ मनुष्यों ने यह महसूस किया होगा कि संतान के पालन पोषण हेतु जिम्मेदारी निर्धारित करना आवश्यक है और यही प्रथा घूम फिर कर विवाह की प्रथा में परिवर्तित हो गई होगी | विवाह का सीधा मतलब है कि यौन क्रिया हेतु साथी का निर्धारण और उससे उत्पन्न संतान के पालन पोषण की जिम्मेवारी साझा करना |

मध्य युग में कई शासक अपने हरम में हजारों की संख्या में स्त्रियाँ रखते थे जिन्हे उप-पत्नी या बोलचाल की भाषा में रखैल भी कहते थे किन्तु वे मात्र संभोग के लिए रखी जाती थी | वो संतानोत्पत्ति के लिए विवाहित रानियों के अतिरिक्त होती थीं | गर्भ निरोध के अचूक उपाय न होने के कारण उप-पत्नियों से भी संतानोत्पत्ति हो जाती थी किन्तु ऐसी संतानों को वैध संतान का दर्जा नहीं मिलता था |

भारतीय शास्त्रों के अनुसार विवाह की पद्‌धति

हजारों साल पहले विवाह की परंपरा वैदिक काल से शुरू हुई और समाज के सभी वर्गों में इसे अपनाया जाने लगा | यह परंपरा पूरे विश्व

को भारत की ही देन है | धार्मिक ग्रंथों में देवी-देवता पति पत्नी के रूप में ही मिलते हैं | शास्त्रों के अनुसार विवाह आठ प्रकार के होते हैं | विवाह के ये प्रकार हैं – ब्रह्म, दैव ,आर्श , प्राजापत्य, असुर, गंधर्व ,राक्षस और पिशाच | उक्त आठ विवाह में से ब्रह्म विवाह को ही मान्यता दी गई है | बाकी विवाह को धर्म के सम्मत नहीं माना गया है |

हिन्दू विवाह भोग लिप्सा का साधन नहीं, बल्कि एक धार्मिक-संस्कार है | संस्कार से अंतःशुद्धि होती है और शुद्ध अंतःकरण में ही दाम्पत्य जीवन सुखमय व्यतीत हो पाता है | वैदिक काल से ही विवाह की परंपरा ने जन्म लिया था और किन से विवाह करना चाहिए उसके बारे में भी सारी जानकारी वेदों ,उपनिषदों में लिखी गई है जो विवाह के सबसे पुराने लिखित ग्रंथ हैं |

ब्रह्म विवाह– दोनों पक्षों की सहमति से समान वर्ग के सुयोग्य वर से कन्या की इच्छानुसार विवाह निश्चित कर देना 'ब्रह्म विवाह' कहलाता है | इस विवाह में वैदिक रीति और नियम का पालन किया जाता है | यही उत्तम विवाह है | हिन्दू धर्मानुसार विवाह एक ऐसा कर्म या संस्कार है जिसे बहुत ही समझदारी से किए जाने की आवश्यकता होती है | दूर-दूर तक रिश्तों की छानबीन किए जाने की जरूरत पड़ती है | जब दोनों ही पक्ष सभी तरह से संतुष्ट हो जाते हैं तभी इस विवाह को किए जाने के लिए मुहूर्त निकाला जाता है | इसके बाद वैदिक पंडितों के माध्यम से विशेष व्यवस्था, देवी पूजा, वर वरण, तिलक, हरिद्रालेप, द्वार पूजा, मंगलाष्टकम, हस्तपीतकरण , मर्यादाकरन, पाणिग्रहण , ग्रंथिबंधन, प्रतिज्ञाएं , प्रायश्चित , शिलारोहण , सप्तपदी, शपथ आश्वासन आदि रीतियों को पूर्ण किया जाता है | वर द्वारा मर्यादा स्वीकारोक्ति के बाद कन्या अपना हाथ वर के हाथ में सौंपे और वर अपना हाथ कन्या के हाथ में सौंपे | इस प्रकार दोनों एक दूसरे का पाणिग्रहण करते हैं | यह क्रिया हाथ मिलाने जैसे होती है | मानों एक दूसरे को पकड़कर सहारा दे रहे हों | कन्यादान की तरह यह वर-दान की क्रिया तो नहीं होती, फिर भी उस अवसर पर वर की भावना भी ठीक वैसी होनी चाहिए , जैसी कि कन्या को अपना हाथ सौंपते समय होती है | वर भी यह अनुभव करे कि उसने अपने व्यक्तित्व का अपनी इच्छा,आकांक्षा एवं गतिविधियों के संचालन

का केंद्र वधू को बना दिया और अपना हाथ भी सौंप दिया | दोनों एक दूसरे को आगे बढ़ाने के लिए एक दूसरे का हाथ जब भावनापूर्वक समाज के सम्मुख पकड़ लें, तो समझना चाहिए कि विवाह का प्रयोजन पूरा हो गया |

मनुष्य के ऊपर देवऋण, ऋषिऋण एवं पितृऋण – ये तीन ऋण होते हैं | यज्ञ-यागादि से देवऋण, स्वाध्याय से ऋषिऋण तथा उचित रीति से ब्रह्म विवाह करके पित्रों के श्राद्ध-तर्पण के योग्य धार्मिक एवं सदाचारी पुत्र उत्पन्न करके पितृऋण का परिशोधन होता है | इस प्रकार पित्रों की सेवा तथा सदधर्म का पालन करने की परंपरा सुरक्षित रखने के लिए संतान उत्पन्न करना विवाह का परम उद्देश्य है | यही कारण है कि हिन्दू धर्म में ब्रह्म विवाह को एक पवित्र-संस्कार के रूप में मान्यता दी गई है |

देव विवाह – किसी सेवा धार्मिक कार्य या उद्देश्य हेतु या मूल्य के रूप में अपनी कन्या को किसी विशेष वर को दे देना 'दैव विवाह' कहलाता है | लेकिन इसमें कन्या की इच्छा की अनदेखी नहीं की जा सकती | यह मध्यम विवाह है |

आर्श विवाह–कन्या-पक्ष वालों को कन्या का मूल्य देकर (सामान्यत: गोदान करके) कन्या से विवाह कर लेना 'आर्श विवाह' कहलाता है | यह मध्यम विवाह है |

प्रजापत्य विवाह- कन्या की सहमति के बिना माता-पिता द्वारा उसका विवाह अभिजात्य वर्ग (धनवान और प्रतिष्ठित) के वर से कर देना 'प्राजापत्य विवाह' कहलाता है |

गंधर्व विवाह– इस विवाह का वर्तमान स्वरूप है प्रेम विवाह | परिवार वालों की सहमति के बिना वर और कन्या का बिना किसी रीति-रिवाज के आपस में विवाह कर लेना 'गंधर्व विवाह' कहलाता है | वर्तमान में यह मात्र यौन आकर्षण और धन तृप्ति हेतु किया जाता है, लेकिन इसका नाम प्रेम विवाह दे दिया जाता है | इसका नया स्वरूप लीव इन रिलेशनशीप भी माना जाता है |

असुर विवाह-कन्या को खरीद कर विवाह कर लेना 'असुर विवाह ' कहलाता है |

राक्षस विवाह– कन्या की सहमति के बिना उसका अपहरण करके जबरदस्ती विवाह कर लेना 'राक्षस विवाह' कहलाता है |

पैशाच विवाह-कन्या की मदहोशी (गहन निद्रा, मानसिक दुर्बलता आदि) का लाभ उठा कर उससे शारीरिक संबंध बना लेना और उससे विवाह करना 'पैशाच विवाह' कहलाता है |

जिस समय भारत के लोग वेद पढ़ रहे थे, गुरुकुल चल रहे थे उस समय यूरोप व अरब देश के लोग खानाबदोशों का जीवन जी रहे थे | वहाँ विवाह नाम की कोई परंपरा नहीं थी जिसका जोर चलता था वह महिलाओं का अपहरण करके बच्चे पैदा कर लेता था | यहाँ तक की महिलाओं को पकड़ कर संभोग किया जाता था और ज्यादातर महिलाओं को पता ही नहीं होता था की उनके बच्चों का पिता कौन है |

पुरुष व महिलायें कबीले में रहते थे और उनके बच्चे भी कबीलों में ही पलते थे | एक कबीला दूसरे कबीले पर आक्रमण करता था और लूटपाट करता तथा महिलाओं को आपस में बाँट लिया जाता था | हारे हुए कबीले के पुरुषों को या तो मार दिया जाता था या उन्हे गुलाम बना लिया जाता था | उस समय भारत के लोग विवाह करते थे और सामाजिक दायित्वों का पालन करते थे |

यूरोप में शादी की शुरुआत

साल 1260 में संकलित की गई 'ऑरिया ऑफ जैकोबास डी वॉराजिन' नाम की पुस्तक के मुताबिक रोम के एक पादरी थे-संत वैलेंटाइन | वे दुनिया में प्यार को बढ़ावा देने में मान्यता रखते थे | उनके लिए प्रेम में ही जीवन था | लेकिन इसी शहर के राजा क्लॉडियस को उनकी ये बात पसंद नहीं थी | राजा को लगता था कि प्रेम और विवाह से पुरुषों की बुद्धि और शक्ति दोनों ही खत्म होती है | इसी वजह से उसके राज्य में सैनिक और अधिकारी शादी नहीं कर सकते थे |

हालांकि, संत वैलेंटाइन ने राजा क्लाडियस के इस आदेश का विरोध किया और रोम के लोगों को प्यार और विवाह के लिए प्रेरित किया | इतना ही नहीं, उन्होंने कई अधिकारियों और सैनिकों की शादियाँ भी कराई | राजा को जब संत वैलेंटाइन के बारे में जानकारी मिली तो उन्होंने संत को राज दरबार में बुलाया | राजा ने संत को क्रिश्चियन धर्म छोड़

कर रोमन धर्म अपनाने को कहा | संत वैलेंटाइन ने इस बात से इनकार कर दिया और राजा को अपना धर्म बदलने की सलाह दे डाली | इस बात से राजा भड़का और उसने संत वैलेंटाइन को 14 फरवरी 269 में फांसी चढ़वा दिया | उस दिन से हर साल इसी दिन को 'प्यार के दिन' के तौर पर मनाया जाता है | कहा जाता है की संत वैलेंटाइन ने अपनी मौत के समय जेलर की नेत्रहीन बेटी जैकोबास को अपनी आँखें दान की | संत ने जेकोबास को एक पत्र लिखा, जिसके आखिर में उन्होंने लिखा था 'तुम्हारा वैलेंटाइन '| 5 वीं सदी के अंत में पोप गेलाइसियस ने 14 फरवरी को संत वैलेंटाइन डे घोषित किया | तब से लेकर आज तक 14 फरवरी को प्रेम का दिन वैलेंटाइन डे मनाया जाने लगा |

उपर्युक्त घटना से यह अंदाजा लगाया जा सकता है यूरोप में शादी नामक संस्था तीसरी शताब्दी के बाद ही अस्तित्व में आई |

इस तथ्य को और गहराई से जानने के लिए यूरोप में प्रचलित कॉनवेंट व्यवस्था के बारे में भी जान लेना यहाँ जरूरी होगा |

कॉनवेंट स्कूल यूरोप में क्यों अस्तित्व में आए ?

यूरोप में 500 साल पूर्व शादी करना मना था, बच्चे पैदा नहीं कर सकते थे | जो बच्चे पैदा होते थे उनको लावारिस छोड़ दिया जाता था | वहाँ की सरकारों ने उन बच्चों को रखने के लिए कॉनवेंट नाम की संस्था खड़ी की | कान्वेन्ट का अर्थ है -लावारिस बच्चों का स्कूल |

करीब 2500 साल पहले यूरोप में बच्चे पालने की परंपरा नहीं थी | बच्चा पैदा होते ही उसे टोकरी में रखकर लावारिस छोड़ दिया जाता था | अगर किसी चर्च के व्यक्ति की नजर पड़ती तो वो बच जाता था नहीं तो उसे कुत्ते या भेड़िये य अन्य जंगली जानवर खा जाते थे |

कॉनवेंट का सच यही है | जिस यूरोप को हम आधुनिक व खुले विचारों वाला मानते हैं, आज से 500 वर्ष पहले वहाँ सामान्य व्यक्ति शादी भी नहीं कर सकता था क्योंकि उनके बहुत बड़े दार्शनिक अरस्तू का मानना था कि आम जनता शादी करेगी तो उनका परिवार होगा, समाज होगा तो समाज शक्तिशाली बनेगा, शक्तिशाली हो गया तो राजपरिवार के लिए खतरा बन जाएगा | इसलिए आम जनता को शादी न करने दिया जाए | बिना शादी के जो बच्चे पैदा होते थे, उन्हे पता न चले कि उनके माँ

–बाप कौन हैं , इसलिए उन्हे एक सांप्रदायिक संस्था में रखा जाता था, जिसे वे कानवेंट कहते थे | उस संस्था के प्रमुख को ही मां -बाप समझे इसलिए उन्हे फादर , मदर , सिस्टर कहा जाने लगा |

यूरोप के दार्शनिक रूसो के अनुसार बच्चे पति-पत्नी के शारीरिक आनंद में बाधक हैं | इसलिए इनको रखना अच्छा नहीं है क्योंकि शारीरिक आनंद ही सब कुछ होता है | दार्शनिक प्लेटों के अनुसार हर मनुष्य के जीवन का आखिरी उद्द्येश्य शारीरिक आनंद की प्राप्ति है और बच्चे अगर उसमें रुकावट हैं तो उन्हे छोड़ देना चाहिए |

ऐसे ही दूसरे दार्शनिक जैसे दिकारते , लेबेनीतज, अरस्तू सब ने अपने बच्चों को लावारिस छोड़ा था |

अमेरिका और यूरोप में सामान्य बच्चों के लिए सार्वजनिक विद्यालयों की शुरुआत सबसे पहले इंग्लैंड में सन 1868 में हुई थी , उसके बाद बाकी यूरोप और अमेरिका में | अर्थात जब भारत के प्रत्येक गाँव में एक गुरुकुल था, 97 % साक्षरता थी तब इंग्लैंड के बच्चों को उनके देश के सार्वजनिक स्कूलों में पढ़ने का अवसर मिला | तो क्या पहले वहाँ विद्यालय नहीं होते थे ? होते थे परंतु महलों के भीतर, वहाँ ऐसी मान्यता थी की शिक्षा केवल राजकीय व्यक्तियों को ही देनी चाहिए और अन्य लोगों को तो राजकीय व्यक्तियों की सेवा करनी चाहिए |

भारत में कान्वेन्ट स्कूलों की स्थापना

भारत से लॉर्ड मैकाले ने अपने पिता को एक चिट्ठी लिखी थी : " मैंने जो कान्वेन्ट स्कूलों की स्थापना की है, इन कान्वेन्ट स्कूलों से ऐसे बच्चे निकलेंगे जो देखने में तो भारतीय होंगे लेकिन दिमाग से अंग्रेज होंगे और इन्हे अपने देश के बारे में, संस्कृति के बारे में, परंपराओं के बारे में कुछ पता नहीं होगा, जब भारत में ऐसे बच्चे होंगे तो अंग्रेज भले ही चले जाएँ पर इस देश से अंग्रेजीयत नहीं जाएगी |"

उसने कहा था की " मैं यहाँ (भारत) की शिक्षा पद्धति मे ऐसे कुछ संस्कार डाल जाता हूँ कि आने वाले वर्षों में भारतवासी अपने ही संस्कृति से घृणा करेंगे.. मंदिर में जाना पसंद नहीं करेंगे.. माता-पिता को प्रणाम करने में तौहीन महसूस करेंगे, साधू-संतों से नफरत करेंगे.......वे शरीर से तो भारतीय होंगे लेकिन दिलोदिमाग से हमारे गुलाम होंगे........|

उस समय लिखी चिट्ठी की सच्चाई इस देश में अब साफ-साफ दिखाई दे रही है , आज कान्वेन्ट स्कूल की शिक्षा पद्धति के कारण JNU जैसी यूनिवर्सिटी में छात्र हिन्दू देवी-देवताओं को ही गालियां दे रहे हैं , मांस खा रहे हैं, दुष्कर्म कर रहे हैं | बॉलीवुड, मीडिया, टी वी सीरियलों में लोग हिन्दू तो दिखते हैं लेकिन दिलों दिमाग से अंग्रेज होते जा रहे हैं | इसलिए हिन्दू देवी-देवताओं , साधू-संतों व हिन्दू त्योहारों के खिलाफ हो गए हैं |

भारत ने वेद-पुराण, उपनिषदों से पूरे विश्व को सही जीवन जीने का तरीका सिखाया है | इससे भारतीय बच्चे ही क्यों वंचित रहें ?

जब मदरसों में कुरान पढ़ाई जाती है, मिशनरी के स्कूलों में बाइबल तो हमारे स्कूल-कॉलेजों में रामायण , महाभारत व गीता क्यों नहीं पढ़ाई जाए ? भारतीय संस्कारों में माता-पिता, भाई, बहन और अन्य रिश्तों को बड़ा महत्व दिया जाता है | संस्कार ही हमारी असली धरोहर है | कॉनवेंट स्कूल में भारतीय संस्कारों को बच्चों से दूर किया जा रहा है | इन स्कूलों में हमारी संस्कृति को नीचा दिखाया जाता है | हमारे देश के वातावरण को विकास के खिलाफ दिखाया जाता है | संस्कार ही एक व्यक्ति की पहचान होती है | संस्कार विहीनता व्यक्ति को पशुवत व्यवहार करने को मजबूर करती है |

कान्वेन्ट शिक्षा का ही परिणाम है कि हम अपने दैनंदिन जीवन में अनेक ऐसे अंग्रेजी शब्दों का धड़ल्ले से इस्तेमाल करते हैं, जिनका अर्थ ही हमें नहीं मालूम | अक्सर लोग कहते हैं – “शी इज माई मिसेज “ | मिसेज शब्द का इतिहास अगर आप पढ़ेंगे तो ज्ञात होगा कि इंग्लैंड में या पूरे यूरोप में बिना शादी किए साथ रहने की हजारों साल पुरानी परंपरा है, जिसे लीव इन रिलेशनशीप कहते हैं | रहते साथ साथ हैं, पति पत्नी की तरह, किन्तु शादी नहीं करते | विचित्र परंपरा है | आज एक के साथ रह रहे हैं, कल दूसरे के साथ, परसों तीसरे के साथ | एक एक आदमी चालीस चालीस स्त्रियों के साथ रहता है एक एक स्त्री चालीस चालीस पुरुषों के साथ |

तो होता क्या है, इन चालीस में से अगर किसी एक के साथ शादी हो गई, तो वो वाईफ हो जाती है और उसको छोड़कर शेष सब “मिसेज” हो

जाती हैं | अर्थात मिसेज का अर्थ है, पत्नी के अतिरिक्त वे सब महिलायें, जिनके साथ आपके संबंध रहे हैं | समझिए इस बात को | धर्मपत्नी मिसेज नहीं होती | इसी प्रकार मिस्टर इसका उल्टा है | जिससे शादी हुई, वह पति और उसके अतिरिक्त जिससे संबंध रहे वह मिस्टर|

अब हम अपनी धर्मपत्नी को मिसेज बनाने में लगे रहते हैं | अपने देश में तो इसके लिए बहुत सुंदर शब्द है, न होता तो बोलते रहते कुछ भी | अपने यहाँ तो देखिए कितना सुंदर शब्द है – श्रीमती | श्री का अर्थ है – लक्ष्मी और मती का अर्थ है – बुद्धि | अर्थात लक्ष्मी और सरस्वती दोनों जहां एक साथ हों , वह श्रीमती | इतने सुंदर शब्द को छोड़कर विदेशी शब्द के चक्कर में क्यों पड़ना ? तो माताओं बहनों से निवेदन है कि पतियों को मिस्टर ना कहें और भाइयों से निवेदन है कि मिसेज ना कहें |

ऐसे ही एक दूसरा शब्द है – मेडम | यह शब्द मूलत: अंग्रेजी का नहीं है, फ्रेंच का है | मूल फ्रेंच में इसे कहा जाता है- मादाम | मा का अर्थ है मेरा या मेरी , और दाम का अर्थ है स्त्री | तो मादाम का अर्थ हुआ “मेरी स्त्री”| हम हर किसी को कहने लगते हैं – मेडम, मेडम, मेडम | बिना पूछे किसी को मेडम कहना बहुत खतरनाक है | अंग्रेजी शब्दों का उपयोग करने के पहले उनका अर्थ जानें, समझें, फिर उपयोग करें | यह सब पाश्चात्य सभ्यता की अंधी नकल व कान्वेन्ट स्कूल की शिक्षा का परिणाम है |

<u>भारत में शादी की अनोखी प्रथाएं</u>

भारत देश परंपराओं और अलग अलग संस्कृति के लिए पूरी दुनिया में जाना जाता है | जितने राज्य उतने तरीके के भोजन और उतने तरीके के रिवाज | यहाँ तक की छोटे-छोटे समुदाय के भी अपने अलग रीति-रिवाज होते हैं | इसी तरह दुनिया के अन्य देशों में भी विचित्र प्रथाएं प्रचलित हैं जिनका उल्लेख आगे किया गया है |

हिमाचल प्रदेशके किन्नौर जिले में महाभारत की द्रौपदी मिलती है | यहाँ एक ही लड़की एक घर के सगे भाईयों के साथ शादी करती है | इस प्रथा को यहाँ घोटूल प्रथा कहा जाता है | इस प्रथा के लिए पांडवों और द्रोपदी को उदाहरण माना जाता है | मान्यता है कि महाभारत काल के दौरान पांडवों ने द्रौपदी और माँ कुंती के साथ अज्ञातवास के कुछ पल

किन्नौर जिले की गुफाओं में बिताए थे जिसके बाद से महाभारत की पांडवों और द्रौपदी वाली प्रथा यहाँ भी चलती है |

राजस्थान के उदयपुर,सिरोही,पाली व गुजरात में रहने वाले गरासिया जनजाति में शादी की एक अनोखी प्रथा है | यहाँ शादी के पहले बच्चे पैदा करना शुभ माना जाता है | ये अजीब तो जरूर है लेकिन ये परंपरा पिछले 1000 वर्षों से चली आ रही है | यहाँ शादी से पहले लड़के लड़कियां एक साथ रहते हैं | अगर बच्चा हो जाता है तो शादी करा दी जाती है और अगर बच्चा नहीं होता तो रिश्ते को मान्यता नहीं दी जाती है |

मेघालयमें खासी जनजाति एक अनोखी प्रथा को निभाती है | यहाँ महिलायें अपनी मर्जी से शादियाँ करती हैं | उनके एक साथ एक से ज्यादा पति हो सकते हैं | वह जितनी चाहे उतनी शादी कर सकती हैं | इस जनजाति में महिलाओं को प्रमुखता दी जाती है | महिलायें चाहें तो पति के साथ रह सकती हैं, वरना किसी और से शादी कर सकती हैं |

छत्तीसगढ़ में धुरवा आदिवासी समाज में भाई-बहन आपस में शादी कर लेते हैं | हालांकि सगे भाई बहनों में शादियाँ नहीं होती हैं | बुआ-मामा के बच्चे आपस में शादी करते हैं | इस प्रथा का पालन सख्ती से किया जाता है | शादी के लिए इनकार करने पर भारी जुर्माना भरना पड़ता है |

मध्यप्रदेश और छत्तीसगढ़ के बैगा आदिवासी समाज में शादी की अजीबोगरीब प्रथा है | अधिकतर आदिवासी समाजों में महिलाओं का सम्मानजनक स्थान होता है | ज्यादातर आदिवासी समुदायों का मानना है कि महिलाओं में नेतृत्व क्षमता पुरुषों से कहीं बेहतर होती है | आदिवासी समाज में उंच-नीच, जात-पात, अमीर-गरीब, महिला-पुरुष जैसे फरक नहीं होते | यहाँ कन्या भ्रूण हत्या, बाल विवाह, दहेज जैसी कुप्रथाएं नहीं होती | इसी परंपरा का पालन मध्यप्रदेश और छत्तीसगढ़ का बैगा आदिवासी समुदाय करता है |

बैगा समाज में लड़के और लड़कियों के बीच कोई फर्क नहीं किया जाता | यहाँ दोनों को एक समान प्रेम विवाह की आजादी है | यहाँ लड़कियां अपने जीवनसाथी का चुनाव खुद ही करती हैं | शादी से पहले संबंध बनाने पर भी यहाँ कोई रोक-टोक नहीं है, लेकिन जब इस बारे

में समाज को पता चलता है तो वे खुद उनकी शादी करवा देते हैं | बैगा समाज में यूं तो शादी की कई परम्पराएं हैं लेकिन एक परंपरा बेहद खास है | इस समाज में यदि कोई युवती दूसरा विवाह करना चाहती है तो उसे तलाक के लिए कोर्ट कचहरी के चक्कर नहीं काटने पड़ते | दूसरे विवाह की इच्छुक लड़की पर एक लोटा गरम पानी डालकर उसे पवित्र कर दिया जाता है | उसके बाद वह दूसरे विवाह के लिए पूरी तरह स्वतंत्र होती है | यहाँ लड़कियां अपने पसंद के लड़के के घर में जाकर उससे शादी करने की बात भी बता सकती हैं | इस समाज में पूर्ण विवाह और विधवा विवाह भी आम बात है | बैगा समाज में बहुपत्नी रखने का रिवाज है| लड़की अपनी मर्जी से दूसरा विवाह कर सकती है |

इस रस्म को **उधरिया विवाह**कहते हैं | यह पुनर्विवाह की एक रोचक पद्धति है , जिसमें महिला अपने पति को छोड़कर किसी और से शादी करने का फैसला करती है | इसके लिए विवाहिता अपने पति को छोड़कर किसी दूसरे आदमी के घर में घुस जाती है | इसके बाद गाँव के पंच इकट्ठे होते हैं | इस तरह जबरन घुसी लड़की पर भाभी या देवर एक लोटा गरम पानी डाल देता है | इसका मतलब –लड़की पवित्र हो गई |

अगले दिन पंचों को शराब पिलाई जाती है | पहला पति दूसरे पति से हरजाना वसूल करता है, जिसे दावा कहते हैं | दावा में 200 रुपए नकद और गाय –बैल भी शामिल होते हैं | इसका फैसला मुकद्दम (न्याय करने वाला आदमी) करता है | दावा चुकाने के बाद दोनों पक्षों में मिलौकी (मिलन) होती है | इसके बाद खपरों पर एक-एक रुपया, घास और कच्चा धागा रखकर पंचों के सामने खपरों को तोड़ दिया जाता है | इसका अर्थ –पुराने संबंधों का टूटना है | इन रुपयों की शराब पी जाती है | नवविवाहिता पूर्व पति और वर्तमान पति तथा पंचों को भोजन कराती है | भोजन कर पूर्व पति अपने घर चला जाता है |

कुंवारी लड़कियों के लिए **पैठुल विवाह**की प्रथा है | पैठुल विवाह में कुंवारी युवती अपनी पसंद के लड़के से शादी करने के लिए उसके घर में रात के समय चुपचाप घुस जाती है | वह घर के पिछवाड़े से घुसती है और लड़के के ऊपर हल्दी, चावल छिड़क देती है | हल्दी और चावल डालने का मतलब है कि लड़की ने लड़के को पसंद कर लिया है | लड़के का पिता

गाँव के प्रमुख लोगों को बुलाकर इस बात की जानकारी देता है कि अमुक लड़की हमारे घर में पैठुल हो गई | इसके बाद लड़की को बुलाकर दुबारा उसकी इच्छा पूछी जाती है | लड़की के जेवरों की जांच की जाती है कि वह कितने जेवर पहनकर आई है फिर उसके बाद घर के आँगन में मंडप गड़ाया जाता है और तुरंत भाँवर कर दी जाती है | बाद में लड़की के घर खबर भेज दी जाती है कि उनकी लड़की हमारे घर पैठुल हो गई | खबर मिलने के बाद लड़की का पिता अपने रिश्तेदारों के साथ लड़के वालों के घर पहुंचता है और वहाँ शादी की तारीख तय की जाती है | इस विवाह में लड़की वाले लड़के वालों से तीन -चार सौ रुपए खर्च वसूलते हैं | यदि लड़के का पिता खर्च नहीं देता है , तो लड़के को अपने ससुराल में तीन साल तक रहना पड़ता है | यदि लड़के वाला पैसा दे देता है, तो विवाह बड़ी धूमधाम से हो जाता है |

बैगा जनजाति में प्रेम-विवाह का प्रचलन सबसे ज्यादा होता है | इस प्रेम विवाह को 'ले भगा ,ले भगी' या 'चोर विवाह' भी कहते हैं | इसमें लड़का-लड़की अपनी मर्जी से भाग जाते हैं |इसके बाद किसी दोस्त के द्वारा अपने घर खबर भेज देते हैं की हम लोग इस समय पर इस जगह मिलेंगे | खबर मिलने के बाद लड़का और लड़की के माता-पिता उस जगह पर पहुँच जाते हैं और उन्हे मनाकर अपने घर ले आते हैं | इसके बाद पूरे रस्मो-रिवाज के साथ दोनों की शादी करवा दी जाती है |

बिहार के कुछ इलाकों में पकडौआ विवाह यानी वो विवाह जिसमें शादी योग्य लड़के का अपहरण करके उसकी जबरन शादी करवाई जाती है | कुछ साल पहले इसी विषय पर एक फिल्म और भाग्यविधाता नाम का सीरियल बना था | 80 के दशक में उत्तर बिहार में खासतौर पर बेगूसराय में पकडौआ विवाह के मामले खूब सामने आए | आलम ये था कि बाकायदा हर सात से आठ गाँव में इसके लिए गिरोह चलते थे और शादी के सीजन में इनकी बहुत डिमांड रहती थी | इंटर की परीक्षा देते छात्र, नौकरीपेशा लड़कों को खास ताकीद दी जाती थी कि वो शादी के सीजन में जल्दी घर से नहीं निकलें |सहरसा में एक 17 वर्षीय छात्र का अपहरण करके 23 साल की युवती से जबरन शादी करा दी गई थी | बेगूसराय भूमिहार बहुल इलाका है और इस समाज में दहेज बहुत चलता

है | इसी दहेज के खिलाफ सामाजिक परिवर्तन के लिए गैर कानूनी ही सही, लेकिन लोगों ने ये तरीका अपनाया | आज भी शादी के सीजन मे दो से तीन फीसदी शादियाँ पकडौआ विवाह ही होती हैं |

हालांकि दहेज के खिलाफ होने का नाम लेकर हो रहे इन पकडौआ विवाह का दंश सबसे ज्यादा दूल्हा और दुल्हन को ही भोगना पड़ता है | दरभंगा की कमला की शादी उनके पिता ने जबरन करवाई थी | सामाजिक दबाव में ससुराल वालों ने उन्हे अपना तो लिया, लेकिन दिल में कसक अभी भी कायम है | कमला बताती है, " हर वक्त मन में ग्लानि महसूस होती है और डर भी लगता है कि जाने कौन सी बात पर घर वाले बिगड़ जाएँ |अपने परिवार वालों का किया हम भोगने को मजबूर हैं |"

ऐसी शादियों में दूल्हे की स्थिति का अंदाजा आप सहरसा के 27 साल के आलोक के साथ की गए ज़्यादाती से लगा सकते हैं | 13 मई 2012 को आलोक के एक दोस्त ने पार्टी का लालच देकर उनका अपहरण कर लिया | 10 की संख्या में लोगों ने बंदूक तानकर मंडप पर बैठाया और जबरन शादी करवा दी | आलोक बताते हैं की तीन साल तक वो समाज से लड़ते रहे लेकिन आखिरकार खुद के ऊपर थोपी हुई कम पढ़ी लिखी दुल्हन को सामाजिक दबाव के चलते विदा कर ले आए | दो बच्चों के पिता आलोक कहते हैं, "दिल तो अभी भी कटा-कटा रहता है | किसी की भी जिंदगी के लिए शादी यादगार होती है ,मेरे लिए तो वो डरावना सच है |"

बिहार में पकडौआ विवाह का इतिहास 100 साल से भी ज्यादा पुराना है | इसकी वजह है- पहला तो पूंजी के दबाव में दहेज का विकराल चेहरा हमारे सामने है | दूसरा लड़कियों की अशिक्षा, तीसरा गैर कृषि व्यवसाय में दूल्हे की चाहत लगातार बढ़ रही है और चौथी ये है कि सामाजिक ताने-बाने में जातीय जकड़ अभी भी कायम है |

गुजरातके भीलों में परीक्षा विवाह होता है | इस प्रकार के विवाह में पुरुष के शौर्य और साहस की परीक्षा ली जाती है | इस प्रकार के विवाह का बड़ा स्पष्ट रूप गुजराती भीलों में पाया जाता है | होली के अवसर पर उनमें 'गोल-गोघेडो' नामक उत्सव मनाया जाता है | इस समय एक लंबे खजूर के पेड़ पर नारियल तथा गुड बांध दिया जाता है | पेड़ के नीचे

कुंवारी युवतियाँ एक घेरा बना लेती हैं तथा कुंवारा उस घेरे को तोड़ कर पेड़ पर चढ़ने की चेष्टा करता है | यदि इस प्रयास में युवक सफल हो जाता है तो उसे यह अधिकार होता है कि वह किसी भी युवती से जो गोल घेरे में थी, विवाह कर सकता है | जबकि युवतियाँ युवक के प्रयत्नों में विभिन्न प्रकार के रोड़े अटकाती हैं, किन्तु सफल होने पर युवक किसी भी युवती से विवाह कर लेता है |

कर्नाटक :भारत के कर्नाटक ,महाराष्ट्र और दक्षिण भारत के कुछ इलाकों में यह प्रथा है की मामा की लड़की से शादी की जा सकती है | लेकिन वे गलत नहीं है |ज्यादातर राज्यों में मामा की लड़की को बहन का मान दिया जाता है | हर धर्म की मान्यताएं और प्रथाएं हैं | अब रहा सवाल की मामा की लड़की से शादी करने के क्या फायदे होते हैं ?

सबसे बड़ा फायदा तो यह है कि पहचान में शादी हो रही है , यानी की लड़की कैसी है उसके घरवाले कैसे हैं तथा संस्कार इन सब की पुष्टि पहले से ही हो चुकी होती है |

दूसरा फायदा यह है कि जिसे हम बचपन से जानते हैं उसी के साथ शादी होना मतलब कि वे एक दूसरे के साथ हंस खेलकर आसानी से पूरा जीवन व्यतीत कर सकते हैं |

तीसरा फायदा यह है की यदि कोई समस्या होती है तो परिवार के सदस्य आपके काम आएंगे और आपके हर सुख दुख में भागीदार होंगे |

पहचान में शादी होने का मतलब है कि उसकी पसंद नापसंद का मालूम होना | इसलिए यहाँ पर ज्यादातर समस्या नहीं होती |

सबसे बड़ा फायदा तो यह होता है कि परिवार बढ़ता भी है और रिश्ते और भी ज्यादा मजबूत होते हैं |

किसी के धर्म में बहन माना जाता है तो किसी के धर्म में शादी की जाती है | अलग अलग सोच और मान्यताएं हैं इसीलिए हर कोई अपनी जगह पर सही है |

दक्षिण भारतके कुछ इलाकों में शादी को लेकर बेहद अजीब प्रथा है | यहाँ सगे मामा-भांजी की शादी कराना अच्छा माना जाता है| लोग इस शादी को प्रमुखता देते हैं | यहाँ पर जबरन भी मामा-भांजी की शादी करा दी जाती है | माना जाता है की मामा-भांजी की शादी के पीछे प्रॉपर्टी वजह

होती है | बहन अपने मायके में अपना हक ना मांग ले इसलिए मामा अपनी भांजी से शादी कर उसे अपने घर ले आता है |

विश्व के देशों में शादी की अनोखी प्रथाएं

केन्या (अफ्रीका महाद्वीप) के कुरिया जिले में बसे किबुतो गाँव में एक अजीब प्रथा है | इस प्रथा का शिकार केवल महिलायें होती हैं | जिसके तहत यहाँ एक महिला की शादी दूसरी महिला से करा दी जाती है | यानी समलैंगिक विवाह | इसी प्रथा की शिकार बनी -19 साल की ग्रेस बोक | वह तीन बच्चों को पाल रही है | उसके घर में बच्चों के अलावा उसकी पत्नी भी रहती है | यानी एक ऐसी महिला जिसके खुद के बच्चे किसी कारणवश पैदा नहीं हो सके |

इन दोनों की शादी प्रचलित प्रथा "नेयुंबा मबोके" के तहत हुई है | जिसके तहत एक महिला की महिला से ही शादी की जाती है | इस तरह की शादी में प्यार और रोमांस बेहद ही कम या ना के बराबर होता है | बोक केन्या की उन हजारों लड़कियों में से एक है, जो अपनी गरीब जीवनसाथी के साथ रह रही है | एक ऐसी जीवनसाथी जो चाहती है कि उसका खुद का बच्चा हो | स्कूल बीच में ही छोड़ने वाली बोक ने पोली गाटी नाम की महिला से शादी की है | ये परिवार एक मिट्टी के घर में रहता है |

अलजजीरा की रिपोर्ट के अनुसार बोक कहती है, "जब मैं दूसरी कक्षा में थी तब मेरे पिता ने मेरा खतना करवाया | उसके तुरंत बाद मुझे एक आदमी से मिलवाया गया | जिसने मुझे गर्भवती किया और फिर चला गया | मेरे माता-पिता बहुत गरीब थे, तो उन्होंने मुझे चार गायें लेने के बदले एक ऐसी औरत को सौपं दिया , जिसकी कोई औलाद नहीं थी | अब वो मेरी जीवनसाथी है |"

खतना, बाल विवाह और महिला से महिला की शादी कुरिया में बेहद आम मानी जाती है | बोक का कहना है कि उसके पिता ने उसे बेंचने के बदले जो गायें ली थी, उन्हे बेंचकर शराब पीना शुरू कर दिया | अब बोक और गाटी दोनों दिहाड़ी मजदूरी कर अपने बच्चों को पाल रही हैं | दोनों के तीन बच्चे है |

वहीं गाटी कहती है , "मेरे पति की मौत हो गई थी और मेरा कोई बच्चा नहीं था | जबकि हम कई साल साथ रहे थे | मुझे समुदाय के तानों

को सुनना पड़ता था | मुझे फिर सलाह दी गई कि बच्चों को प्राप्त करने के लिए एक युवा लड़की को ले आऊं |"बोक और गाटी के जैसी कहानी इस गाँव में और भी कई महिलाओं की है |

इथियोपिया: इथियोपिया में युवा लड़कों को अपनी मर्दानगी साबित करने के लिए किसी न किसी प्रकार की प्रक्रिया से गुजरना पड़ता है | इनमे से एक है 'बुल जम्पिंग '| यहाँ युवा लड़के को सारे कपड़े उतार कर बैलों की पीठ पर दौड़ना पड़ता है | इस प्रक्रिया में एक साथ कई सांडों को खड़ा कर लिया जाता है | उनकी पीठ पर दौड़ते हुए जो लड़का सीधा लक्ष्य तक पहुँच जाता है उसे विवाह के योग्य माना जाता है |

युगांडा में रहने वाली एक अल्पसंख्यक जनजाति बन्याकोले में शादी से पहले दुल्हन की चाची दूल्हे की मर्दानगी का टेस्ट लेती है | शक्ति परीक्षण करने के लिए चाची दूल्हे के साथ संभोग करती है | यदि दूल्हा उसे संतुष्ट कर पाता है तभी वह शादी के लिए उपयुक्त माना जाता है | दूलहन की चाची दूलहन का कौमार्य टेस्ट भी करती है |

अजरबैजान में शादी की रात को दुल्हन के कुंवारेपन का पता लगाने की पुरानी परंपरा रही है |"शादी के बाद जब वो मेरे सामने कपड़े उतारने लगे तो मैं बिल्कुल डर गई थी |" एलमीरा (बदला हुआ नाम) बताती है | वो कहती है "मैंने खुद को लाख समझाने की कोशिश की कि शादी के बाद ये होना ही था, फिर भी मैं खुद को शांत नहीं कर पाई | उस समय जो मैं सोच पा रही थे, वो ये था कि अब मुझे भी कपड़े उतारने होंगे|"

वो 27 साल की थी और उसने यूनिवर्सिटी से अपनी पढ़ाई पूरी की और दुभाषिए के तौर पर काम करती थी | उसके माँ-बाप ने उसके लिए पति खोजा था | माँ को खुश देखने के लिए उसने शादी के लिए हाँ बोल दिया | वो याद करते हुए बताती है "वो बिल्कुल हमारे पड़ोसी थे , हम बिल्कुल अलग थे, वो पढे लिखे भी नहीं थे |"

एलमीरा ने अपनी माँ को कई बार बताया था कि वो अभी शादी नहीं करना चाहती | ये बात माँ ने रिश्तेदारों को बता दी और उन्होंने एलमीरा के कुंवारेपन पर संदेह करते हुए तुरंत दबाव बनाना शुरू कर दिया | हालांकि शादी की रात ही उन्होंने पहली बार सेक्स किया था|

जब पति को उसके इस रुख के बारे में पता चला तो उसने एलमीरा की भावनाओं और स्वाभिमान का पूरी तरह निरादर किया | शादी के बाद पहली रात को उसने एलमीरा के ऊपर खुद को लगभग थोप दिया |

इस दौरान एलमीरा ने बेडरूम के बाहर कुछ आवाजें सुनी, जो उसकी माँ, दो चाचियों , सास और दूर के एक अन्य रिश्तेदार की थी |

एक शादीशुदा महिला रिश्तेदार 'एंजी' की भूमिका निभाती है | वह शादी के तुरंत बाद दुल्हन के साथ जाती है और पूरी रात बेडरूम के बाहर मौजूद रहती है |

एलमीरा कहती है, "आप धीमी से धीमी आवाज सुन सकते थे | मैं दर्द और शर्म से कांप रही थी और खुद से कह रही थी, क्या इसी को शादी कहते हैं ?"

'एंजी की जिम्मेदारी होती है की वो अनुभवहीन दुल्हन को मानसिक संबल दे | इसके अलावा वो शादी की रात खत्म होने के बाद बिस्तर की चादर हटाती है |

कॉकेसस के पूरे इलाके में ये आम परंपरा है की शादी की रात के बाद सुबह सुबह बेडशीट का मुआयाना किया जाता है | चादर पर खून के धब्बे मिलने के साथ ही शादी की प्रक्रिया को सम्पन्न माना जाता है | इसके बाद ही लोग नवविवाहित जोड़े को बधाई देते हैं |

अगर चादर पर खून के धब्बे नजर न आयें तो महिला को बहिष्कार तक झेलना पड़ता है और परिजन के पास वापस भेज दिया जाता है | इसके बाद उसे तलाकशुदा माना जाता है और आम तौर पर दोबारा शादी में दिक्कत होती है |

अजरबैजान में काम करने वाले मानवाधिकार कार्यकर्ताओं का कहना है की देश के ग्रामीण इलाके में अभी भी ये परंपरा बड़े पैमाने पर अमल में लाई जाती है |

कभी कभी शादी से पहले दुल्हन के कुंवारेपन की जांच कुछ विशेषज्ञ महिलायें करती हैं |

इस प्रथा पर कई अग्रणी अंतर्राष्ट्रीय संस्थाओं ने संदेह जताया है | विश्व स्वास्थ्य संगठन ने इस प्रथा को खत्म करने की अपील की थी | उसके अनुसार, ये महिलाओं के लिए अपमानजनक और सदमे वाला है

| ये प्रथा अभी भी 20 देशों में प्रचलित है |

मेडिकल साइंस में कुंवारेपन की कोई मान्यता नहीं है और ये केवल सामाजिक, सांस्कृतिक और धार्मिक विचारों में ही रहता है |

एलमीरा कहती है, "मैं डर गई थी और पूरी रात सो नहीं पाई लेकिन उसे कोई फरक नहीं पड़ा और वो आराम से सो गया |"

सुबह वे लोग बेडरूम में चादर लेने आए | एलमीरा कहती है, "उस समय मैंने बिल्कुल तवज्जो नहीं दी, क्योंकि मैं जानती थी कि ये कितना घृणास्पद था , लेकिन पिछली रात का डर मेरी शर्मिंदगी पर हावी हो गया था |"

"मैं जानती थी कि हर कोई चादर का मुआयना करेगा लेकिन मैं इतने सदमें में थी कि मुझे इतना भी याद नहीं कि वो कब चादर लेकर गए |"

मनोचिकित्सक एलादा गोरिना के अनुसार, "अभी तक अधिकांश महिलायें समझती हैं कि एंजी का होना एक सामान्य बात है | द्वन्द्व , सदमा और परेशानी तब सामने आती है जब आज की पीढ़ी अधिक प्रगति शील होकर सामने आती है |"

आर्मेनिया : पड़ोसी देश आर्मेनिया में भी इसी तरह की प्रथा है और जॉर्जिया व उत्तरी कॉकेसस में कई रूसी गणराज्यों में भी ये प्रचलित है | आर्मेनिया में ये प्रथा थोड़ी अलग है | यहाँ दरवाजे के पीछे कोई चश्मदीद नहीं होता | यहाँ इस प्रथा को 'रेड एपल' कहा जाता है | जिसका मतलब होता है चादर पर खून के धब्बे का होना |

मानवाधिकार कार्यकर्ता नीना कारापेशियन्स के अनुसार, "राजधानी से जैसे जैसे दूर जाएंगे ये प्रथा और भद्दी होती जाती है और कुछ जगहों पर तो ये भयानक अंधविश्वास का रूप ले लेती है |"

वो कहती हैं कि कभी कभी तो सभी रिश्तेदारों और पड़ोसियों को बुलाकर दिखाया जाता है कि उनकी बेटी पवित्र है, "इस तरह के अपमानजनक रीति रिवाज में पूरा गाँव हिस्सा लेता है |"

ग्रामीण इलाकों में तो जैसे ही लड़की 18 साल की होती है, शादी कर दी जाती है और इनमें अधिकाश के पास न तो कोई नौकरी होती है और न ही कोई हुनर | अगर लड़की एपल टेस्ट पास नहीं कर पाती तो उसके

माता-पिता उसे अपना मानने से इनकार कर देते हैं |

गोरिना के अनुसार, कुछ महिलायें इस प्रथा के अनुसार खुद को ढाल लेती हैं , जबकि बाकी सालों तक इस सदमे को बर्दाश्त करने को मजबूर होती हैं |

वो बताती हैं, "एक बार तो एक जोड़े की शादी की रात को चादर पर खून का धब्बा नहीं मिला | इसलिए आधी रात को ही दूल्हे का पूरा परिवार दुल्हन को एक डॉक्टर के पास ले गया ये चेक कराने के लिए कि वो कुंवारी है कि नहीं |"

गोरिना कहती है की ऐसे मामलों में लड़कियां , खुद को वर्षों तक हिंसा की शिकार महसूस करती हैं और इस सदमे के साथ जीती हैं |

एलमीरा के मामले में शादी के छह महीने बाद उसके पति की मौत हो गई | उसने कहा, " छै महीने तक हमने पहली रात के बारे में बात तक नहीं की |" इसकी वजह से एलमीरा ने दूसरी शादी नहीं की क्योंकि वो इस सदमे से उबर नहीं पाई |

एलमीरा कहती है, "मैं दोबारा शादी के लिए तैयार थी लेकिन पिछला अनुभव मुझे रोक रहा था | अगर आज मुझे उस स्थिति का सामना करना पड़े तो मैं अपने पति और उन महिलाओं के साथ बिल्कुल अलग बर्ताव करूंगी |"

आर्मेनिया और अजरबैजान के विशेषज्ञ मानते हैं की ये प्रथा अब धीरे धीरे समाप्त हो रही है | नई पीढ़ी अपने अधिकारों के लिए लड़ने के लिए अब तैयार हो रही है |

पाकिस्तान में ऐसी महिलायें भी हैं जो गैर मर्द पसंद आते ही तोड़ देती हैं शादी | पाकिस्तान के अफगानिस्तान से सटे बॉर्डर पर एक जनजाति रहती है | जिसमे पाकिस्तान की संस्कृति से बिल्कुल अलग रीति-रिवाज हैं | इस जनजाति का नाम कलश है | इस जनजाति की आबादी मात्र 4 हजार है लेकिन इसकी महिलायें बहुत ही स्वतंत्र रूप से रहती हैं | ये ऐसे रहती हैं की आप हैरान रह जाएंगे|

कलशा समुदाय खैबर-पख्तूनख्वा प्रांत में चित्राल घाटी के बंबूरेट, बिरिर और रामबूर इलाकों में रहता है | यह समुदाय हिन्दू कुश पहाड़ों से घिरा हुआ है और यह मानता है की इस पर्वतशृंखला से घिरा होने

के कारण इसकी सभ्यता और संस्कृति सुरक्षित है | इस पर्वत के कई ऐतिहासिक संदर्भ भी मिलते हैं, जैसे इस क्षेत्र में सिकंदर की जीत के बाद इसे कौकासुष इंडिकोश कहा जाने लगा | ग्रीक में इसका मतलब हिन्दुस्तानी पर्वत है | इन्हे सिंकन्दर का वंशज भी माना जाता है | यहाँ के लोग, लकड़ी और मिट्टी के बने छोटे-छोटे घरों में रहते हैं और किसी भी त्यौहार पर स्त्री-पुरुष सब मिलकर शराब पीते हैं | इस जनजाति में संगीत हर मौके को खास बनाता है | वे त्यौहार के दौरान बाँसुरी और ढोल बजाते हुए नाचते-गाते हैं | हालांकि, अधिकांश अफगानों और पाकिस्तान के डर के कारण, वे पारंपरिक हथियारों से लेकर अत्याधुनिक तोपों तक ऐसे मौकों पर रखते हैं | कलशा जनजाति में घर के लिए कमाई का काम ज्यादातर महिलायें ही संभालती हैं | वे भेड़ चराने के लिए पहाड़ों पर जाते हैं | घर पर पर्स और रंग-बिरंगी मालाएं बनाते हैं जिन्हे पुरुषों द्वारा बेचा जाता है | यहाँ की महिलाओं को साज –सज्जा का बहुत शौक होता है | ये सिर पर एक विशेष प्रकार की टोपी और गले में पत्थरों की रंगीन माला पहनती हैं | साल में तीन त्यौहार होते हैं – कैमोस, जोशी और उचाव | इनमें से कैमोस सबसे बड़ा त्यौहार माना जाता है जो दिसंबर में मनाया जाता है | यही वह अवसर होता है जिसमें महिला-पुरुष और लड़के-लड़कियां एक-दूसरे से मिलते हैं | इस दौरान कई लोग रिलेशनशीप में आ जाते हैं | हालांकि इस जनजाति के लोग रिश्तों को लेकर इतने खुले होते हैं की अगर महिलायें किसी दूसरे पुरुष को पसंद करती हैं तो वे उसके साथ रह सकती हैं | पाकिस्तान जैसे देश में जहां महिलाओं की आजादी को कम करने के लिए फतवा जारी किया जाता है वहीं इस वर्ग की महिलाओं को अपना पसंदीदा साथी चुनने की पूरी आजादी है | वे एक पति चुनती हैं, साथ रहती हैं, लेकिन अगर वे शादी में अपने साथी से खुश नहीं है व कोई और उन्हे पसंद करता है, तो वे बिना किसी रुकावट के दूसरे के साथ जा सकती हैं |

दक्षिणी चीन के गुआंगडोंग प्रांत में स्थित डोनगुआन शहर आजकल पूरी दुनिया में अपनी अनोखी संस्कृति की वजह से चर्चा में है |

लड़कियों को एक लड़के के लिए लड़ते हुए देखा होगा, कि किस तरह से वे लड़के पर अपना अधिकार जमाती हैं | लेकिन क्या आप सोच सकते

हैं की दो लड़कियां एक ही ब्वायफ्रेंड को शेयर करती हों ? दुनिया भर में कई अजीबो-गरीब चीज देखने को मिलती है | कोई अपनी सूरत ,तो कोई अपनी संस्कृति को लेकर चर्चा का विषय बनता है | यहाँ ऐसी संस्कृति का उल्लेख किया जा रहा है जिसे जानकर आपकी आँखें खुली की खुली रह जाएगी | जगह है दक्षिणी चीन के गुआंगडोंग में स्थित डोनगुआन शहर, जहां की संस्कृति बेहद अजीब है |

कहते हैं कि इस शहर में लड़कियों को अपना बॉयफ्रेंड शेयर करने पर कोई ऐतराज नहीं होता है, बल्कि वे अपने प्रेमियों को अधिकाधिक प्रेमिकायें रखने के लिए प्रोत्साहित भी करती हैं और इसके लिए उनकी आर्थिक मदद भी करती हैं | डोनगुआन का हर नागरिक इस अनोखी संस्कृति को अपना रहा है |

डोनगुआन नाम के इस शहर को दुनिया भर में चीन की 'सेक्स कैपिटल' के रूप में पहचाना जाने लगा है | यहाँ एक युवक की तीन या उससे अधिक गर्लफ्रेंड हैं और यह बात जगजाहिर होती है |

चीन के पीपुल डेली ऑनलाइन में प्रकाशित एक विस्तृत रिपोर्ट के मुताबिक यहाँ एक युवक की तीन या उससे अधिक गर्लफ्रेंड होना आम बात है | यही नहीं नौकरी ढूँढने के मुकाबले गर्लफ्रेंड खोजना अधिक आसान है | ऐसे पुरुष जो उन फैक्ट्रियों में काम करते हैं , जहां महिलाओं की संख्या अधिक है, वह तो एक के बाद एक कई गर्लफ्रेंड बनाते हैं |

रिपोर्ट के मुताबिक, लड़कियां भी पुरुषों के साथ दोस्ती बढ़ाने में दिलचस्पी लेती हैं | कोई भी लड़की अपने साथी को अपनी दोस्त के साथ आसानी से शेयर कर लेती है | सिचुआन प्रांत के एक युवक कहना है कि डोनगुआन में पुरुषों के मुकाबले महिलाओं की संख्या दोगुने से भी अधिक है | उनके पास अच्छा पैसा है | यहाँ लड़कियां पैसे में नहीं बल्कि पुरुष में दिलचस्पी लेती हैं | पुरुष बेरोजगार हैं और उनकी प्रेमिका उनका पूरा खर्च उठाती हैं | दरअसल इस शहर में अलग –अलग सेक्टरों से संबंधित उत्पाद तैयार किए जाते हैं , जिसमें पुरुषों की तुलना में महिलाओं के काम को ज्यादा महत्व दिया जाता है | ऐसे में पुरुषों के पास काम करने के कम अवसर होते हैं | कई पुरुषों को तो बेरोजगार भी रहना पड़ता है |खाली समय होने के कारण पुरुष महिलाओं के लिए

आसानी से समय निकाल लेते हैं | उनके पास महिलाओं के पास बिताने के लिए काफी समय होता है | पुरुषों से दोस्ती करने के लिए लड़कियां भी बहुत उत्साहित होती हैं | कोई भी लड़की आसानी से अपने साथी को अपनी दोस्त के साथ शेयर कर लेती हैं | कहा जाता है की यहाँ नौकरी के मुकाबले गर्लफ्रेंड आसानी से मिल जाती हैं |

आस्ट्रेलिया में बहन देकर पत्नी लेने की प्रथा सामान्य है | इस प्रकार के विवाह लगभग सभी जनजातियों में पाए जाते हैं | इस प्रकार की पद्धति के अनुसार पति अपनी बहन का या अन्य किसी संबंधित स्त्री का, पत्नी के परिवार के किसी पुरुष के साथ विवाह कर देता है | इस प्रकार पत्नी के बदले अपने परिवार की लड़की देनी पड़ती है |

ब्राजील के एक मॉडल ने परंपरा तोड़ने के लिए सामूहिक विवाह किया, पहली पत्नी ने भी साथ दिया | यहाँ एक शख्स ने पहली पत्नी समेत 9 महिलाओं से शादी की | इस व्यक्ति का नाम है –ऑर्थर ओ उसरो | ऑर्थर परेशेवर मॉडल है | वो कहता है – मेरे देश में एकल विवाह प्रथा (सिंगल मैरिज कॉन्सेप्ट) है | मैं इसे खत्म करना चाहता हूँ, चुनौती देना चाहता हूँ | इसलिए, मैंने अपनी पत्नी के साथ ही 8 और महिलाओं से शादी की | ऑर्थर पहले से शादीशुदा है | उनकी पत्नी का नाम लुआना कजाकी है | लुआना ब्लॉगर है | ऑर्थर और लुआना अपने प्यार को जाहिर करने की खातिर पहले भी चौंकाने वाले काम कर चुके हैं | ऑर्थर और लुआना ने अपनी पहली शादी का हनीमून कैप डी' आग्डे में सेलिब्रेट किया था | यहाँ के निवासी बेहद आजादी से जिंदगी गुजारते हैं | ऑर्थर और लुआना कहते हैं – हम पूरे यूरोप की यात्रा करना चाहते हैं और दुनिया के उन इलाकों को देखना चाहते हैं जहाँ हमारे शहर की तरह ही आजादी है |

महामारी के दौरान ये कपल लोगों के साथ सेक्स टिप्स भी शेयर कर रहा था | इस बारे में दोनों कहते हैं – हम चाहते हैं की हर कपल का वैवाहिक जीवन और बेहतर तरीके से बीते | लुआना को ऑर्थर के गले में पट्टा डाले हुए रेलवे स्टेशन पर घुमाते देखा गया | ऑर्थर ने मास्क पहना हुआ था | यह कपल स्टेशन से होते हुए एक मार्केट में पहुंचा | इस घटना को उन्होंने काफी रोमांचक अनुभव बताया |

शादी के बाद लड़की ही लड़के के साथ क्यों जाती है और यह प्रथा कैसे शुरू हुई ?

यह प्रथा कब शुरू हुई इस बात का तो कोई प्रामाणिक उत्तर हासिल नहीं है, किन्तु यह तय है की शादी के बाद लड़की को लड़के के साथ भेजने की परंपरा एक सोची समझी नीति के अनुरूप है |

ऐसा करने का एक मात्र मौलिक कारण यह है की स्त्रियाँ बदली हुई परिस्थितियों में और यहाँ तक कि विपरीत परिस्थितियों में अपने आप को ढालने में पुरुषों की तुलना में अधिक सक्षम होती हैं |

हमने कुछ उदाहरण ऐसे समाज के भी देखे हैं जहां पुरुष व्याह कर पत्नी के घर जाते हैं, और उनमें से कुछ को बर्बाद होते हुए भी देखा है | जी हाँ, उत्तर –पूर्व क्षेत्र में काम करते समय मेघालय के शिलांग में देखा की खासी पुरुषों की दयनीय अवस्था थी | कारण यही था कि वे अपना घर छोड़ कर पत्नी के घर आ तो गए थे किन्तु नए घर को अपना ही नहीं पा रहे थे |

शिलांग के गारो और खासी हिल्स के आस पास रहने वाली जनजातियों में परिवारों की मातृ प्रधान व्यवस्था है | इन जनजातियों में प्रचलित परिवार व्यवस्था और विवाह प्रथा की विशेषता यह है की परिवार या कुटुंब की सबसे छोटी कन्या परिवार की संपत्ति की स्वामिनी बनाई जाती है और बाकी सब उसके अनुशासन में रहते हैं | विवाह के समय पति को अपना घर बार छोड़ कर पत्नी के घर जा कर रहना होता है | एक ही घर में एक पत्नी कई पतियों के साथ रहती है |

इसमें संदेह नहीं कि पुरुष प्रधान समाज होने के कारण अधिकतर नियम उन्ही को मद्देनजर रख कर बनाए गए थे | परंतु विवाह पश्चात लड़की का पितृकुल छोड़ कर पति के घर आने की रीति के पीछे एक बहुत बड़ा व्यवहारिक कारण था |

प्राकृतिक कारणों से सभ्यता के प्रारंभ से ही बाहर जाकर भोजन का प्रबंध करने का जिम्मा पुरुष के कंधे पर आया और स्त्री का घर में रह कर शिशु जन्म और उनका पालन पोषण करने का |

फिर खेती बाड़ी शुरू हुई और लोग घर बना कर एक जगह बसने लगे | इसके साथ ही शुरू हुई सामाजिक व्यवस्था, प्रथाओं की शुरुआत |

जीवनयापन का जरिया खेती बारी था, इसके साथ में क्रय विक्रय शुरू हुआ जिसे हम व्यापार की शुरुआत कह सकते हैं | यह सब स्वरोजगार, निश्चित रूप से पैतृक हुआ करते थे |

अब आप स्वयं को थोड़ी देर के लिए उस कालखंड में खड़ा करके देखिए | बेटे को पिता के काम में हाथ बँटाना है और बाद में उसी ने यह काम संभालना भी है तो विवाह के पश्चात उसका घर छोड़ना व्यावहारिक होता क्या ? जमीन तो खैर उठा कर नहीं ले जाई जा सकती, एक चलती हुई दुकान छोड़ कर नई दुकान शुरू करना भी कहाँ की अक्लमंदी होती ? विशेषकर जब उस पर परिवार पालने की नई जिम्मेदारियाँ आने वाली हों |

एक मनोवैज्ञानिक कारण भी है | पुरुष सदैव अपना वर्चस्व चाहता है | जबकि स्त्री कोमल स्वभाव की होने के कारण अपनी इच्छाओं को दबाने में सक्षम हो जाती है | पत्नी के परिवार में अन्य साढुओं के साथ निबाहना पुरुष के लिए संभव न हो पाता | स्त्री का अपने शारीरिक और आर्थिक रूप से पुरुष पर निर्भरता भी उसके दबाने का कारण रहा है क्योंकि आज की आत्मनिर्भर लड़कियों में यह सहनशीलता निश्चय ही कम हो रही है |

सामाजिक रीतियाँ समय और आवश्यकता अनुसार शनैः शनैः ढलती रहती हैं | तभी समाज में गहराई तक इसकी जड़ें फैली होती हैं और सरलता से किसी भी कानून द्‌वारा इन्हे उखाड़ फेंकना संभव नहीं हो पाता | यह प्रथा तो समाज की स्थापना से चली आ रही है | सीता और द्रौपदी से भी पीछे जाएँ तो स्वयं गंगा और सत्यवती का विवाह के पश्चात राजा शांतनु के घर आना अथवा राजा दशरथ की तीनों रानियों का एक साथ रहना हमने रामायण में पढ़ा ही है|

आधुनिक काल में इस प्रथा के कम होते जाने के पीछे आज की बदलती परिस्थितियाँ है | खेतीबाड़ी अथवा स्वरोजगार से अधिक युवा नौकरियों में लगे हैं और स्थान बदलते रहते हैं | दूसरी बात यह कि नौकरी करती लड़कियां स्वावलंबी हो गई हैं और वह आँख मूँद कर सब बातें मानने को तैयार नहीं हैं | अब वह स्वतंत्र रहना चाहती हैं | आज भी भारत में अधिकांश शादियों में विवाह उपरांत लड़कियां पतिगृह जाती हैं

चाहे वह थोड़े ही दिन को ही रहें |

2

माया का संसार

मैं जब भी परेशान होता तो मैं अपने मित्र घनश्याम को लेकर नदी किनारे चला जाता था | वो मुझे कहता, " मोहन, चल आज दो पैग लगाते हैं |" धीरे धीरे ये दो पैग चार में बदल गए और मैं कब इसका आदी हो गया मुझे पता ही नही चला |

शनिवार का दिन था अगले दिन रविवार की छुट्टी थी | आज भी घनश्याम मेरे साथ था | मैंने पाँच सौ रुपये के तीन नोट निकाल कर घनश्याम को दिया और कहा, "एक टीचर व्हिस्की ले आ|"

हम दोनों शहर के बाहर नदी किनारे शमशान घाट के पास अपने पुराने अड्डे पर पहुँच गए | कोई पागल ही होगा जो रात को इस सूनसान जगह पर बैठ कर रात में व्हिस्की का मजा लेगा | पर हम दोनों इसके आदी हो चुके थे | इससे ज्यादा महफूज जगह हमें इस धर्म नगरी मैहर में कहीं और नहीं मिल सकती थी |

यहाँ न कोई देखने वाला था और न ही कोई टोकने वाला | बस थोड़ी दूरी पर एक जली हुई लाश से धुआँ उठ रहा था | हमारे अंदर का भी धुआँ शराब और सिगरेट के धुएं से बाहर आ रहा था | मैं भी जिंदा लाश से कम था क्या?

मैं सब कुछ भूल जाना चाहता था | पर यह दारू भी बड़ी अजीब चीज है , जब तक अंदर रहती है तो भूलने नहीं देती बल्कि पुराने जख्म और हरे कर देती है | वह ऐसी दुनिया में ले जाती है जहां उन जख्मों के साथ

ही कुछ पल के लिए जीने में आनंद आता है, वो दुनिया जहां और डूबने को मन करता है | अंदर का छुपा दर्द बाहर आने की हिम्मत बटोरता है | ऐसे वक्त पर कोई हमदर्द हो तो कहना ही क्या ?

घनश्याम मेरी दर्द भरी दास्तान सुनने का आदी हो गया था | या यूं कहें कि वो पक गया था फिर भी वो कमीना दोस्ती की वजह से या न जाने दारू पीने के लालच में मुझे झेलता रहता था | घनश्याम ने विल्स सिगरेट का दूसरा पैकेट खोला और उसमें से एक सिगरेट निकाल कर मेरी ओर बढ़ाया | लाइटर से सिगरेट सुलगाते हुए कहा,

"यार , क्या रोज रोज वही बातें सुनाते रहता है | छोड़ क्यों नहीं देता माया को ?"

मैंने सिगरेट का एक जोरदार कश खींचा और धुआँ उसके मुंह पर छोड़ते हुए कहा,

"यार, वो मेरा पहला प्यार है और वैसे भी माया के चक्कर में फँसने के बाद क्या कोई निकल पाया है ?"

"अब तू फ़िलॉसफ़ी झाड़ने लगा |"

"यार दारू पीने के बाद ही तो फ़िलॉसफ़ी याद आती है , जीवन दर्शन का ज्ञान होता है | वो बात अलग है की दारू की वजह से लोग तुम्हारी बातें बकवास समझते हैं |"

"यार बात तो बड़े पते की है पर कोई समझे तब न |"

" यार, छोड़ दुनियादारी को ,तू तो मेरे दिल के दर्द को समझ रहा है न ?"

" मैं तो समझता हूँ , तभी तो कहता हूं माया से पीछा छुड़ा ले |"

"यार , घर वालों ने तो मुझे पहले ही निकाल बाहर किया है | अब यहाँ से भी निकलूँगा तो कहाँ जाऊंगा ?"

"तू क्यों कहीं जाएगा ? निकाल बाहर कर अपने घर से उस चरित्रहीन औरत को |"

"यार , मन तो करता है कि आग लगा दूँ उस घर में पर उस कुलटा और उसके प्रेमी के साथ साथ मेरे तीन बच्चे भी स्वाहा हो जाएंगे | सोचता हूँ उनका क्या होगा ?"

"कैसी पागलों जैसी बातें करता है ? ऐसा सोचना भी नहीं वरना पूरी जिंदगी जेल में बीतेगी|"

"तो फिर तू ही बता क्या करूँ ?"

"उसे लात मार कर घर से बाहर कर | तेरे सामने ही वो किसी और से इश्क लड़ाती है और तू उसे छोड़ने को तैयार नहीं है | मैं तेरी जगह होता तो कब का उसे धक्के मार कर बाहर कर चुका होता |"

"यार , तू समझेगा नहीं , वो मेरे धैर्य की परीक्षा ले रही है | तुलसीदास जी ने कहा है न ,

धीरज,धर्म,मित्र अरु नारी |
आपद काल परखिये चारी ||

"ठीक है , अब तू मेरे धैर्य की परीक्षा मत ले ,फिनिस कर, चलते हैं |"

रात के दस बज रहे थे , हमने आखरी पैग लगाया | तब तक बोतल की दारू और सिगरेट का पैकेट दोनों खाली हो चुके थे | कुछ देर यूं ही बैठ कर सिगरेट का धुआँ हवा में उछालते रहे | नदी किनारे सन्नाटा छाया हुआ था तभी किसी कोने से सियारों की हुआ......हुआ.......हुआ.........की आवाज आने लगी |

हम दोनों अपनी कार की तरफ बढ़ चले | सड़क खाली थी ,इक्का –दुक्का सीमेंट ढोने वाले ट्रक आवा-जाही कर रहे थे | मैं ही कार ड्राइव कर रहा था नदी के पुल को पार करने ही वाला था तभी सामने से आती गाड़ी की तेज रोशनी मेरी आँखों पर पड़ी | मेरी आँखें चौंधिया गईं, संतुलन बिगड़ गया और कार सामने से आते हुए ट्रक से टकरा गई | उसके बाद मुझे पता नहीं चला कि मेरे साथ क्या हुआ |

****

जब मुझे होश आया और मेरी आँखें खुलीं तो मैं अपने आप को मैहर के सरकारी अस्पताल के बिस्तर पर पाया | मेरे हाथ-पैरों में प्लास्टर बंधा हुआ था | मेरी पत्नी राधा मेरे बिस्तर के नजदीक ही बैठी थी | ज्यों ही मैंने हिलने की कोशिश की , वह तुरंत दौड़ कर गई और ड्यूटी नर्स को बुला कर ले आई | नर्स ने मुझसे पूछा,

"कैसा महसूस कर रहे हो, मोहन ?"

"मैडम, प्यास लगी है |"

"अभी आपको ग्लूकोश दिया जा रहा है , 48 घंटे के बाद आपको होश आया है , थोड़ा इंतजार करें और ज्यादा बात करने की कोशिश न करें |"

"मैडम, प्लीज ये तो बताएं –घनश्याम कैसा है ?"

"घनश्याम ठीक है , उसे मामूली चोट लगी है |"

मैंने राधा की तरफ देखा , उसकी आँखों में आँसू आ गए थे जिन्हे वह अपने आँचल से साफ कर रही थी | मैंने बड़ी कातर नजरों से उसकी ओर देखा | मेरी आँखों में भी पश्चाताप के आँसू बर्फ की तरह पिघल कर बह निकले | वह नजदीक आई और अपने आँचल से मेरे आंसुओं को पोंछने लगी | हम दोनों निशब्द थे | कहने–सुनने को तो बहुत कुछ था पर वो नर्स बंदिश लगा कर गई थी |

मैंने अपनी आँखें मूँद ली | जीवन के अब तक के घटना क्रम मेरे मानस पटल पर उमड़-घुमड़ कर उभरने लगे |

मेरा शहर मैहर है | यह विंध्य क्षेत्र में सतना जिले का प्रमुख ऐतिहासिक व धार्मिक स्थान है| शहर के नजदीक ही त्रिकुट पर्वत पर शारदा देवी का मंदिर है | इसी शहर के एक मोहल्ले में मैं पला -बढ़ा | मेरे पिता इस मंदिर के पुजारी थे | मुझे बारहवीं कक्षा की पढ़ाई के बाद सतना शहर भेजा गया | वहाँ के सरकारी विद्यालय में मुझे बी ए में एडमीशन मिल गया |

मेरे पिता पुरातन विचारों के ब्राह्मण थे | उन्होंने पड़ोस के ही गाँव में शुक्ला परिवार की कन्या राधा के साथ मेरी इच्छा के विरुद्ध शादी तय कर दी | मैंने कहा,

"बाबूजी,अभी तो मैंने बी ए भी पास नहीं किया है, मेरी पढ़ाई पूरी हो जाने दीजिए फिर जहां मन चाहे वहाँ मेरी शादी कर दीजिए |"

"शादी से पढ़ाई का क्या संबंध है ? यह तो एक संस्कार है जिसे तुम्हें पूरा करना होगा | ब्राह्मण कुल में पैदा हुए हो , क्या इतना भी नहीं पता? शादी से पढ़ाई में कोई रुकावट नहीं आती , शादी के बाद पढ़ाई करते रहो | घर में बड़े हो, तुम्हारे पीछे और भी भाई-बहन हैं | मुझे उनका भी ख्याल रखना है | तुम्हारी शादी के बाद ही उनकी शादी का नंबर आएगा|"

"बाबूजी, राधा सिर्फ दसवीं कक्षा पास है | लड़की कम से कम बी ए पढ़ी होना चाहिए |"

"तुम तो बी ए पढ़ रहे हो न ?, उसे तो घर गृहस्थी का काम करना है | ज्यादा पढ़ी लिखी आएगी तो घर का काम भी नहीं करेगी | हम खेती-किसानी करने वाले लोग हैं, हमारे लिए ऐसी ही बहू चाहिए | तुम ज्यादा नुक्ता चीनी न करो |"

बाबूजी के तर्क से मैं तर्कहीन हो गया | बाबूजी की आज्ञा के आगे मैंने आत्मसमर्पण कर दिया | उनके वाक्य मेरे लिए ब्रह्म वाक्य थे और मेरे पास इससे बचने का कोई उपाय भी नहीं था | मैं अगर आत्म निर्भर होता तो बगावत कर देता | पर अभी तो मैं उन पर ही निर्भर था |

तुलसी दास जी ने ठीक ही कहा है,

"पराधीन सपनेहुँ सुख नाहीं |"

अर्थात जो व्यक्ति स्वाधीन नहीं होता है उसे स्वजनों से कभी भी सुख नहीं मिलता है | हमे जीवन में स्वाधीन होना चाहिए | एक मनुष्य के लिए पराधीनता अभिशाप की तरह होता है | जो व्यक्ति पराधीन होते हैं वे सपने में भी कभी सुखों का एहसास नहीं कर सकते हैं |

तय समय पर मेरी शादी राधा के साथ हो गई | जब मेरी शादी हुई तो मेरी उम्र मात्र 18 साल थी और मेरी पत्नी राधा की उम्र 16 साल |राधा सीधी–सादी गाँव की संस्कारी लड़की थी | डील डौल से दुबली , रंग गेहुआँ , नाक नक्श गोल गोल, और शरीर में काफी फुर्ती | सारा दिन भँवरे की तरह घूम घूम कर घर का पूरा काम करती थी | माँ की सुनती, बाबूजी की सुनती , मेरे भाई बहनों की सुनती और मेरा भी ख्याल रखती | कुछ दिनों में ही उसने मेरे माता-पिता का मन मोह लिया |

रात के 12 बज रहे थे | घर के सभी लोग सो गए थे | वैसे भी गाँव में लोगों की जल्दी सोने की आदत होती है | मुझे तो भाभी दोस्तों के बीच से जबरन खींच कर ले गई और धक्का देते हुए राधा के कमरे के अंदर बंद कर दिया और बाहर से दरवाजे की कुंडी लगा दी | यह तो सरासर जोर-जबरदस्ती थी पर मैं क्या करता ?

सुहागरात के समय पलंग पर वह सिकुडी हुई घूँघट काढ़े बैठी थी | मैं खिन्न मन से उसके पास जाकर पलंग पर बैठ गया और पूछा,

"कितनी पढ़ी लिखी हो ?"

"पचमा पास किए हैं |"

सुनकर मुझे धक्का लगा | मैंने कहा ,

“मुझे बताया गया था की तुम दसवीं कक्षा पास हो |”

वह कुछ नहीं बोली | कमरे में सन्नाटा छाया हुआ था | मैंने कुर्ता उतारा और खूंटी पर टांग दिया | बिना कुछ बोले पलंग के एक ओर मुंह घुमाकर लेट गया | मन में ख्याल आते रहे | मेरे साथ हर कोई जोर जबरदस्ती कर रहा था | कोई सुनने वाला नहीं था | रात के एक बज रहे थे | तभी अचानक राधा ने हिम्मत बटोरते हुए कहा,

“दूध पी लीजिए |”

“मुझे नहीं पीना दूध, तुम पी लो और सो जाओ |”

“भाभी ने कहा है , ये दूध आपके लिए है |”

मैंने आँखें खोली और देखा तो राधा दूध का गिलास लिए खड़ी है | मुझे उसकी ये हालत देखकर दया आ गई | मैंने उसके हाथ से गिलास ले लिया ,एक सांस में ही दूध गटागट पी गया ,और आँखें बंद कर चुपचाप लेट गया |

मैं रोज रात को देर से कमरे में आता और चुपचाप सो जाता | यह सिलसिला एक सप्ताह चला | न ही मैं उससे बातें करता और न ही उसकी हिम्मत पड़ती मुझसे कुछ कहने की |

एक रात जब मैं आया तो वो रोज की तरह मेरा इंतजार कर रही थी | उसने मेरे पैर पकड़ लिए और मुझसे पूछा,

“मुझसे क्या गलती हो गई है ?” आप इतना नाराज क्यों हैं ?

मैं चुप रहा | मैं उसे क्या जवाब देता ? मैं तो अपनी सोच से ही परेशान था | यदि राधा कम पढ़ी लिखी थी तो इसमें उसका क्या दोष था ? मेरे पिता ने मुझे अँधेरे में रखा था की राधा दसवीं कक्षा पास है | मेरे साथ यह बहुत बड़ा धोखा था | मेरी भी आकांक्षाएं थी –मेरी पत्नी मेरे समकक्ष पढ़ी लिखी हो ताकि समाज में मैं भी अपना सर ऊंचा कर के चल सकूँ | एक अनपढ़ गवांर को मुझसे ब्याह दिया , वह भी धोखे में रखकर | यह असंतोष मेरे सीने में एक सूल की तरह चुभ रहा था |

मेरी चुप्पी देखकर उसके सब्र का बांध टूट गया , वह फूट फूट कर रोने लगी | मुझसे उसके आँसू देखे नहीं गए | मैंने उसे सीने से लगा लिया, वह सिसक सिसक कर रोती रही | हमारे सारे गीले शिकवे उसके आंसुओं

में बह गए | इस तरह हमने अपनी पहली सुहागरात मनाई |

मैंने इसे अपनी नियति मान लिया | राधा में एक गृहणी के सभी गुण थे | उसका दोष सिर्फ इतना था कि वह पढ़ी-लिखी नहीं थी | मैंने सोचा –मैं इसे पढ़ाऊँगा |

पति-पत्नी के रिश्तों में सेक्स की अहम भूमिका होती है | हम दोनों जवान थे | जब एक बार यौन सुख का अनुभव किया तो वासना के सागर में डूबते ही चले गए | बी ए की पढ़ाई पूरी होते होते हमारे दो बच्चे हो चुके थे | राधा भी घर-गृहस्थी के काम में ऐसे जुटी कि उसे पढ़ने की फुरसत ही नहीं मिली | मैंने भी फिर उसके पढ़ने पर जोर नहीं डाला |

****

बी ए का परीक्षा परिणाम आ चुका था | मात्र बी ए पास करने से कोई नौकरी मिलने वाली नहीं थी | बाबूजी ने कहा LLB कर लो | मैंने भी सोचा ये ठीक रहेगा | इसी बहाने सतना में तीन साल और रहने का मौका मिलेगा |

सतना में रहते हुए फिल्म देखने का शौक हो गया था | कोई भी नई फिल्म लगती तो पहले ही दिन मैं टिकट खिड़की पर खड़ा मिलता | फिल्म के प्रेम प्रसंगों को देख कर मन में ख्याल आते – काश....... मुझे भी एक सुंदर सी बाला मिल जाती तो मैं भी उसके आगोश में डूब जाता | मैं फिल्मी गाने गुनगुनाते रहता | अब मेरे आदर्श हिन्दी फिल्मों के हीरो राजेश खन्ना हो चुके थे |

एक कहावत है –जहाँ चाह, वहाँ राह | अर्थात इंसान यदि वास्तव में कुछ हासिल करना चाहता है, तो वह इसे प्राप्त करने के तरीके खोजता रहेगा और अंत में सफल होकर ही रहेगा | अगर आप सिद्दत से प्रयास करते हैं तो सभी कठिनाइयों को पार कर आखिर में सफलता मिल ही जाती है |

मुझे भी मेरे ख्वाबों की मलिका मिल गई | मैंने सतना के लॉ कॉलेज में एडमीशन ले लिया | कॉलेज का पहला दिन था , सभी लड़के लड़कियां बड़े उत्साह से एक दूसरे का आपस में परिचय कर रहे थे | क्लास में दस लड़कियां थी बाकी चालीस लड़के थे | लड़कियों ने कक्षा में सबसे आगे की बेंच कब्जा कर लिया था और उनके पीछे बैठने के लिए लड़कों में होड़

लगी थी | मुझे पीछे की बेंच मिली |

प्रोफेसर ने कक्षा में आते ही अपना परिचय दिया तत्पश्चात सभी विद्यार्थियों को अपना परिचय देने को कहा | सब बारी बारी से अपना परिचय देने लगे | जब उस लड़की की बारी आई तो सभी लड़कों के कान खड़े हो गए | उसने कहा ,

"सर, मेरा नाम माया श्रीवास्तव है , मैंने कन्या महाविद्यालय रीवा से बी ए किया है , मैं मैहर की रहने वाली हूँ , मेरे पिता तहसीलदार हैं |"

जब मेरा नंबर आया तो मैंने कहा,

"सर मेरा नाम मोहन पांडे है , मैंने शासकीय महाविद्यालय सतना से बी ए किया है , मैं मैहर का रहने वाला हूँ , मेरे पिता मंदिर के पुजारी हैं |"

ज्यों ही मैंने मैहर का नाम लिया तो वो मेरी तरफ सर घुमाकर देखने लगी | वो हमारी कक्षा की सबसे सुंदर लड़की थी | मैंने नोटिस किया कि क्लास के ज्यादातर लड़कों की नजर उसकी ओर ही लगी हुई थी |

वह लंबी छरहरे बदन की लड़की थी , रंग गेहुआँ , बाल उसकी कमर के नीचे तक लटकते थे , आँखें कुछ सामान्य से बड़ी पर उनमें आकर्षण जबरदस्त था | जब वह मुस्कुराती थी तो उसके गालों पर गड्ढे पड़ जाते थे |

पीरियड समाप्त होने के बाद मैं क्लास से अंत में बाहर आया तो देखा कि वो अपनी एक सहेली के साथ कॉलेज के मेन गेट के पास खड़ी बातें कर रही थी | मैं उसे देखते हुए भी अनदेखा कर आगे निकल गया | तभी पीछे से आवाज आई ,

"प्लीज थोड़ा रुकेंगे ?

मैंने पीछे मूड़कर देखा तो माया मेरी तरफ ही देख रही थी | मैंने पूछा ,

"क्या आप मुझसे कुछ कह रही हैं ?

"हाँ , मैं आपसे ही कुछ कहना चाह रही हूँ |"

"कहिए |"

"मेरा नाम माया है , मैं भी मैहर की ही रहने वाली हूँ |"

"मैं भी मैहर में ही रहता हूँ , मेरा नाम मोहन है |"

“हाँ, मैं सुन रही थी जब आप क्लास में अपना परिचय दे रहे थे |”

“ताज्जुब है एक ही शहर में रहते हुए हम कभी मिले नहीं |”

“पहले मेरे पापा रीवा में पोस्टेड थे | दो महीने पहले ही हम लोग मैहर शिफ्ट हुए हैं | वैसे आप किधर जा रहे हैं ?

“मैं राजेन्द्रनगर गली नंबर 2 में रहता हूँ |”

“मुझे भी वहीं तक जाना है , क्या आप मुझे वहाँ छोड़ देंगे ?”

हाँ क्यों नहीं ?

उसने अपनी सहेली को अलविदा कहा | तब तक मैं अपनी बाइक स्टैंड से बाहर ले आया था | वह पीछे बैठ गई | कुछ ही देर में हम गली नंबर 2 में पहुँच चुके थे | मुझे आश्चर्य हुआ कि माया भी मेरे किराये के मकान के सामने ही फ्लैट में रह रही थी | मैंने पूछा,

“यहाँ कब से रह रही हो ?”

“एक सप्ताह पहले ही यहाँ आई हूँ |”

“आप कहाँ रहते हैं ?”

“आपके सामने वाले घर में |”

वो यह सुनकर मुस्कुराने लगी और कहा ,

“फिर तो साथ ही कॉलेज चलेंगे |”

“श्योर “, मैंने मुस्कुराते हुए जवाब दिया |

“चलती हूँ |”,

ऐसा कहकर वह मुस्कुराती हुई, सीढ़ियाँ चढ़ती हुई अपने कमरे में चली गई | मैं उसे जाता हुआ देखता रहा | उसका कमरा मेरी बॉलकनी से दिखाई दे रहा था | यदि पर्दा न होता तो कमरे के अंदर भी सब कुछ साफ देखा जा सकता था |

मैं पलंग पर आकर लेट गया और सोचता रहा कि क्या संयोग है ? जो मैं ख्वाबों में देखता था वो अब पूरा होते हुए दिखाई दे रहा था |

जब भी कॉलेज जाने का समय होता तो वो बॉलकनी में आ जाती | मैं समझ जाता कि अब वो तैयार हो चुकी है | उस दिन के बाद हम दोनों साथ साथ कॉलेज आने-जाने लगे | कुछ दिनों बाद ही सब को पता चल गया कि हम एक दूसरे को प्यार करते हैं |

हम कॉलेज के बाद भी स्टेडियम में जाकर कई घंटे बातें करते हुए बिता देते , साथ ही फिल्म देखने जाते | पढ़ाई तो हमारे टाइम पास का माध्यम था | हमारा प्यार दिनों दिन परवान चढ़ रहा था | मैं इस बात से बेफिक्र था कि मैं शादीशुदा हूँ और मेरे दो बच्चे भी हैं |

एक दिन उसने कहा,

मोहन, तुम्हारे बिना दिल नहीं लगता, मुझे तुमसे प्यार हो गया है |"

"माया, क्या तुम्हें पता है ,मैं दो बच्चों का पिता हूँ ?"

"तो क्या हुआ, प्यार तो किसी से भी हो सकता है |"

"हाँ , हो सकता है पर हमारे प्यार का भविष्य क्या है ?"

"ये तुम मुझसे पूछ रहे हो? खुद सोचो कैसा भविष्य हो सकता है |"

"वही तो सोच रहा हूँ , हम दोनों शादी तो नहीं कर पाएंगे |"

"क्यों नहीं कर पाएंगे ?"

"मेरी शादी हो चुकी है और तुम्हारे घर वाले मुझसे तुम्हारी शादी की इजाजत देंगे नहीं |"

"मैं तो शादी तुमसे ही करूंगी चाहे सूरज पूरब की बजाय पश्चिम से उगने लगे |"

"मतलब तुमने पक्का इरादा बना लिया है |"

"हाँ , मैंने तो बना लिया है , अब तुम अपना इरादा बता दो |"

"तो मैंने भी बना लिया |"

माया के इरादों ने मुझे अंदर से मजबूत कर दिया था | मुझे इस बात का पूरा अंदाजा हो गया था कि बाबूजी तो मुझे घर से ही निकाल देंगे | पर मैं इसके लिए भी तैयार था | हमारे दिन यूं ही हवा में पंख पसारे पक्षी की तरह उड़ने लगे |

वह अपनी एक सहेली के साथ रहती थी जिसका नाम आशा था | आशा भी लॉ की छात्रा थी | मैं और घनश्याम साथ रहते थे | हम चारों ही मैहर के रहने वाले थे | सप्ताहांत में एक बार सतना से मैहर चले जाते थे जो की मात्र 30 किलोमीटर की दूरी पर था | हमारे घर वाले भी हमारी तरफ से बेफिक्र थे | हमें यहाँ कोई रोकने टोकने वाला नहीं था | हम आजाद पंक्षी की तरह घूमते फिरते थे | रामवन, चित्रकूट , पन्ना नेशनल पार्क , धारकूँड़ी आश्रम और विश्व प्रसिद्ध खजुराहो मंदिर हम घूम चुके

थे |

****

खजुराहो से याद आया | मार्च का महीना था , बसंत ऋतु का आगमन हो चुका था | हमने एक सप्ताह तक चलने वाले खजुराहो उत्सव को देखने का मन बनाया | घनश्याम ,आशा , माया और मैं खजुराहो के लिए बाइक से ही निकल पड़े | सड़क के किनारे पलास के पेड़ केशरिया फूलों से लदे हुए थे , गेहूं और चने की फसलें खेतों में लहलहा रही थी हवा में मस्ती थी | सतना से खजुराहो सड़क मार्ग से 120 किलोमीटर की दूरी पर है| हम यात्रा का लुत्फ उठाते हुए तीन घंटे में खजुराहो पहुँच गए |हमने होटल हारमोनी में दो कमरे बुक किए | कुछ देर आराम किया फिर निकल पड़े खजुराहो के मंदिर देखने | हमने एक गाईड की सेवाएं ली |

कामसूत्र की तरह ही खजुराहो के मंदिर भी विश्वप्रसिद्ध हैं, क्योंकि इनकी बाहरी दीवारों में लगे अनेक मनोरम और मोहक मूर्ति शिल्प कामक्रिया के विभिन्न आसनों को दर्शाते हैं| कामसूत्र में एक वैज्ञानिक की दृष्टि से कामभावना और कामकला का अध्ययन और विश्लेषण किया गया है तो उसकी मूल भावना का खजुराहो में चित्रण किया गया है |

मध्यप्रदेश के छतरपुर जिले में स्थित खजुराहो का इतिहास काफी पुराना है | खजुराहो का नाम खजुराहो इसलिए पड़ा क्योंकि यहाँ खजूर के पेड़ों का विशाल बगीचा था | खजीरवाहिला से नाम पड़ा खजुराहो | इब्नबतूता ने इस स्थान को 'कजारा' कहा है , तो चीनी यात्री ह्वेनसांग ने अपनी भाषा में इसे 'चि: चि: तौ' लिखा है | अल्बरूनी ने इसे 'जेजाहुति' बताया है, जबकि संस्कृत में यह 'जेजयक भुक्ति' बोला जाता रहा है | चंद बरदाई की कविताओं में इसे 'खजूरपुर' कहा गया तथा एक समय इसे 'खजूरवाहक' नाम से भी जाना गया | लोगों का मानना था कि इस समय नगर द्वार पर लगे दो खजूर वृक्षों के कारण यह नाम पड़ा होगा,जो कालांतर में खजुराहो कहलाने लगा |

खजुराहो में वे सभी मैथुनी मूर्तियाँ अंकित की गई हैं, जो प्राचीनकाल का मानव उन्मुक्त होकर करता था जिसे न ईश्वर का और न धर्मों की नैतिकता का डर था | हालांकि रखरखाव के अभाव में एक ओर जहां ये

मूर्तियाँ नष्ट हो रही हैं, वहीं लगातार इन धरोहरों से मूर्तियों की चोरी की खबरें भी आती रही हैं |

अधिकतर धर्मों ने सेक्स का विरोध कर इसका तिरस्कार ही किया या जिसके चलते इसे अनैतिक और धर्मविरुद्ध कृती माना जाता है | धर्म, राज्य और समाज ने स्त्री और पुरुष के बीच के संपर्क को हर तरह से नियंत्रित और सीमित करने के अधिकतर प्रयास किए | इसके पीछे कई कारण थे | इस प्रतिबंध के कारण ही लोग इस पर चर्चा करने और इस पर किसी भी प्रकार की सामग्री पढ़ने, देखने आदि से कतराते हैं लेकिन दूसरों से छिपकर सभी यह कुकृत्य (?) करते हैं| समाज में बलात्कार के कारणों को ढूँढने का प्रयास कोई नहीं करता |

सेक्स न तो रहस्यपूर्ण है और न ही पशुवृत्ती | सेक्स न तो पाप से जुड़ा है और न ही पुण्य से | यह एक सामान्य कृती है लेकिन इस पर प्रतिबंध के कारण यह समाज के केंद्र में आ गया है | पशुओं में सेक्स प्रवृत्ति सहज और सामान्य होती है जबकि मानव ने इसे सिर पर चढ़ा रखा है | मांस, मदिरा और मैथुन में कोई दोष नहीं है, दोष है आदमी की प्रवृत्ति और अतृप्ति में | कामसुख एक स्वाभाविक प्रवृत्ति है, लेकिन मनुष्य ने उसे अस्वाभाविक बना दिया है |

खजुराहो के बारे में सबसे महत्वपूर्ण बात यह है कि कामकला के आसनों में दर्शाये गए स्त्री-पुरुषों के चेहरे पर एक अलौकिक और दैवी आनंद की आभा झलकती है | इसमें जरा भी अश्लीलता या भोंडेपन का आभास नहीं होता | ये मंदिर और इनका मूर्तिशिल्प भारतीय स्थापत्य और कला की अमूल्य धरोहर है | इन मंदिरों की इस भव्यता, सुंदरता और प्राचीनता को देखते हुए ही इन्हे विश्व धरोहर में शामिल किया गया है |

खजुराहो में वे सभी मैथुनी मूर्तियाँ अंकित की गई हैं, जो प्राचीनकाल का मानव उन्मुक्त होकर करता था जिसे न तो ईश्वर का और न ही धर्मों की नैतिकता का डर था | हालांकि इसका मूर्तिशिल्प लक्ष्मण, शिव और पार्वती को समर्पित मंदिरों का अंग है इसलिए इनको धार्मिक महत्व से इनकार नहीं किया जा सकता |

अब सवाल यह उठता है की मंदिर जैसी पवित्र जगह पर इस तरह की मैथुनी मूर्तियां क्यों बनाई गई ? क्या इसे बनाते वक्त धर्मगुरुओं ने इसका विरोध नहीं किया ? क्या खजुराहो के मंदिरों का तंत्र और कामसूत्र से कोई संबंध है ? आखिर कौन–कौन सी मुद्राओं की यहाँ पर मूर्तियाँ हैं |

कामसूत्र में वर्णित अक्षत मैथुन का सजीव चित्रण खजुराहो के सभी मंदिरों की दीवारों पर जीवंत दिखाई देता है | 22 मंदिरों में से एक **कंदारिया महादेव का मंदिर**काम शिक्षा के लिए मशहूर है | संभवतः कन्दरा के समान प्रतीत होते इसके प्रवेश द्वार के कारण इसका नाम कंदारिया महादेव पड़ा होगा | यह खजुराहो का सबसे विशाल तथा विकसित शैली का मंदिर 117 फुट ऊंचा, तथा 66 फुट चौड़ा यह मंदिर सप्तरथ शैली में बना है | हालांकि इसके चारों उपमंदिर सदियों पूर्व अपना अस्तित्व खो चुके थे | विशालतम मंदिर की बाह्य दीवारों पर कुल 646 मूर्तियाँ हैं तो अंदर भी 226 मूर्तियाँ स्थित हैं | इतनी मूर्तियाँ शायद अन्य किसी मंदिर में नहीं हैं |

यह मंदिर भगवान शिव को समर्पित है | मंदिर की बनावट और अलंकरण भी अत्यंत वैभवशाली है | कंदारिया महादेव मंदिर का प्रवेश द्वार 9 शाखाओं से युक्त है, जिन पर कमल पुष्प, नृत्यमग्न अप्सराएं तथा व्याल आदि बने हैं |सरदल पर शिव की चारमुखी प्रतिमा बनी है | इसके पास ही ब्रह्मा एवं विष्णु भी विराजमान हैं | गर्भगृह में संगमरमर का विशाल शिवलिंग स्थापित है | मंडप की छतों पर भी पाषाण कला के सुंदर चित्र देखे जा सकते हैं |

इस मंदिर का निर्माण राजा विद्याधर ने मोहम्मद गजनवी को दूसरी बार परास्त करने के बाद 1065 ई। के आसपास करवाया था | बाह्य दीवारों पर सुर-सुंदरी, नर-किन्नर, देवी-देवता व प्रेमी युगल आदि सुंदर रूपों में अंकित हैं | मध्य की दीवारों पर कुछ अनोखे मैथुन दृश्य चित्रित हैं |

एक स्थान पर ऊपर से नीचे की ओर एक क्रम में बनी 3 मूर्तियाँ कामसूत्र में वर्णित एक सिद्धांत की अनुकृति कही जाती हैं | इसमें मैथुन क्रिया के आरंभ में आलिंगन व चुंबन के जरिए पूर्ण उत्तेजना प्राप्त करने का महत्व दर्शाया गया है | एक अन्य दृश्य में एक पुरुष शीर्षासन

की मुद्रा में 3 स्त्रियों के साथ रतिरज नजर आता है |

मंतगेश्वर खजुराहो का सबसे प्राचीन मंदिर जिसे राजा हर्षवर्मन ने 920 ई। में बनवाया था | पिरामिड शैली में बने एक ही शिखर वाले इस मंदिर की शिल्प रचना एकदम साधारण है | गर्भगृह में करीब ढाई मीटर ऊंचा और एक मीटर व्यास का एक शिवलिंग है | मंदिर परिसर में एक विशाल उद्यान में ऊंचे शिखर वाले कई मंदिर हैं | ये सभी ऊंचे चबूतरों पर बने हुए हैं |

लक्ष्मण मंदिरको 930 ई में राजा यसोवर्मन द्वारा बनवाया गया था | पंचायतन शैली में बने इस मंदिर के चारों कोनों पर एक-एक उपमंदिर बना है | मुख्य मंदिर के द्वार पर रथ पर सवार सूर्यदेव की सुंदर प्रतिमा है | मंदिर की बाह्य दीवारों पर सैकड़ों मूर्तियाँ जड़ी हैं | मूर्तियों की सुंदरता, उनकी भाव-भंगिमा को देखना अद्भुत है | अधिकतर मूर्तियाँ उस काल के जीवन और परंपराओं को दर्शाती हैं | इनमें नृत्य,संगीत,युद्ध,शिकार आदि जैसे दृश्य हैं | प्रमुख मूर्तियों में विष्णु, शिव, अग्निदेव आदि के साथ गंधर्व, सुर-सुंदरी, देवदासी, तांत्रिक, पुरोहित और मिथुन मूर्तियाँ हैं |

एक मूर्ति में तो नायक-नायिका द्वारा एक-दूसरे को उत्तेजित करने के लिए नख-दंत का प्रयोग कामसूत्र के किसी सिद्धांत को दर्शाता है | मंदिर के गर्भगृह में भगवान विष्णु के त्रिमुखी प्रतिमा के दर्शन होते हैं | अंदर की दीवारों पर भी मूर्तियाँ विद्यमान हैं | लक्ष्मण मंदिर के चबूतरे पर छोटी –छोटी मूर्तियाँ हैं | इनमें धर्मोपदेश ,नृत्य-संगीत, शिक्षा, युद्ध के लिए प्रस्थान के दृश्यों के साथ ही कुछ दृश्य सामूहिक मैथुन के भी हैं | इनमें एक लक्ष्मी मंदिर व दूसरा वराह मंदिर है |

विश्वनाथ मंदिर ,जो शिव को समर्पित है | 90 फुट ऊंचे और 45 फुट चौड़े इस मंदिर का निर्माण 1002 ई। में राजा धंगदेव द्वारा करवाया गया था | मंदिर की सीढ़ियों के आगे दो शेर और हाथी बने हैं | मंदिर में देव प्रतिमा, अष्टदिग्पाल , नाग कन्यायाएं व अप्सरा आदि हैं |अन्य कतारों में उस काल की समृद्धि का चित्रण , राजसभा, रासलीला, विवाह और उत्सव के दृश्यों के रूप में है | इनमें वीणा वादन करती नायिका तथा पैर से कांटा निकालती अप्सरा की मूर्ति भी अद्भुत है | मुख्य आलियों

में चामुंडा, वराही, वैष्णवी, कौमारी, माहेश्वरी व ब्रह्मयनी आदि के बाद अंत के आलिए में नटेश्वर की प्रतिमा है | गर्भगृह की दीवारों पर शिव अनेक रूपों में चित्रित हैं तथा गर्भ गृह में शिवलिंग के दर्शन होते हैं | प्रमुख मंदिर के सामने बड़ा सा नंदी मंडप है | 12 खंभों पर टीके चौकोर मंडप में शिव के वाहन नंदी की 6 फुट ऊंची प्रतिमा है |

चित्रगुप्त मंदिर सूर्यदेव को समर्पित है | इसका निर्माण राजा गंददेव द्वारा 1025 ई। के लगभग करवाया गया था | मंदिर की दीवारों पर अन्य मूर्तियों के मध्य उमा महेश्वर, लक्ष्मी नारायण और विष्णु के विराट रूप में मूर्तिया भी हैं | जनजीवन की मूर्तियों में पाषाण ले जाते श्रमिकों की मूर्तियाँ मंदिर निर्माण के दौर को दर्शाती हैं | मुख्य प्रतिमाओं के मध्य व्याल व शार्दूल नामक पशुओं की प्रतिमाएं हैं , जो हर मंदिर पर बनी हैं |

इस मंदिरकी दीवारों पर नायक-नायिका को आलिंगन के विभिन्न रूपों में चित्रित किया गया है | गर्भगृह में 7 घोड़ों के रथ पर सार भगवान सूर्य की प्रतिमा विराजमान है | निकट ही हाथ में लेखनी लिए चित्रगुप्त बैठे हैं |

लगभग सभी मंदिरों की दीवारों पर कहीं-कहीं एकल तो कहीं-कहीं सामूहिक मैथुनरत मूर्तियाँ वात्स्यायन के कामसूत्र में वर्णित और चित्रित अनेक आसनों का बोध कराती हैं | सामूहिक मैथुन के दृश्य तो दर्शकों के मन में एक अलग तरह का कौतूहल पैदा करते ही हैं, किन्तु पशु मैथुन के गिने चुने दृश्यों का रहस्य समझ से परे है | मूर्ति शिल्प की उत्कृष्टता यह भी दर्शाती है की ये मैथुन मूर्तियाँ किसी तरह के पूर्वागृह या कुंठा से उपजी हुई रचनाएं नहीं हैं , लेकिन ऐसे दृश्यों का उत्तर न तो मंदिर की दीवारों पर और न किसी शिलालेख पर लिखा है |

क्यों बनाए खजुराहो के मंदिर ? खजुराहो के मंदिरों के बनाने के अलग-अलग कारण बताए जाते हैं | पहला कारण है - एक मत है की ये मूर्तियाँ यहाँ अर्थ, धर्म,काम, मोक्ष के सिद्धांत का हिस्सा हैं | इस विषय में यह भी कहा जाता है कि ये प्रतिमाएं भक्तों के संयम की परीक्षा का माध्यम हैं | मोक्ष के कई मार्गों में से एक है - काम | सनातन हिन्दू धर्म ने जिंदगी को 4 पुरुषार्थों के हवाले किया है –धर्म, अर्थ,काम और मोक्ष |

एक-एक सीढ़ी और एक-एक सफलता और चार पुरुषार्थों का समन्वय है खजुराहो के मंदिरों में |

दूसरा कारण है – उक्त काल में बौद्ध धर्म के प्रभाव के चलते गृहस्थ धर्म से विमुख होकर अधिकतर युवा ब्रह्मचारी और सन्यास की ओर अग्रसर हो रहे थे | उन्हे पुन: गृहस्थ धर्म के प्रति आसक्त करने के लिए ही देश भर में इस तरह के मंदिर बनाए गए और उनके माध्यम से यह दर्शाया गया की गृहस्थ रहकर भी मोक्ष प्राप्त किया जा सकता है |

तीसरा कारण है – कहा जाता है कि चंदेल राजाओं के काल में इस क्षेत्र में तांत्रिक समुदाय की वाममार्गी शाखा का वर्चस्व था, जो योग तथा भोग दोनों को मोक्ष का साधन मानते थे | ये मूर्तियाँ उनके क्रिया-कलापों की ही देन हैं | वात्स्यायन के काम सूत्र का आधार भी प्राचीन कामशास्त्र और तंत्रसूत्र है | शास्त्रों के अनुसार संभोग भी मोक्ष प्राप्त करने का एक साधन हो सकता है, लेकिन यह बात सिर्फ उन लोगों पर लागू होती है, जो सच में ही मुमुक्षु हैं |

बहरहाल, स्थापत्य की इस विधा के मूल में कारण और औचित्य चाहे कुछ भी रहा हो, यह तो निश्चित है कि उस काल की संस्कृति में ऐसी कला का भी महत्वपूर्ण स्थान था |

चौथा कारण : खजुराहो के मंदिर के निर्माण के संबंध में बुंदेलखंड में एक जनश्रुति प्रचलित है | कहते हैं की एक बार राजपुरोहित हेमराज की पुत्री हेमवती संध्या की बेला में सरोवर में स्नान करने पहुंची | उस दौरान आकाश में विचरते चंद्रदेव ने जब स्नान करती अति सुंदर और नवयौवना हेमवती को देखा तो वे उस पर आसक्त हुए बगैर नहीं रह पाए | उसी पल वे रूपसी हेमवती के समक्ष प्रकट हुए और उससे प्रणय निवेदन किया | कहते हैं की उनके मधुर संयोग से जो पुत्र उत्पन्न हुआ उसे ही बड़े होकर चंदेल वंश की स्थापना की | समाज के भय से हेमवती ने उस बालक को वन में कर्णावती नदी के तट पर पाला और उसका नाम चंद्रवर्मन रखा |

बड़ा होकर चंद्रवर्मन एक प्रभावशाली राजा बना | एक बार उसकी माता हेमवती ने उसे स्वप्न में दर्शन देकर ऐसे मंदिरों के निर्माण के लिए प्रेरित किया, जो समाज को ऐसा संदेश दे जिससे समाज यह समझ सके

कि जीवन के अन्य पहलुओं के समान कामेच्छा भी एक अनिवार्य अंग है और इस इच्छा को पूर्ण करने वाला इंसान कभी पापबोध से ग्रस्त न हो |

ऐसे मंदिरों के निर्माण के लिए चंद्रवर्मन ने खजुराहो को चुना | इसे अपने राजधानी बनाकर उसने यहाँ 85 वेदियों का एक विशाल यज्ञ किया | बाद में इन्ही वेदियों के स्थान पर 85 मंदिर बनवाए गए थे जिनका निर्माण चंदेल वंश के आगे के राजाओं द्वारा जारी रखा गया | यद्यपि 85 में से आज यहाँ केवल 22 मंदिर शेष हैं | 14 वीं शताब्दी में चंदेलों के खजुराहो से प्रस्थान के साथ ही सृजन का वह दौर खत्म हो गया |

खजुराहो में देवी-देवताओं के मंदिर हैं लेकिन इन्हे सबसे ज्यादा जाना जाता है तो कामसूत्र पर आधारित विभिन्न मुद्राओं में मैथुनरत मूर्तियों के लिए | हालांकि खजुराहो के मंदिर अकेले ऐसे मंदिर नहीं | भारत में ऐसे और भी मंदिर हैं जिनमें कामसूत्र से प्रेरित रतिरत मूर्तियाँ है जैसे छत्तीसगढ़ में भोरम देव का मंदिर, हिमाचल में चंबा मंदिर, उत्तरांचल के अल्मोड़ा में नंदा देवी मंदिर, उड़ीसा में कोणार्क और लिंगराज का मंदिर, राजस्थान के रणकपूर में जैन मंदिर, बाड़मेर जिले में स्थित किराडू के मंदिर और कर्नाटक के हम्पी में मनुमंत मंदिर | छत्तीसगढ़ की राजधानी रायपुर से सवा सौ किलोमीटर दूर एक मंदिर ऐसा है जो खजुराहो और कोणार्क के सूर्य मंदिर की तरह दिखाई देता है | इस मंदिर में कोई एक दो नहीं पूरी 54 मूर्तियाँ हैं जो मैथुन की अवस्था में दिखाई देती हैं | प्रचार-प्रसार और सुविधाओं के अभाव में यह मंदिर वैसी ख्याति हासिल नहीं कर पाया |

क्या कहता है सेक्स पर हिन्दू धर्म ?

मोक्ष का मार्ग : कोणार्क,पुरी , खजुराहो- इन मंदिरों की दीवारों पर मैथुन –मूर्तियाँ हैं | इन मूर्तियों का संदेश है कि संसार मैथुन मे है | संसार में मन्मथ भाव की प्रधानता है | यह द्वैत में अद्वैत का आनंद देती है | हिन्दू धर्म में काम को कामदेव और कामेश्वर माना गया है |

धर्म के अनुसार काम करते हुए अर्थोपार्जन और कामोपभोग के बाद मोक्ष प्राप्ति के लिए प्रयत्नशील होने की अवस्था आती है | प्राचीन हिन्दू

परंपरा के वाहक 'रामायण' और 'महाभारत' में भी काम के प्रति अनेक प्रकार के रुझानों के दर्शन होते हैं | अपनी मूल प्रकृति में हिन्दू धर्म और परंपरा वर्जनावादी नहीं है |

हिन्दू जीवन-दर्शन में काम की भूमिका एवं उसके महत्व को सहज भाव से स्वीकारा गया है | उसे न तो गोपनीय रखा गया और न ही वर्जित करार दिया गया | इतनी महत्वपूर्ण बात ,जिससे सृष्टि जन्मती और मर जाती है, से कैसे बचा जा सकता है ? इसीलिए धर्म और अर्थ के बाद काम और मोक्ष का महत्व है |

ओशो अपने प्रवचन 'संभोग से समाधि की ओर ' में कहते हैं कि तंत्र ने सेक्स को स्प्रिचुअल बनाने का दुनिया में सबसे पहला प्रयास किया था | खजुराहो में खड़े मंदिर, पुरी और कोणार्क के मंदिर सबूत हैं | खजुराहो की नग्न मैथुन की प्रतिमाओं को देखकर ऐसा नही लगता कि इनमे जरा भी कुरूप और बेहूदा है बल्कि एक शांति और पवित्रता का अनुभव होगा |

हमने तीन दिन और तीन रातें खजुराहो में बिताया | इस दौरान हमने खजुराहो डांस फेस्टिवल में आयोजित होने वाले विभिन्न राज्यों के नृत्य कलाओं का लुत्फ उठाया |

****

खजुराहो के प्रवास की हमारी आखरी रात थी | घनश्याम और आशा नृत्य कार्यक्रम देखने में मशगूल थे | तभी माया ने मुझे वहाँ से चलने का इशारा किया और कहा होटल चलते हैं | मैं माया की किसी भी बात का विरोध नहीं करता था वो यह अच्छी तरह जानती थी | फिर भी मैंने कहा ,

"घनश्याम और आशा को भी ले चलते हैं |"

"उन्हे प्रोग्राम देखने दो , डिस्टर्ब ना करो |"

कार्यक्रम समाप्त होने में अभी काफी समय बाकी था पर हम उन्हे बिना बताए ही होटल में लौट आए | आज माया बड़ी उत्साहित दिख रही थी | वह मुझे अपने कमरे में ही खींच कर ले गई | दरवाजा बंद करते ही मेरे सीने से लग गई | मैंने कहा,

"मुझे भूख लगी है , कुछ खा पी लेते हैं |"

उसने मेरी ओर बड़ी कामुक नजरों से देखते हुए कहा ,

“मेरे रहते भी तुम भूखे हो , ये तुम्हारी बेवकूफी है |”

“मैडम, मेरा मतलब पेट की भूख से है |”

“मैं भी तो यही कह रही हूँ |”

“नहीं, तुम्हारा मतलब शरीर की भूख से है |”

“तुम समझते तो सब हो पर दो रातें तुमने यूं ही बर्बाद कर दी , मैं अब भी भूखी बैठी हूँ |”

“मैं समझ गया, पहले पेट की भूख मिटाते हैं , फिर तुम्हारी |”

वह मुस्कुराने लगी | मैंने कॉफी और टोस्ट का ऑर्डर दिया |हम फ्रेश होकर तैयार हो गए तभी वेटर कॉफी और टोस्ट लेकर कमरे में ही आ गया | हम दोनों ने कॉफी पिया और बिस्तर पर चले गए |

आज सचमुच अनोखा अनुभव हो रहा था | माया मुझसे ज्यादा उत्साहित थी | उसमें आंधी और तूफान की तरह जोश था | राधा मंद गति से बहती हुई बारहमासी नदी थी तो माया बाढ़ में आई ब्रहमपुत्रा , जो सब कुछ बहा ले जाना चाहती थी | आज ये ब्रहमपुत्रा पूरे उफान पर थी – तटों को तोड़ने को बेचैन | मैं तो बस इसकी धारा में बह रहा था अपना अस्तित्व भूलकर | हम एक हो चुके थे आदि पुरुष मनु और सतरूपा की तरह | पर इसका भी अनोखा आनंद था |

माया पिछले तीन वर्षों से तप रही थी, अंदर ही अंदर एक ज्वालामुखी की तरह | आज उसके सब्र का बांध टूट चुका था , अंदर का लावा बह रहा था , मैं भी उसकी तपन में जल रहा था ...... |

मुझे अपने आलिंगन में उसने ऐसे बांधा हुआ था कहीं मैं छूट न जाऊँ | उसकी साँसों में मैं ऐसे समा रहा था जैसे पहाड़ की ऊंचाई से गिरती हुई नदी की धारा किसी जलकुंड में समा जाती है और फिर धीरे धीरे मंथर गति से बहने लगती है |

अंततः मैं थक चुका था और वो संतुष्ट | उसने पूछा,

“क्या अब भी भूख लगी है ?”

मैं मुस्कुराया,उसे अपने सीने से लगा कर बोला,

“माया, ये भूख कभी मिटती नहीं |”

वो रहस्यमयी मुस्कान से मुझे घायल करते हए बोली ,

" मेरे प्यारे मोहन, यही तो माया का मायाजाल है | अब तुम इस मायाजाल से निकल नहीं सकते |"

"कौन कमबख्त निकलना चाहता है ?",

मैंने उसकी ओर शरारत भरी निगाहों से देखा, वो ठहाके मार कर हंसने लगी |

करीब दो घंटे बाद कमरे की घंटी बजी | मैं हड़बड़ा कर उठ बैठा, की होल से देखा तो घनश्याम और आशा दोनों बाहर खड़े थे | मैंने माया को जगाया , वह उठ बैठी और तैयार हो गई मानो इन दो घंटों में कुछ भी नहीं हुआ हो | मैंने दरवाजा खोला | आते ही घनश्याम ने पूछा ,

"यार बिना बताए ही तुम लोग चले आए |"

"माया का थकान के मारे सिर दर्द हो रहा था",मैंने बहाना बनाया |

"अब कैसा है ?"

"कुछ देर आराम करने के बाद अब ठीक है |"

"तो चलो डिनर करते हैं |"

हम चारो ने डिनर किया और वापस अपने कमरों मे आकर सो गए |

सुबह हम नाश्ता करके जल्दी ही सतना के लिए निकल पड़े |

****

कॉलेज में तीन साल कब निकल गए हमें पता ही नहीं चला | हम LLB का फाइनल एग्जाम देकर मैहर पहुँच गए थे | इसी दौरान मैहर के प्राइवेट कॉलेज में सहायक प्रोफेसर की नियुक्ति के लिए विज्ञापन देखा | मैंने माया और घनश्याम को बताया | माया, घनश्याम और मैं तीनों ने आवेदन दिया | संयोगवश माया और मेरा सलेक्सन हो गया | घनश्याम ने वकालत करने का इरादा बनाया |

माया और मैं दोनों ही कॉलेज साथ साथ जाने लगे | यह बात ज्यादा दिन छुपी न रह सकी कि हम दोनों एक दूसरे को प्यार करते हैं | बाबूजी को भी पता चला | उन्होंने एक दिन मुझसे पूछा,

"मोहन ,हमें पता चला है कि तुम तहसीलदार की लड़की के साथ रोज कॉलेज आना-जाना करते हो | क्या ये सच है ?"

"बाबूजी, हम एक ही क्लास में पढ़ते थे और एक ही कॉलेज में पढ़ा रहे हैं , फिर साथ आना जाना तो होगा ही |"

"हम तुम्हें चेतावनी दे रहे हैं , उससे मेलजोल बस कॉलेज तक ही रखो , घर गृहस्थी का ध्यान रखो , दो बच्चों के बाप हो , पराई औरत से ज्यादा संबंध रखोगे तो पूरे शहर में बदनामी होगी , हमारी इज्जत का भी थोड़ा ख्याल रखो |"

मैं चुपचाप सर झुका कर बाबूजी की बातें सुनता रहा | नौकरी लगने के एक साल बाद ही प्राइवेट कॉलेज सरकार के अधीन हो गया और हम दोनों की नौकरी भी सरकारी हो गई |

अब तो हमारा हौसला बढ़ चुका था | माया मुझ पर शादी का दबाव देने लगी | मैंने एक दिन साहस बटोरकर बाबूजी से कहा,

"बाबूजी , माया मुझसे शादी करना चाहती है |"

"सीधे क्यों नहीं कहते कि तुम उससे शादी करना चाहते हो ? अरे अधर्मी कुछ तो शर्म करो घर में जवान पत्नी बैठी है, दो बच्चों के बाप हो और कितनी बेशर्मी से अपनी शादी की बात मुझसे कर रहे हो | मैंने पहले तुम्हें चेताया था कि उस औरत से दूर रहो पर तुम नहीं माने |"

दूसरे दिन मुझे माया ने बताया ,

"तुम्हारे बाबूजी मेरे पापा से मिलने आए थे , उस वक्त मैं घर में ही थी | वह ऊंची आवाज में कह रहे थे – 'तहसीलदार साहब आपकी होनहार बिटिया मेरे शादी शुदा बेटे से शादी करना चाहती है | कोई अच्छा सा लड़का देखकर उसकी शादी कर दीजिए वरना एक बसी- बसाई गृहस्थी बर्बाद हो जाएगी |"

उस दिन के बाद माया के घर में भी तूफान आ गया |उसके माता-पिता ने उसे बहुत समझाया पर वो नहीं मानी | वैसे भी वो आत्मनिर्भर हो चुकी थी , कॉलेज में प्रोफेसर थी | ऐसी हालत में उसके माता-पिता क्या कर सकते थे ?

माया ने मुझे सुझाव दिया कि एक किराये का मकान ले लिया जाए और किसी मंदिर में जाकर शादी कर लिया जाए | हमने एक किराये का मकान ले लिया और चित्रकूट के एक मंदिर में जाकर हमने गंधर्व विवाह कर लिया | मेरी शादी में मेरा दोस्त घनश्याम और आशा ही मौजूद थे|

माया और मैं अपने घर से अलग किराये के मकान में रहने लगे | एक दिन बाबूजी ने फिर मुझे घर बुलाया और कहा ,

"मोहन, पागलपन न करो , तुम्हारी वजह से मेरी बहुत बदनामी हो रही है , घर वापस आ जाओ |"

"बाबूजी, मैंने कौन सा गलत काम कर दिया है ?

"क्या कहा ? गलत काम ? जवान औरत के घर में रहते किसी पराई औरत के साथ बेहयाई से रह रहे हो, न अपनी इज्जत की फिकर और न ब्राह्मण कुल मर्यादा की ?

" बाबूजी मैंने माया से शादी कर ली है | पहले आप की मर्जी से किया था अब अपनी मर्जी से किया हूँ | आपने तो मुझे धोखे में रखकर एक अनपढ़ औरत से शादी करवा दी मैंने आपका कहना मान लिया , अब आप मेरा कहना मान लीजिए और माया को अपनी बहू स्वीकार कर लीजिए |"

"सत्यानाश ! हे शारदा माँ ऐसी संतान देने की बजाय मुझे निसंतान ही रखती तो ये दिन ना देखने पड़ते , मुझे उठा ले माँ |"

"बाबूजी इतना दुखी क्यों हो रहे हैं, मैं आप से कुछ नहीं मांग रहा हूँ , बस मेरी इतनी विनती है उसे अपनी बहू मान लीजिए |"

बाबूजी अपना सर पकड़कर आँगन के बीचोबीच बैठ गए और फफक फफक कर रोने लगे | उनकी आँखों से आँसू, मुंह से लार और नाक से छीछ्न टपक रहा था | वो आक्रोश और क्षोभ में ऐसे डूबे थे जैसे कोई उनकी जीवन भर की कमाई छीन ले गया हो |"

उनकी ये हालत माँ से देखी नहीं गई , माँ ने कहा ,

"नाहक इतना दुखी हो रहे हो मोहन के बाबू , बेटा तो अपना है , मान लीजिए न उसको बहू , क्या बिगड़ जाएगा आपका |"

माँ की बातें सुनकर बाबूजी का पारा आसमान पर चढ़ गया | लाल लाल आंखे करते हुए उन्होंने माँ को ऐसे देखा जैसे अपने क्रोध की ज्वाला से उसे भस्म कर देंगे |वो उठे और अचानक गरजे

"खबरदार उस कुलटा को मेरी बहू कहा तो , मेरी बहू मेरे घर में है | अगर तुम्हें बेटे से इतना ही प्यार है तो तुम भी चली जाओ इसके साथ | लेकिन सब कान खोलकर सुन लो – अगर वो दुश्चरित्र औरत मेरे घर में आई तो मेरा मरा मुंह देखोगे |"

तब तक राधा और मेरे दोनों बच्चे भी आँगन में आ गए थे | राधा ने कहा ,

“बाबूजी, अगर ये उसे यहाँ लाते हैं तो मुझे कोई परेशानी नहीं है , माया मेरी सौत जरूर है पर मैं उसे अपनी बहन की तरह रखूंगी |आखिर ये मेरे पति हैं , इनकी खुशी मेरी खुशी है |”

बाबूजी मेरी तरफ मुखातिब होकर बोले ,

“देख ले तू, जिसे अनपढ़ कहता है वो तेरी खुशी के लिए सब कुछ करने को तैयार है, और एक तू है जिसे इश्क का भूत चढ़ा है | उस डायन ने न जाने कौन सा जादू कर दिया है तुझ पर | तेरी मति भ्रष्ट हो गई है | कहे देता हूँ – एक दिन पछताएगा , और हाँ एक बात और कान खोल कर सुन ले – अपनी संपत्ती से तुझे एक फूटी कौड़ी भी न दूंगा | जा निकल जा इस घर से , दुबारा मुझे अपना मुंह न दिखाना |”

****

माया के मोहपाश में मैं इतना बंध चुका था कि बाबूजी की बातें मुझे बेमानी लग रही थी |राधा की उदारता और माँ की ममता को मैं भावावेश में कही गई बातें मान रहा था | वहीं दूसरी ओर मेरा सीना अपमान की ज्वाला में धधक रहा था | बाबूजी ने मेरी पत्नी और बच्चों के सामने इतना अपमानित किया था की अब मैं एक पल भी उस घर में रहना नहीं चाहता था | घर के सभी लोग मुझे दुश्मन नजर आ रहे थे | मैंने अपना बचा-खुचा सामान बटोरा और टैक्सी में लाद कर माया के पास हमेशा के लिए आ गया |

मोहब्बत की दुनिया बड़ी बेरहम है | यहाँ मंजिल कठिन यातनाओं से गुजरकर मिलती है | मोहब्बत कब किसी के लिए किस्मत का दरवाजा खोल दे या कब किसी को बर्बाद कर दे कह पाना मुश्किल है |इसे समझ पाना भी कठिन है ,बस समय के साथ ही सीख मिलती है | जिदगी की किताब में अनुभव के पन्ने जुडते रहते हैं | किसी मशहूर शायर ने कहा है ,

“ये इश्क नहीं आसां , एक आग का दरिया है, और डूब के जाना है |”

****

मैं आज कॉलेज नहीं गया था , बाबूजी से मिलना जो था | माया कॉलेज से वापस नहीं आई थी | समान घर के कोने में पटक कर मैं कमरे की फर्श पर ही लेट गया | आज मेरा मन बहुत दुखी था | घूमते हुए सीलिंग फैन को ताकता रहा | इतना अपमान और वेदना लिए मैं कब तक लेटा रहता , मन बहुत बेचैन था | मैं मंदिर की तरफ निकल पड़ा | मंदिर के साथ ही स्वामी पूर्णानन्द गोस्वामी से मुलाकात हो गई | वो संस्कृत के विद्वान और बड़े अनुभवी व्यक्ति थे | मैं अक्सर उनके पास जाता और घंटों उनसे बातें करता था | बहुत दिनों से उनसे मुलाकात नहीं हुई थी | मुझे देखते ही उन्होंने कहा ,

"आओ मोहन बहुत दिनों के बाद आए , आज बहुत परेशान दिख रहे हो , क्या बात है ?"

मैंने कहा ,

"गुरुदेव ,मुझे एक लड़की से प्यार हो गया है , मैंने उससे शादी कर ली है | बाबूजी ने मुझे घर से निकाल दिया है | आप तो जानते हैं मैं पहले से ही शादीशुदा हूँ | फिर भी उस लड़की को छोड़ नहीं सकता | मुझे समझ नहीं आ रहा कि मैं कहाँ जाऊँ ? मेरी पत्नी भी मुझे प्यार करती है और वो लड़की भी , **आखिर प्रेम है क्या ?**

मेरी बात सुनकर वो मुस्कुराये और कहा ,

"**प्रेम अंतर्मन की एक भावना है**| प्रेम एक अभिव्यक्ति है, जो एक जीवात्मा को दूसरे जीवात्मा से जोड़ती है | आसान शब्दों में कहें तो प्रेम ही वह धागा है जो इस सम्पूर्ण जगत को आपस में जोड़ कर रखता है | प्यार ईश्वर का एक वरदान है जो उन्होंने अपने पुत्र स्वरूप सभी जीवों को प्रेम स्वरूप भेंट किया है | या यूं कहें कि प्रेम ही ईश्वर का स्वरूप है , अर्थात प्रेम के रूप में ईश्वर ही सभी प्राणियों के हृदय में निवास करते हैं,ताकि सृष्टि का सृजन और पोषण अनवरत चलता रहे | केवल इतना ही नहीं बल्कि सृष्टि के विनाश का कारण भी प्रेम ही है |

प्रेम का सर्वश्रेष्ठ उदाहरण ईश्वर का जगत के प्रति प्रेम है| ईश्वर ने हम सभी जीवों को लाखों प्रकार के पेड़-पौधे, फल-फूल और खाद्य सामग्री दी है | हमारे जरूरत की प्रत्येक वस्तु दी है ताकि हम सुख पूर्वक अपना जीवन व्यतीत कर सकें | यह ईश्वर का प्रेम ही है, ईश्वर हमारी

छोटी बड़ी गलतियों को माफ कर देते हैं और हमें सही मार्ग दिखाते हैं | हमें हर मुश्किल से निकालते हैं | यह ईश्वर का निस्वार्थ प्रेम ही है जिसे हम करुणा कहते हैं | इसी प्रेम के प्रभाव से सृष्टि के दो विपरीत लिंग वाले प्राणियों का शारीरिक संबंध स्थापित होता है | जिसके फलस्वरूप एक नए जीव का जन्म होता है | प्रेम के इस प्राकृतिक प्रक्रिया के द्वारा ईश्वर सृष्टि का सृजन करते हैं | एक माँ अपने बच्चे को निस्वार्थ भाव से स्तनपान कराती है जिसे हम ममता कहते हैं | एक शिष्य अपने गुरु की निस्वार्थ भाव से सेवा करता है इस प्रेम को हम श्रद्धा कहते हैं |"

"प्रेम के प्रभाव से ही सृष्टि के सभी मनुष्य एक दूसरे की सहायता करते हैं,एक दूसरे के जीवन में सहयोग करते हैं | इसके अतिरिक्त प्रेम के और भी कई सारे रूप होते हैं , जैसे पति-पत्नी का प्रेम , भाई-बहन का प्रेम, मित्र-मित्र का प्रेम या प्रेमी-प्रेमिका का प्रेम, परंतु इन सभी प्रेमों में जगह और वक्त के अनुसार प्रेम का स्तर बदलता रहता है | हालांकि प्रेम तो वही रहता है बस उसके मायने बदल जाते हैं | परंतु निस्वार्थ प्रेम जहां रहता है वहाँ आनंद ही आनंद देता है | प्रेम के बिना जीवन का अस्तित्व ही नीरस और अधूरा है | जरा एक बार कल्पना करो , क्या प्रेम के बिना जीवन संभव है, कदापि नहीं | इसीलिए कहा जाता है कि प्रेम ही जीवन है | श्रद्धा , भक्ति, ममता, करुणा और स्नेह ये सब प्रेम के वास्तविक स्वरूप हैं | एक बात हमेशा याद रखो – वास्तविक प्रेम हमेशा निस्वार्थ होता है, स्वार्थ तो लोग उसमें जोड़ देते हैं जो निस्वार्थ प्रेम को विकृत बना देता है |"

सच्चा प्रेम क्या है ?सच्चा प्रेम ईश्वर द्वारा मनुष्य को दी गई सबसे बहुमूल्य उपहार है | प्रेम ही वह फूल है जो मनुष्य के जीवन को खूबसूरत बनाता है | जी हाँ प्रेम ही वह खुशबू है जो मनुष्य के जीवन को खुशियों से महका देता है | वास्तव में प्रेम ही संसार की सभी खुशियों का सार है | प्रेम के कई रूप हैं | परंतु प्रेम चाहे किसी भी रूप में हो उसकी तो बस एक ही परिभाषा है **समर्पण**| यानि किसी के प्रति सच्चे मन से समर्पित होना,और प्रेम यदि सच्चा हो तो आनंद ही आनंद देता है|

मगर आजकल तो प्यार की परिभाषा ही बदल गई है | कोई कहता है मुझे प्यार में केवल दर्द और गम मिला है,कोई कहता है मुझे प्यार में

बर्बादी ही मिली है, तो कोई कहता है मुझे प्यार में हमेशा धोखा ही मिला है | परंतु मेरा कहना है कि इसका मतलब आपने प्यार किया ही नहीं था | आप तो व्यापार करने निकले थे जिसमें आपको नुकसान हो गया | आप तो केवल अपने मतलब के लिए प्यार करते थे और जहाँ मतलब हो वहाँ प्यार तो हो ही नहीं सकता | आजकल लोग प्यार को पाना चाहते हैं , प्यार को बंधन में बांधना चाहते हैं मगर प्यार कोई बंधन नहीं है | प्यार तो पंख देता है उड़ने के लिए | प्यार कोई चीज नहीं है जिसे हासिल किया जा सके ,प्यार तो एक एहसास है जो केवल महसूस किया जा सकता है | दरअसल आजकल लोग आकर्षण और वासना को ही प्यार समझ बैठे हैं , आकर्षण खत्म तो प्यार खत्म, वासना पूरी हुई तो प्यार खत्म | और अगर वासना पूरी नहीं हुई तो फिर घृणा और ईर्ष्या का जन्म होता है |

ऐसा प्यार आजकल एसिड अटैक, हत्या, आत्महत्या और अपहरण जैसे सामाजिक अपराधों का कारण बनता है | ऐसा प्रेम तो केवल दुख ही दे सकता है , बर्बादी दे सकता है | इसलिए ऐसे प्रेम को पाप समझा जाता है, इसलिए ऐसे प्रेम को बुरी नजर से देखा जाता है क्योंकि ये सच्चा प्रेम नहीं है |

प्रेम तो पवित्र और पावन होता है | सच्चा प्रेम तो इंसान को देवता बना देता है | जिसने सच्चे प्रेम को समझ लिया उसे फिर और कुछ समझने की जरूरत नहीं है क्योंकि संत कबीर ने भी कहा है ,

"पोथी पढ़ी पढ़ी जग मुआ, पंडित भया ना कोय
ढाई आखर प्रेम के , पढे सो पंडित होय "

लोग कहते हैं कि प्यार अधूरा होता है , प्यार कभी पूरा नहीं होता परंतु ये बिल्कुल झूठ है | क्योंकि प्यार कभी अधूरा नहीं हो सकता | प्यार तो अपने-आप में पूर्णता का एहसास है | प्यार कोई मंजिल नहीं प्यार तो एक सफर है | अगर सच्चे प्रेम का उदाहरण देखना हो तो राधा-कृष्ण का प्रेम देख लो , श्री राम-और शबरी का प्रेम देख लो ,मीरा का प्रेम देख लो जो संसार में आज भी अमर है और युगों –युगों तक अमर रहेगा | इसलिए आप अगर प्रेम करो तो सच्चा प्रेम करो मगर प्रेम के नाम पर पाप मत करो क्योंकि प्रेम एक पूजा है | बस मेरा यही कहना है |"

"अब हम विकृत प्रेम के बारे में समझते हैं | जिसका निर्माण मनुष्य के अज्ञान और स्वार्थ के द्वारा होता है | इस प्रेम का नाम है - वासना | **वासना प्रेम का विकृत स्वरूप है**, इसलिए इस प्रेम से कामना, क्रोध, दुख और निराशा उत्पन्न होती हैं | फिर इन्ही भावनाओं के दुष्प्रभाव से अपराध और अधर्म का जन्म होता है जो मनुष्य को पतन की ओर ले जाता है |"

"आज हमारी दुनिया में जो मानवीय भावनाओं का असंतुलन पैदा हो रहा है उसका कारण है – निस्वार्थ प्रेम की कमी | सामाजिक रिश्तों की तो बात छोड़िए, आजकल पिता-पुत्र में प्रेम की कमी है, भाई-बहन में प्रेम की कमी हैं, पति-पत्नी में प्रेम की कमी है , जो इस निस्वार्थ प्रेम की कमी का संकेत है | जो बचा-खुचा प्रेम है वह भी मनुष्य के स्वार्थ का शिकार हो गया है | इसलिए आजकल हर जगह प्रेम की शिकायत सुनने को मिलती है | कुछ लोगों को तो प्रेम के नाम से ही नफरत है , क्योंकि प्रेम का सही अर्थ तो किसी ने समझा ही नहीं है | **प्रेम का सही अर्थ है निस्वार्थ भाव से किसी के प्रति आपना सर्वस्व समर्पित कर देना**| अपने प्रेमी के हित और खुशी के लिए अपनी खुशियों का खुशी-खुशी त्याग कर देना | प्रेम जीवन देता है ,जीवन लेता नहीं | प्रेम तो परमात्मा के समतुल्य पवित्र और महान है परंतु मनुष्य ने इस पवित्र और महान प्रेम को उसके स्तर से गिरा कर कामना और वासना तक ही सीमित कर दिया है | इसलिए आज यह स्वार्थी प्रेम हत्या और आत्महत्या का सबसे बड़ा कारण बन गया है | जिस तरह इस स्वार्थी प्रेम का दुष्प्रभाव हमारे समाज में दिन-प्रतिदिन बढ़ता जा रहा है, वह निश्चित ही सृष्टि के विनाश का सूचक है | इसलिए अगर प्रेम करें तो निस्वार्थ प्रेम करें अन्यथा इस पवित्र प्रेम को दूषित ना करें |"

"मैं तुम्हें उदाहरण सहित समझाता हूँ | मैंने कई सारे रिश्तों को इतना मजबूत देखा है, जहां पर विवाह पूर्व दंपति ने एक दूसरे को देखा भी नहीं था | प्रत्यक्ष उदाहरण तो मेरे घर में ही है | मेरी दादी तो 18 साल की थी जब वो ब्याह के आई थी |"

"गुरुदेव, आपकी पीढ़ी में तो ऐसा ही था , पर अब समय बदल गया है |"

"समय नहीं मोहन बल्कि हमारी सोच बदल गई है | मैंने ऐसे लोगों को अलग होते हुए देखा है जो विवाह पूर्व एक दूसरे को अच्छे से जानते थे, और सब कुछ अपने हिसाब से योजना बनाके विवाह किया था, लेकिन 5 साल में ही सब टूट गया और आज वो दोनों तालाक के लिये वकीलों के चक्कर काट रहे हैं |"

"आप ठीक कह रहे हैं |"

"मैंने ऐसे लोग भी देखे हैं जिनके बच्चे होने के बावजूद भी, शादी के 20 साल होने पर भी तलाक हो गया है | इससे बस यही साबित होता है की प्यार ऐसे नहीं टिकता | प्यार बस एक मानसिक सोच का नाम है, जो तब तक रहेगा जब तक उसे निभाया जाए |"

वो मेरी प्रतिक्रिया देखना चाहते थे पर मैं स्वीकारोक्ति में सर हिलाता रहा | उन्होंने फिर कहा,

"**कोई भी इंसान पहली नजर में प्यार नहीं कर सकता, वो तो बस आकर्षण होता है**| कभी कभी संयोगवश उसी स्त्री से प्रेम हो जाता है तो लोग समझते हैं कि वो पहली नजर का प्यार था | कोई ये नहीं जानता कि मैं जिससे आकर्षित हूँ , वही मेरी प्रेमिका या पत्नी बनेगी |"

उन्होंने अपनी बात आगे बढ़ाते हुए कहा,

"प्रेम कभी भी नित्य नहीं हो सकता जब तक प्रेम में से काम को नहीं हटाया जाए | अगर आपने सुंदरता के आकर्षण को प्रेम समझकर विवाह किया है तो कभी न कभी वो वृद्ध हो जाएगी | मोटापा, बीमारी,दुःख, धन का अभाव, हानि, बालक की मृत्यु या स्त्री का वन्ध्या होना , पुरुष के वीर्य में दोष होना, सास ससुर का प्रतिकूल होना, घर में पानी/बिजली आदि तकलीफें होना, नौकरी छूट जाना, आर्थिक नुकसान होना, स्त्री या पुरुष को रोगग्रस्त होना इत्यादि तकलीफें अटल हैं और कभी भी आ सकती हैं , ऐसी स्थिति में जिसका विश्वास, निष्ठा एक दूसरे में बनी रहे तो वो सच्चा प्रेम है |"

मैं मंत्रमुग्ध होकर गुरूजी की बातें सुन रहा था ,

"केवल काम वासना को ध्यान में रखके , अथवा एक दूसरे की पसंद नापसंद और आदतों को ध्यान में रखके विवाह करने वाले प्रेम कभी नहीं कर पाएंगे | आज नहीं तो कल दोनों पति पत्नी एक दूसरे से कामुकता

के सिलसिले में ऊब जाएंगे और फिर वो उत्तेजना भी नहीं रहेगी | काम को ध्यान में रख के उसे प्रेम समझने वाले तभी तक प्रेम कर पाते हैं जब तक आकर्षण बना रहे और उत्तेजना बनी रहे | उस काल के बाद जब एक दूसरे की खामियाँ नजर आने लगें , क्रोध, लोभ, गलत आदतें , गंदगी , अत्यधिक सफाई इत्यादि चीजें फिर झगड़ों का कारण बन जाएंगी |"

इतनी परिपक्वता दोनों में होनी चाहिए कि कोई दो लोग कितने ही समान सोच वाले क्यों न हों कभी बिल्कुल एक जैसे नहीं हो सकते | दो लोग हमेशा अलग होंगे और इस बात को स्वीकार कर लेनी चाहिए |

पुराने रिश्ते इसलिए टिकते थे क्योंकि दोनों कुल देख के विवाह करते थे, संस्कार (values and ethics) और आदर्श देखके विवाह करते थे | खाने-पीने में समानता, आदतों में समानता या अच्छे से चुंबन लेना या काम कला में बिस्तर पर निपुण होना , विवाह के मापदण्ड नहीं थे | आदर्श इसलिए जरूरी हैं क्योंकि आज नहीं तो कल विपत्तियाँ आएंगी ही | संस्कार इसलिए जरूरी हैं क्योंकि कोई भी व्यक्ति बाध्य हो और जंगलियत करने लगे , तो यही संस्कार और अच्छा पालन-पोषण उसे ऐसा करने से रोकेंगे |

प्रेम को नहीं संभाला जाए, और अगर अच्छे से ध्यान नहीं रखा जाए, तो धीरे धीरे खिंचते खिंचते प्रेम की डोर टूट जाएगी | इस डोर को सलामत रखने का एकमात्र उपाय है –परस्पर निर्भरता (interdependence) , स्वतंत्रता या पराधीनता नहीं बल्कि अंतर्निर्भरता | यदि इस तरह परस्पर निर्भरता होगी, तभी दोनों पति-पत्नी एक दूसरे की कदर करेंगे | नहीं तो कभी न कभी अहंकार आना ही है, फिर क्रोध आएगा, फिर झगड़े होंगे और प्रेम की डोर टूट जाएगी |

मेरे हिसाब से तो प्रेम परस्पर निर्भरता को ही कहते हैं | विनम्र और विद्वान पति-पत्नी भी यदि परस्पर निर्भर न हों तो अपने को ही करता मानकर अहंकार में रिश्ते बिगाड़ देंगे |परस्पर निर्भरता होगी ,तो अपने आप दोनों को एक-दूसरे के निर्णयों का सम्मान करना पड़ेगा, दोनों के मतभेदों को स्वीकारना पड़ेगा और मनुहार करके एक-दूसरे के रूठने पर मानाना भी पड़ेगा | जब आपस में निर्भरता नहीं होगी तो जो प्रधान व्यक्ति होगा, वही सारे निर्णय लेगा, वही सब कुछ निर्धारित करेगा और

अप्रधान को एक दास की तरह स्वीकार करना पड़ेगा | विरोध करने पर या रूठने पर प्रधान अप्रधान को और कोसेगा , कि मैं इतना सब करता हूँ/करती हूँ और तुम्हें विरोध करना है ! मानव स्वभाव ही स्वार्थी है | जब तक अपना स्वार्थ नहीं होता, तब तक कोई सम्मान नहीं होता चाहे अपना पुत्र, पत्नी, माँ या भगवान ही क्यों न हो | आज भगवान लोगों की इच्छा पूरी नहीं करता, तो लोग भगवान को पूजना छोड़ देते हैं | इसलिए परस्पर निर्भरता आवश्यक है |

आप दुनिया के किसी भी सफल रिश्ते को देख लीजिए,आपको निश्चित रूप से दोनों में परस्पर निर्भरता मिलेगी और किसी भी असफल रिश्ते को देख लीजिए आपको दोनों में परस्पर निर्भरता का अभाव मिलेगा | **प्यार की सबसे सरल परिभाषा यही परस्पर निर्भरता है|"**

****

मेरा माया के प्रति प्यार तो शारीरिक आकर्षण से पैदा हुआ है | इसमें परस्पर निर्भरता तो है ही नहीं | गुरूजी की बातें ज्ञान और अनुभव का सागर थीं | जीवन में अनुभव लेने के लिए अनुभव के सागर में डुबकी लगानी ही पड़ती है | मैं डुबकी लगा चुका था | अब तो चाहे जो भी हो ,सच्चाई यही है कि मैंने राधा के सच्चे प्रेम को छोड़कर माया को अपनाया था |

मैं जब घर पहुंचा तो अंधेरा हो चुका था | घर पहुंचते ही माया ने पूछा,

"कहाँ गायब हो जाते हो , आज कॉलेज भी नहीं गए ,रात होने को आई तब घर आ रहे हो ?"

मैं कुछ नहीं बोला , चुपचाप घर के एक कोने में दीवाल से पीठ टिका कर बैठ गया और कहा,

"माया, आज बाबूजी ने घर से निकाल दिया और कहा –' निकल जा घर से दुबारा मुझे मुंह न दिखाना' |"

"ठीक ही तो कहा है, बार बार क्यों जाते हो उस घर में जहां कोई सम्मान नहीं है | मैंने भी तो अपने माता-पिता से विरोध लेकर तुमसे शादी की है ,अब क्या पछताना ? जो भी होगा देखा जाएगा |"

"तुम ठीक कहती हो , ये तो सब होना ही था |"

हमने खाना खाया और बिस्तर पर चले गए | परिवार वालों के विरोध और लोगों की चुभती नजरों से माया को रत्ती भर भी फर्क नहीं पड़ा था | वो बनी ही ऐसी थी –बेपरवाह, मस्त और अपनी शर्तों पर जिंदगी जीने वाली |

बिस्तर पर तो वो कमाल की औरत थी | वात्स्यायन के काम सूत्र के सभी आसनों का प्रयोग करना चाहती थी | लगता था उसके जीवन का उद्येश्य सिर्फ भोग है , काम वासना है |

हमारे दिन मौज मस्ती में बीत रहे थे | शादी के छै महीने बाद ही एक लड़की पैदा हो गई | मुझे याद आया खजुराहो के होटल की वो रात जब माया के भीतर का लावा फुट कर बह निकला था और उसकी गर्मी में मैं भी झुलसा था |

बच्चा पैदा होने के बाद भी न ही माया के माता-पिता मिलने आए और न ही मेरे | बच्चे की देखभाल के लिए माया को लंबी छुट्टी लेनी पड़ी | हमने एक आया भी रखा था जो घर का सारा काम करती थी | हम दोनों की तनख्वाह से सब कुछ मैनेज हो रहा था |

शादी के तीन साल बीत चुके थे | मैंने नोटिस किया कि माया बिस्तर पर पहले जैसा उत्साह नहीं दिखाती थी | बात बात पर चिड़चिड़ाना , मेरी उपेक्षा करना , ताने मारना अब उसकी आदत में सुमार हो गया था | मैंने उससे इसका कारण जानने के लिए पूछा ,

“माया, क्या बात है तुम बात बात पर नाराज हो जाती हो ?बिस्तर पर भी बहाने बनाती हो ?”

“तुम भी पहले की तरह वो प्यार नहीं करते | जो चाहत मेरे लिए तुम्हारी आँखों में होती थी वो गायब है | अब तो मैं तुम्हें सेक्स की एक मशीन दिखाई देती हूँ |”

“तुम गलत इल्जाम लगा रही हो | अपने सीने में हाथ रख कर पूछो ये कितना सच है |”

“हाँ, मैं ही गलत हूँ तुम पूरी तरह सही हो | “

हमारे संबंधों में दरार बढ़ती जा रही थी पर मुझे इसका कारण समझ नहीं आ रहा था | मैं अंदर ही अंदर घुला जा रहा था | कॉलेज से आने के बाद मैं स्वामी जी के पास जाने लगा था | घर में रहकर माया के ताने

और उपेक्षा सहना अब रोज की दिनचर्या में शामिल हो गया था | स्वामी जी के पास कुछ घंटे बैठ कर शांति मिलती थी |

एक दिन शाम का वक्त था | जब मैं घर लौटा तो देखा कि मैहर शहर का एक नामी गुंडा माया के साथ बेड रूम में बैठ कर हंसी –मजाक कर रहा है | मैं बैठक रूम से आगे नहीं गया और न ही माया मेरे पास आई | एक घंटे बाद जब वो चला गया तो मैंने माया से पूछा ,

" मनोरंजन चौरसिया यहाँ क्यों आया था ?"

"मेरा पूर्व परिचित है , वो पहले भी मेरे घर आता था पर उसके यहाँ आने से तुम्हें क्या परेशानी है ?"

"परेशानी क्यों नहीं है ? मेरे घर में, मेरी अनुपस्थिति में, मेरी पत्नी के साथ कोई दूसरा आदमी बिना किसी ठोस कारण के घंटों बैठ कर हंसी-मजाक करे और मुझे कोई परेशानी भी न हो , कितनी बेशर्मी है ये |"

"ये सिर्फ तुम्हारा घर नहीं , मेरा घर भी है | मैं तुम्हारी कोई गुलाम नहीं हूँ जो तुम्हारी इजाजत लेकर अपने दोस्तों से मिलूँगी | वो मेरा दोस्त है , जब चाहे आएगा , जब चाहे जाएगा | तुम्हारी हिम्मत है तो उसे रोक लेना |"

****

मनोरंजन चौरसिया प्रॉपर्टी डीलर और बिल्डर था | वो ऊंची कद-काठी का 35 साल का नौजवान था, उसका रंग गोरा, हल्की दाढ़ी और मुंह में पान दबाए रखता था | गले में सोने की मोटी चैन ,आँखों में रेबेन का चश्मा और हाथ में पंच धातु का कड़ा पहनता था | कोई भी विवादित जमीन हो , वो खरीद लेता था | किरायेदारों से मकान खाली कराना, सरकारी जमीन पर कब्जा करना उसका काम था | मैहर जैसे छोटे शहर का वो एक डॉन था | कोई भी शरीफ आदमी उससे पंगा लेने की कोशिश नहीं करता था | शहर के सभी छोटे-बड़े मुलाजिमों से उसकी जान-पहचान थी | पुलिस से लेकर प्रशासन तक उसकी पैठ थी | स्थानीय विधायक का वो प्रतिनिधि था | लोगों को उठवा देना , पुलिस से पिटवा देना उसके बाएं हाथ का खेल था | शहर में उसकी धाक थी |

आए दिन वो हमारे घर में ही बना रहता था | मैं चाह कर भी उसका विरोध नहीं कर सकता था क्योंकि अब वो माया का दोस्त था , प्रेमी था

और उसका राजदार था |

हद तो तब हो गई जब वो माया के कमरे में ही रात गुजारने लगा | मैं जब भी बाहर से घर आता तो रसोई में जाकर ढंका हुआ ठंडा खाना खाता और अलग कमरे में जा कर सो जाता |

मैं अच्छी तरह जानता था कि मनोरंजन माया के साथ हम बिस्तर है पर मैं चोट खाए सांप की तरह अपने बिस्तर पर छटपटाता रात गुजारता | अपमान का घूंट पीकर चुप रहता | मुझे अपने बाबूजी की कही बात याद आती | उन्होंने कहा था , 'एक दिन तू पछताएगा ' | मैं पछता रहा था पर अब कर कुछ नहीं सकता था | मेरा स्वाभिमान मर चुका था | मैं अपना जीवन ढोए जा रहा था | मुझे मेरे कुकर्मों की सजा मिल रही थी | मेरे माता-पिता और राधा की आह मुझे लग गई थी | जिसे मैं प्यार समझता था वो मात्र शारीरिक आकर्षण था , एक मायाजाल था | उस जाल में मैं उलझ चुका था |

बाबूजी ने मुझे अपनी संपत्ति से बेदखल कर दिया था | उन्होंने पूरी संपत्ति मेरी पत्नी राधा के नाम कर दिया था और इसकी सूचना उन्होंने स्थानीय समाचार पत्र में भी छपवा दिया था | उन्होंने इसकी चेतावनी मुझे पहले ही दे दी थी पर मेरी आँखों में तो माया के मोहजाल की पट्टी बंधी थी | मैं उनकी मान मर्यादा को ताक में रखकर माया के पास चला आया था |

माया को जब पता चला कि मुझे पैतृक संपत्ति से बेदखल कर दिया गया है तो मुझ पर बाबूजी के खिलाफ मुकदमा दायर करने का दबाव बनाने लगी और कहा ,

" तुम्हारे बाप ने तुम्हें संपत्ति से बेदखल कर दिया है और तुम हाथ पे हाथ धरे बैठे हो,मुकदमा क्यों नहीं दायर करते ?"

मैंने उससे स्पष्ट कह दिया,

" मैं बाबूजी के खिलाफ अब कोई मुकदमा दायर नहीं करूंगा | उनकी संपत्ति है , जिसे चाहे दें या न दें ये उनकी मर्जी है |"

" मेरे तीन बच्चों का गुजारा कैसे होगा ?"

"हम दोनों कमा रहे हैं , गुजारा हो जाएगा |"

"कैसे गुजारा हो जाएगा ? तुम तो अपनी सारी कमाई शराब में उड़ा देते हो, घर में एक पैसे नहीं देते , मुझे मनोरंजन से उधार लेना पड़ता है |"

"माया , हमारे झगड़े की असली जड़ मनोरंजन ही है |"

"खबरदार , मनोरंजन के खिलाफ एक शब्द भी बोला तो |"

"देखो मान जाओ, तुम मनोरंजन का साथ छोड़ दो और मैं शराब छोड़ देता हूँ |"

"मैं तुमको छोड़ सकती हूँ पर मनोरंजन को नहीं | तुम्हारे जैसे निकम्मे पति के साथ रहने की बजाय मनोरंजन का साथ बेहतर है | वो मेरा सच्चा प्यार है |"

"कभी मैं भी सच्चा प्यार था ,मेरे लिए भी तुम आहें भरा करती थी |"

"मेरी मति मारी गई थी जो दो बच्चों के बाप से शादी किया, घर वालों से दूर हो गई |"

"तुमने भी तो मेरा बसा बसाया घर उजाड़ दिया ,संपत्ति से बेदखल करवा दिया |"

"जाओ कहीं डूब मरो पर मेरी नजरों से दूर हो जाओ |"

माया अक्सर संपत्ति को लेकर ताने मारती और आए दिन झगड़े करती |

****

माया के साथ हमबिस्तर हुए मुझे तीन साल से भी ज्यादा समय हो चुका था | न जाने उसे मुझसे इतनी नफरत क्यों हो गई थी ? मैं शायद उसकी उद्दाम काम वासना को शांत नहीं कर पा रहा था या उसका मन मुझसे भर गया था | इस बीच माया ने दो बच्चों को जन्म दिया | पूरे शहर को पता लग चुका था कि वो बच्चे मनोरंजन चौरसिया के थे | मैं सिर्फ नाम मात्र का पिता था ,उनका असली पिता तो मनोरंजन चौरसिया था |

मेरी बच्ची मेरे पास आने से कतराती थी वहीं मनोरंजन को अंकल अंकल कहते हुए उसकी जबान नहीं थकती थी | माया तीनों बच्चों को मेरे पास नहीं फटकने देती थी | मनोरंजन तीनों बच्चों को खिलौने लाकर देता था और उनकी हर छोटी बड़ी डिमांड पूरी करता था |

इस सत्य को मैंने स्वीकार कर लिया था की अब मैं माया का नाम मात्र का पति था | मेरी आड़ में माया मनोरंजन के साथ गुलछर्रे उड़ा रही थी | यदि मैं विरोध करता तो मुझे शायद अपनी जान से भी हाथ धोना पड़ता | यही सोच कर मैं चुप रहता था | मेरे खुद के घर के दरवाजे मैंने अपने कारनामों से बंद कर लिए थे | मैं एक घोर अपमान जनक जिंदगी जी रहा था |

एक बार स्थानीय विधायक ने , मुझसे कहा,

"मोहन , तुम एक ब्राह्मण परिवार से हो , तुम्हारी वजह से पूरे ब्राह्मणों की नाक कट रही है | तुम समझाते क्यों नहीं अपनी पत्नी को ?"

मैंने कहा,

"समझाया तो बहुत पर वो सुनती कहाँ है | मुझे कहती है अगर देखा नहीं जाता तो घर छोड़ दो |"

****

मेरे पास इस गम को भुलाने का अब कोई उपाय नहीं था | मैंने अपने गुरूजी के पास भी जाना छोड़ दिया था | उनकी शिक्षा भी मेरे काम नहीं आ रही थी क्योंकि वो गलती तो मैं पहले ही कर बैठा था जिससे बचने की सलाह वो दे रहे थे | आज मेरा मन बहुत उदास था | मैं गुरूजी से मिलने निकल पड़ा |

गुरूजी के चरण स्पर्श किये और उनके आसान के नीचे बैठ गया और पूछा ,

"गुरूजी, लोग कहते हैं –**प्रेम अंधा होता है , ये कहाँ तक सच है ?"**

गुरूजी मेरा प्रश्न सुनकर मुस्कुराये, और कहा ,

"प्रेम अंधा होता है , मैं इसे बिल्कुल सच नहीं मानता | क्योंकि जहां तक मेरी सोच है प्रेम अंधा नहीं होता | प्रेम अंधा हो ही नहीं सकता, क्योंकि प्रेम तो एक दिव्य ज्योति है जो इंसान को अंधकार से प्रकाश की ओर ले कर जाती है | प्रेम की आँखों में इतनी रोशनी है कि वह एक अंधे को भी रास्ता दिखा सकती है | प्रेम एक भटके हुए इंसान को रास्ता दिखाती है | साधारण आँखों से केवल बाहरी वस्तुएं ही दिखाई पड़ती है | परंतु प्रेम की आँखों से आप किसी इंसान के मन और उसकी आत्मा को

भी देख सकते हैं | फिर प्रेम अंधा कैसे हो सकता है ?"

" **मैं कहता हूँ प्रेम की आंखे होती हैं**– महाभारत में भगवान श्री कृष्ण गोकुल छोड़कर मथुरा जा रहे थे | तो गोपियों ने कहा ,आप हमें छोड़ कर जा रहे हो,हम सब कैसे जियेंगे ?भगवान श्री कृष्ण बोले, मैं तुम्हें छोड़कर कहीं नहीं जा रहा | मैं हमेशा तुम्हारे पास ही रहूँगा | अगर हमें देखना हो तो प्रेम की दृष्टि से देखना हम तुम्हें गोकुल की हर वस्तु में नजर आएंगे | प्रेम की आँखों से तो मंदिर के पत्थर में भी भगवान नजर आते हैं | प्रेम की आँखों से पत्नी को अपने पति में परमेश्वर नजर आते हैं | प्रेम अगर सच्चा हो तो वह अपने प्रेमी का गुण और मन देखती है और प्रेम झूठा हो तो भी वह अपने प्रेमी की सुंदरता, धन और पद देखती है, और दोनों ही सूरतों में प्रेम अंधा नहीं होता | और जो प्रेम अंधा होता है वह प्रेम नहीं हो सकता | प्रेम को लोग शायद इसलिए अंधा समझते हैं क्योंकि प्रेम गरीब-अमीर, जात-बिरादरी और रंग-रूप नहीं देखता | किन्तु यहाँ मैं एक छोटा सा उदाहरण देना चाहूँगा | जरा सोचिए किसी को किसी से प्रेम कब होता है ? प्रेम तब होता है जब कोई आपको अच्छा लगता है और कोई आपको तभी अच्छा लगता है जब उसके अंदर आपको कोई अच्छाई दिखती है | प्रेमी को अपने प्रेमी में कुछ ना कुछ तो खास बात दिखती है जो उसे पसंद होता है |"

"**दरअसल प्यार अंधा नहीं हवस अंधी होती है**| आजकल लोगों को प्रेम के विषय में ज्ञान ही नहीं है | वे या तो दूसरे के द्वारा कही गई बातों का अनुसरण करते हैं या उनके द्वारा दी गई व्याख्या को सच मान लेते हैं | किन्तु वास्तव में प्रेम अंधा नहीं होता | बल्कि प्रेम को ना समझने वाले लोग अंधे होते हैं जो किसी की खूबसूरती देखकर उसे पाने की चाहत को प्रेम कहते हैं | किसी राह चलती लड़की को आई लव यू कहना प्रेम समझते हैं | जो प्यार के बदले प्यार पाने की चाहत रखते हैं और जब उनको प्यार के बदले प्यार नहीं मिलता तो जोर जबरदस्ती पर उतर आते हैं | यही अंधी सोच वाले लोग अपने प्रेमी की इज्जत से खिलवाड़ करते हैं | यही अंधी सोच वाले लोग अपने प्रेमी के खूबसूरत चेहरे पर तेजाब डाल देते हैं | ऐसे ही प्यार के अंधे लोग अपने प्रेमी या प्रेमिका के साथ मिलकर अपने पति या पत्नी की हत्या कर देते हैं | प्यार तो जीवन

देता है फिर ये कैसा प्यार है जो जीवन लेता है | दरअसल ये लोग प्यार के अंधे नहीं बल्कि हवस के अंधे होते हैं | अब ऐसे लोगों के लिए प्यार अंधा है तो अंधा ही सही |”

गुरुजी के प्रवचन सुनकर जब मैं घर आया तो बिटिया घर के बाहर ही इंतजार करती हुई मिल गई | मैंने पूछा ,

“ तुम अब तक सोई नहीं ? मम्मी कहाँ है ?

“मम्मी अंकल के साथ सतना गई है अब तक लौटी नहीं |”

मुझे गुस्सा तो बहुत आया पर मैं क्या कर सकता था | माया अब रोज रात को मनोरंजन के साथ खुले आम बाहर घूमने जाती थी | उसे अब कोई लोक लाज का भय नहीं रह गया था | वो दोनों देर रात लौटे | दूसरे दिन मैंने माया से पूछा,

“इतनी देर रात तक कहाँ थी ?”

“तुमको इससे क्या मतलब ?”

“बच्चे घर में अकेले रहते हैं , कोई देखने वाला नहीं है |”

“तुम क्यों नहीं देखते ? तुम्हारी भी तो जिम्मेदारी है |”

“माया, क्यों गृहस्थी बिगाड़ने पर तुली हो ? सरे आम मनोरंजन के साथ घूमना फिरना क्या तुम्हें शोभा देता है ?”

“मैं तुम्हें पहले ही कह चुकी हूँ , मनोरंजन मेरा दोस्त है | मैं तो तुम्हें नहीं रोकती जब तुम घनश्याम के साथ घूमने जाते हो , रात शराब पीकर लौटते हो |”

“तुम अच्छी तरह जानती हो , तुम्हारी बेरुखी से मेरी ये हालत हुई है , वरना मैं शराब को हाथ भी नहीं लगाता था,शराबखाने की तरफ मुंह भी नहीं करता था | तुम जिस तरह मुझे मानसिक प्रताड़ना दे रही हो ऐसी हालत में मैं कहाँ जाऊँ ? शराबखाना ही एक आसरा है |

“तो जाओ मरो शराबखाने में या पैखाने में पर मेरा पीछा छोड़ दो |”

माया का रोज रात को मनोरंजन के साथ बाहर जाना और देर रात घर वापस आना बदस्तूर जारी रहा | मैं उसे रोकने में नाकामयाब था |

****

कार दुर्घटना के बाद मैं दो महीने अस्पताल के बिस्तर पर पड़ा रहा पर एक दिन भी माया मुझसे मिलने नहीं आई और न ही मेरे बच्चों को

मुझसे मिलने दिया | राधा रोज मेरे पास सुबह शाम आती और मेरा पूरा ध्यान रखती | अम्मा और बाबूजी भी बारी बारी से मेरे पास आते और मेरा पूरा ध्यान रखते | एक दिन बाबूजी ने मेरा हाथ पकड़कर कहा,

"बेटा, माफ कर देना , मैंने उस दिन तुझे बहुत बुरा-भला कहा था | क्या करता ? तेरी बर्बादी होते हुए नहीं देख सकता था , आवेश में बहुत कुछ कह गया |

बाबूजी की बात सुनकर मैं रोने लगा, पश्चाताप के आँसू बह रहे थे पर मुंह से कोई शब्द नहीं निकल रहा था | उस दिन एहसास हुआ कि माँ-बाप से ज्यादा निस्वार्थ प्रेम करने वाला इस दुनिया में कोई नहीं होता |

दो महीने बाद मुझे अस्पताल से छुट्टी मिल गई | राधा मुझे सीधे घर ले गई और बेटे को माया के घर भेजकर मेरा सारा सामान मँगवा लिया |

माया भी यही चाहती थी कि उसके रास्ते का रोड़ा हट जाए और निर्बाध रूप से वह मनोरंजन के साथ रंगरेलियाँ मनाती रहे |

अस्पताल से आने के बाद राधा ने मेरी खूब सेवा की | अब मैं बैसाखी के सहारे चल फिर सकता था | मैं राधा के निश्छल प्रेम ,सेवा और समर्पण भाव से अभिभूत हो गया था | मुझे अपने किये पर घोर पछतावा हो रहा था | एक दिन मैंने कहा,

"राधा, मैंने तुम्हारे साथ बहुत अन्याय किया है , हो सके तो माफ कर देना |"

राधा मेरी बात सुनकर मेरे पैरों को पकड़ कर फूट फूट कर बच्चों की तरह रोने लगी | कई वर्षों का दर्द उसके सीने में जमा था | मैं उसे रोते हुए देख रहा था और मुझे अपने किये पर उतना ही पछतावा हो रहा था | मैंने उसे अपने सीने से लगा लिया | वह मेरे सीने से लग कर सुबकती रही | जब शांत हुई तो मेरी आँखों में आँखें डाल कर कहा ,

" आप ने कोई अन्याय नहीं किया | भगवान मेरी परीक्षा ले रहे थे | अगर मुझमें कमी न होती तो आप मुझसे दूर क्यों जाते पर उन्होंने मेरी सजा आपको दे दी मुझे इसी बात का दुख है|"

"मैं उसके इस भोलेपन से निशब्द हो गया | बरबस ही मेरी आँखों से पश्चाताप के आँसू बह निकले | मैंने उसका चेहरा अपने हाथों में लेकर

कहा,

"राधा, तुम्हारा हृदय बहुत विशाल है, तुम्हारी जैसी पत्नी पाकर भी मैं भटकता रहा, यह मेरा दुर्भाग्य था |"

"आप दुखी न हों, जो हो गया उसे भूल जाएँ | ये हमारे प्यार की परीक्षा थी |"

यह कहकर वह फिर मेरे सीने से लग गई | उसकी धड़कने मैं सुन रहा था | मेरा मन कह रहा था –**यही है सच्चा प्यार , जहां सेवा समर्पण और त्याग हो**| राधा से अलग हुए मुझे दस वर्ष हो गए थे | इतने वर्षों बाद भी उसके दिल में मेरे लिए वही प्यार वही समर्पण और वही सेवा भाव था जो दस वर्ष पहले था |

वहीं दूसरी ओर माया थी जिसे सिर्फ काम वासना की भूख थी | उसने मुझे अपने रूप के मायाजाल में फँसाया | मेरी बुद्धि और विवेक दोनों भ्रष्ट किये | मैं उसके रूप जाल में फँसता चला गया | राधा जैसी एक समर्पित पत्नी को छोड़कर मायावी पत्नी माया के पीछे भागता रहा | वो मुझसे छल करती रही | जब उसका मन भर गया तो वो मुझे अपने जीवन से दूध की मक्खी की तरह निकाल फेंका |

काम वासना एक ऐसी भूख है जो कभी पूरी नहीं होती | शरीर शिथिल हो जाता है पर यह हमेशा जागृत रहती है | यह तो सिर्फ सोच और संयम से नियंत्रित हो सकती है | सेक्स सिलेंडर में भरी हुई उस गैस की तरह है जो खाना पकाने के काम में लाई जाती है, जिसके माध्यम से भूख मिटाई जाती है और शरीर में ऊर्जा पैदा की जाती है | वहीं दूसरी ओर , यदि किसी भी वजह से इसका दुरुपयोग हुआ तो यह सभी को जलाकर खाक कर देती है, बर्बादी का कारण भी बन जाती है | ऐसा ही कुछ माया काम वासना के वशीभूत होकर कर रही थी |

****

इसी बीच एक दुर्घटना हो गई | मनोरंजन चौरसिया माया के किचन में गैस सिलेंडर फिट कर रहा था | न जाने क्या गलती हुई , सिलेंडर फट पड़ा | मनोरंजन और मेरा छोटा बेटा गुड्डू बुरी तरह जल गए | गुड्डू किचन में मनोरंजन के पास ही था | दोनों को तुरंत अस्पताल ले जाया गया | मुझे पता चला तो मैं भी राधा को लेकर अस्पताल पहुंचा |

मनोरंजन बुरी तरह झुलस गया था | माया उसकी सेवा जतन में लगी हुई थी | हमें देखते ही उसने मुंह फेर लिया और वहाँ से उठ कर चली गई | मनोरंजन कुछ बोलने की हालत में नहीं था | बस एक टक हमें देखे जा रहा था | उसकी आँखों से आँसू बह रहे थे | न जाने वो पश्चाताप के आँसू थे या शारीरिक वेदना के | हम जब वहाँ से चलने लगे तो उसने अपने दोनों हाथ उठा कर प्रणाम करने की कोशिश की | मैंने कहा,

" मनोरंजन, दुखी मत हो, ठीक हो जाओगे |"

मैं जानता था मैं उसे झूठी तसल्ली दे रहा था , उसकी बचने की संभावना बहुत कम थी | हम दोनों वहाँ से चल दिए | वहाँ से निकल कर राधा और मैं अपने बेटे गुड्डू को देखने गए | वह हमे देख कर रोने लगा | वह भी काफी जल गया था | माया वहाँ भी नहीं दिखाई दी पर मेरी बेटी अपने भाई की सेवा में लगी थी | मैंने बेटे से पूछा ,

"बेटा, क्या मम्मी तुम्हारी देखभाल करती है ?"

उसने कोई जवाब नहीं दिया, उसकी आँखों से आँसू लगातार बह रहे थे | बल्कि मेरी बेटी जो उसकी देखभाल में लगी थी , उसने कहा,

"पापा, भैया जबसे हॉस्पीटल में भर्ती हुआ है मम्मी एक बार भी इसे देखने नहीं आई , वो अंकल के पास ही रहती है |"

मुझे माया की संवेदनहीनता पर दुःख और आश्चर्य हो रहा था | अपने बेटे को छोड़कर वह अपने प्रेमी की सेवा जतन में रात दिन लगी थी | तीन दिन बाद मुझे सूचना मिली कि मनोरंजन चौरसिया की मौत हो गई | मैं हॉस्पीटल पहुंचा तो देखा माया विलख विलख कर मनोरंजन के शव पर रो रही थी मानो वो स्वयं विधवा हो गई हो |

मैं मनोरंजन के अंतिम संस्कार में शामिल हुआ | शरीर त्यागने के बाद लोगों को मृत व्यक्ति की अच्छाई ज्यादा याद आती है पर वहीं कुछ लोग ऐसे भी होते हैं जो लोकाचार से अलग हटकर बातें करते हैं | शमशान घाट के किनारे भीड़ जमा थी , वहीं थोड़ी दूर पर कुछ लोग आपस में बातें कर रहे थे | मैं भी नजदीक खड़ा उनकी बातें सुन रहा था | उनमें से एक ने कहा ,

"जैसी करनी वैसी भरनी |"

दूसरे ने कहा , " भैया, सब कुछ यहीं छूट जाता है |"

तीसरे ने कहा, "जैसा बोओगे वैसा काटोगे |"

चौथे ने कहा , " भैया, स्वर्ग-नर्क यहीं है, कहीं दूर नहीं जाना पड़ता |"

पहले ने कहा , "इनकी करनी की सजा बच्चा भोग रहा है, वह भी बुरी तरह झुलस गया है , न जाने बचेगा की नहीं |"

तभी मैंने देखा की कुछ लोग एक शव को अंबुलेन्स से उतार रहे हैं , उनमे मेरा दोस्त घनश्याम भी है | मुझे देखते ही वह मेरे पास आया और मेरे सीने से लग कर रोने लगा और बोला,

"यार, गुड्डू अब इस दुनिया में नहीं रहा |"

मैं गुड्डू की हालत अस्पताल में देखकर समझ गया था की वो बचेगा नहीं | गुड्डू मेरा सबसे छोटा बेटा था | माया के तानों से बचने के लिए मैं उसके साथ ही मन बहलाता था | आज वो भी नहीं रहा | मैंने अपने हाथों से अपने बेटे का दाह संस्कार किया | इस मासूम को भी मनोरंजन की करनी की सजा भुगतनी पड़ी | ये सब माया का खेल है |

मेरा मन कह रहा था मनोरंजन और गुड्डू की मौत के पश्चात माया को मेरी जरूरत होगी | मैंने राधा से कहा,

"राधा, अगर तुम नाराज न हो तो एक बात कहूँ ?"

"आपसे कैसी नाराजगी ,आप जो भी कहेंगे अच्छा ही कहेंगे |"

"मनोरंजन और गुड्डू की मौत के बाद माया बहुत दुखी होगी , ऐसे वक्त पर मुझे उसके साथ होना चाहिए | यदि तुम कहो तो मैं कुछ दिनों के लिए माया के साथ जाकर रहूं |"

"कैसी बात कर रहे हैं ? आप को ऐसे वक्त पर तो माया के साथ होना चाहिए , आखिर वो भी आपकी पत्नी है | मैंने तो पहले ही कहा था – ' वो मेरी सौत जरूर है पर मैं उसे बहन की तरह रखूंगी '|"

मैं राधा का जवाब सुनकर अभिभूत हो गया | कितना सरल हृदय है इसका | इतनी वेदना और उपेक्षा सहने के बाद भी इसके दिल में माया के प्रति कोई ईर्ष्या नहीं , कोई विकार नहीं | मेरे दिल में इसके लिए और सम्मान बढ़ गया | मैंने राधा को अपने सीने से लगाते हुए कहा,

"राधा , तुम सचमुच एक देवी हो , मैं ही तुम्हारे काबिल नहीं था |"

राधा ने मेरे मुंह पर अपनी हथेली लगाते हुए कहा,

"भगवान के लिए ऐसा न कहें , मैं देवी नहीं ,आपकी पत्नी हूँ | आपका सुख-दुख मेरा सुख –दुख है | मैंने जीवन भर आपका साथ निभाने का वादा किया है | मेरे लिए इससे बढ़ कर सम्मान और कुछ नहीं हो सकता | चलिए तैयार हो जाइए, मैं भी आपके साथ माया के पास चलती हूँ | ऐसे वक्त पर हम दोनों को वहाँ होना चाहिए |"

मैं राधा की बात सुनकर आवाक रह गया | उसने कहा,

"क्या सोच रहे हैं जल्दी करिए |"

हम दोनों माया के घर चल दिए | माया पलंग पर सर झुकाए बैठी हुई थी| हमारे आने की आहट पाकर उसने सर उठाया | उसके चेहरे पर उदासी छाई हुई थी | उसने न ही कोई उत्साह दिखाया और न ही उपेक्षा | मैं भी उसके पास जाकर पलंग पर बैठ गया | उसके कंधे पर हाथ रखकर मैंने कहा,

"माया, जो कुछ भी हुआ उसे भूल जाओ | मृत्यु पर शोक मनाने से जीवन वापस नहीं आएगा | फिर से अपनी जिंदगी नए सिरे से शुरू करते हैं | उठो तैयार हो जाओ कुछ खा लो |"

माया ने कोई प्रतिक्रिया व्यक्त नहीं की | मैंने बिटिया को आवाज दिया और पूछा,

"मम्मी ने कुछ खाया –पिया है ?"

"सिर्फ पानी पिया है |"

राधा अपने साथ खिचड़ी बना कर लाई थी | उसे शायद आभास हो गया था कि माया के घर में चूल्हा नहीं जला होगा | वह खिचड़ी परोस कर एक प्लेट में लेकर माया के पास आई और कहा,

"माया ,कुछ तो खा लो कब तक भूखी रहोगी |"

माया ने कोई प्रतिक्रिया व्यक्त नहीं की | राधा उसके हाथों को अपने हाथों में लेते हुए कहा,

"उठो माया, दो कौर तो मुंह में डाल लो, तुम्हारी वजह से बच्चे भी नहीं खा रहे हैं |"

माया राधा के कंधे पर सर रखकर फूट फूट कर रो पड़ी मानो नदी में बाढ़ का अचानक रेला आ गया हो | राधा माया के सर को अपने सीने से लगा लिया और उसे सहलाती रही | मैं देख रहा था राधा की ममता को

,माया के पश्चाताप को और इन हालातों में अपनी बेवसी को |

माया ने किसी तरह दो –चार कौर खाया , पानी पिया और फिर बिस्तर पर लेट गई | राधा ने बच्चों को तैयार किया और वो स्कूल चले गए | हमने माया को ज्यादा डिस्टर्ब करना उचित नहीं समझा | मैंने किचन में जाकर देखा तो खाने –पीने का समान भी नहीं था | ऐसी दुख की घड़ी में खाने-पीने का खयाल कहाँ रहता है | मैंने राधा से कहा चलो बाजार से खाने-पीने का समान लेकर आते हैं |

हम जब वापस घर लौटे तो देखा वहाँ माया नहीं थी | पास-पड़ोस में पूछा तो पता चला वो आटोरिक्शा में बैठ कर रेलवे स्टेशन की ओर गई है | मैं राधा को घर पर ही छोड़कर स्टेशन की ओर भागा | स्टेशन के एक छोर से दूसरे छोर तक इधर उधर नजर दौड़ाते हुए, तेज कदमों से चलते हुए माया को तलाशता रहा पर माया का कहीं आता-पता नहीं चला | मैं निराश होकर घर वापस आया तो देखा -राधा माया के पलंग पर बैठ कर रो रही थी | मैंने पूछा,

क्या हुआ ? क्यों रो रही हो ?

“माया हमें छोड़ कर चली गई |”

“कहाँ ?”

उसने एक चिट्ठी मुझे देते हुए कहा ,

“ये माया के बिस्तर से मिली है, तकिये के नीचे रखी थी |”

मैं उसे पढ़ने लगा , उसमें लिखा था ,

“प्रिय मोहन ,

मुझे माफ कर देना, मैं हमेशा के लिए ये घर छोड़ कर जा रही हूँ | कहाँ जा रही हूँ , क्यों जा रही हूँ अभी ठीक ठीक मुझे भी पता नहीं | मैं परिवार के सांसारिक बंधनों से मुक्त होना चाहती हूँ | मेरे-माता-पिता ने न जाने क्या सोच कर मेरा नाम माया रखा था | मैं इसे ही फलीभूत करती रही | मैं जिसे प्यार समझती रही वो मात्र शारीरिक आकर्षण था , शरीर की काम वासना थी | मेरा प्रेम-प्रदर्शन केवल प्रवंचना थी | सच्चा प्यार तो त्याग, समर्पण और सेवा माँगता है | वह मैं तुम्हें दे नहीं सकती थी क्योंकि वो मेरे पास था ही नहीं | मैंने तो अपनी काम वासना शांत करने के लिए तुम्हें चुना पर वो शांत होने की बजाय एक दावानल की

तरह दिनों दिन बढ़ती रही और तुम दिनों-दिन निस्तेज होते रहे |

तभी मेरे जीवन में मनोरंजन आया | मुझे लगा ये मेरी प्यास बुझाएगा | कुछ वर्षों तक तो मेरी प्यास बुझती रही पर मनोरंजन भी तुम्हारी तरह निस्तेज होने लगा | वो भी मेरी काम वासना के आगे ठहर नहीं सका | वह मुझे अपने स्वार्थ के लिए इस्तेमाल करने लगा |

तुम पूछते थे कि मैं रातें कहाँ गुजारती थी | आज मुझे तुमसे कहने में कोई संकोच नहीं की मैं अपने शरीर की भूख मिटाने के लिए मनोरंजन के मोहजाल में फंस गई |वह मुझे उन सरकारी अफसरों के साथ सोने को मजबूर करता था जो उसके गोरख धंधे में शामिल थे | तुमसे बेरुखी का कारण भी यही था | तुमने मुझे चेताया भी था कि मैं मनोरंजन का साथ छोड़ दूँ पर मेरी आँखों में वासना का पर्दा चढ़ा हुआ था |

एक दिन ऐसा भी आया कि मैं इस खेल से तंग आ चुकी थी फिर भी मनोरंजन मुझे यह सब करने के लिए विवश करता रहा | उसने मुझे ब्लैकमेल करने के लिए मेरी फ़ोटो भी खींची थी | अब मैं उसके हाथों मजबूर हो चुकी थी | वह मुझे अपनी मर्जी से नचाता था और मैं एक कठपुतली की तरह नाच रही थी | मैं अपने किए पर पछता रही थी पर तुमसे कह नहीं सकती थी |

तभी उससे छुटकारा पाने का मुझे उपाय सूझा | मैंने ही मनोरंजन को गैस सिलेंडर किचन में लगाने के लिए कहा था , गैस पाईप में तो मैंने पहले ही छेद कर दिया था | लाइटर ऑन करते ही किचन में आग लग गई | हमारे बेटे गुड्डू का दुर्भाग्य था ,वो भी किचन में मौजूद था और दोनों जल मरे | मेरी प्रतिशोध की आग में मनोरंजन और गुड्डू ही नहीं मेरी गृहस्थी ही जल गई | मैं अपने आपको धिक्कारती रही | मेरी आत्मा मुझे कचोटती रही | मैंने अपने स्वार्थ के लिए तुम्हारी गृहस्थी उजाड़ दी , मनोरंजन और गुड्डू की जान ले ली, पर मुझे मिला क्या ?

मेरी आत्मा पश्चाताप की ज्वाला से जल रही है | मैं पश्चाताप करने के लिए घर गृहस्थी छोड़ कर हमेशा के लिए जा रही हूँ | शेष जीवन परमात्मा की भक्ति में लगाऊँगी | तुम्हें मैंने सबसे ज्यादा कष्ट पहुंचाया है , तुम्हारी मैं गुनहगार हूँ | मैंने जो किया है वह माफ करने योग्य नहीं है, पर मेरी गुजारिश है कि हमने जो जीवन के चंद प्यार भरे लम्हे साथ

गुजारे हैं उन्हे याद कर हो सके तो मुझे माफ कर देना |"

एक अभागिन माया

****

इस मायावी संसार में हम जानबूझ कर उलझते रहते हैं , प्यार पाने की लालसा में सुंदरता पर आकर्षित होते हैं | इस आकर्षण में यह समझ ही नहीं पाते की सच्चा प्यार क्या है | ऐसा कोई पैमाना भी नहीं है | इंशानी फितरत है कि वह मोहमाया के जाल में जान बूझ कर फंस जाता है और फिर पतंगे की तरह स्वाहा हो जाता है |

मेरा मानना है कि सच्चा प्यार एक दूसरे के लिए तो सेवा, त्याग और समर्पण से ही पैदा होता है | यदि वैवाहिक जीवन की बात करें तो यह पति-पत्नी के आपस की निर्भरता से पैदा होता है | उन्हे सहचर बनना चाहिए | पर इसके विपरीत यदि पति-पत्नी दोनों आर्थिक रूप से आत्मनिर्भर हो गए तो उनमें अहम की भावना आने लगती है | वहाँ आपस की निर्भरता खत्म हो जाती है | आर्थिक रूप से आत्मनिर्भर होकर भी जो पति-पत्नी आपसी निर्भरता को कायम रखते हैं , सहर्ष एक दूसरे के लिए सेवा,त्याग और समर्पण की भावना से कार्य करते हैं ,उनके जीवन मैं ऐसी विसंगतियाँ आने की संभावना बहुत कम होती है और वे अपना वैवाहिक जीवन प्रेममय , सरल व सुख पूर्वक बिताते हैं |

मैं विवाहित होकर भी मृग मरीचिका की तरह प्यार की तलाश में भटकता रहा , माया के प्रेमजाल में फंसकर राधा की उपेक्षा करता रहा,उसकी सजा मुझे मिल चुकी थी | माया का प्यार प्रवंचना था , राधा का प्यार सेवा, त्याग और समर्पण था पर इसे समझने में मैंने जीवन का बहुमूल्य समय गवां दिया |

जीवन की साँझ हो चली , एक लंबा अरसा बीत गया माया को गए हुए पर वो वापस नहीं लौटी | अब भी उसके लिए मेरे दिल में जगह है | सोचता हूँ – काश एक बार वापस आ जाती , मैं भी अपने गीले-शिकवे दूर कर लेता | कह देता "माया ,मैं अब भी तुम्हें प्यार करता हूँ , तुम लौट आओ "|

****

साँझ हो चली थी | गोधूलि बेला थी | राधा संध्या अर्चना कर ही थी | हम सब उसके साथ ही आरती कर रहे थे | ज्यों ही हम फुरसत हुए तो दरवाजे पर किसी की दस्तक सुनाई दी | मेरे बेटे ने जाकर दरवाजा खोला | उसके साथ ही एक महिला मेरे आँगन में आकर खड़ी हो गई | वह करीब 60 वर्ष की उम्र के आस-पास की थी , सर के बाल सफेद हो चुके थे ,चेहरे पर तेज झलक रहा था , सफेद साड़ी पहनी हुई थी , माथे पर सफेद चंदन पुता हुआ था , कंधे पर एक झोला लटक रहा था , और उसके हाथ में एक लाठी भी थी |

मैहर एक तीर्थ स्थल है | यहाँ शारदा माँ का प्रख्यात मंदिर है जहां लाखों श्रद्धालु हर वर्ष आते हैं | प्रतिदिन यहाँ साधू, संतों , साध्वियों और भक्तों का आना -जाना लगा ही रहता है | मैंने सोचा जरूर कोई रात मेरे घर में आश्रय लेने आया हुआ है | मैंने देखते ही कहा ,

“माता जी प्रणाम, ,आईये बैठिए, कैसे आना हुआ ?|”

वह मुझे देख कर मुस्कुराने लगी | इसके पहले मैं और कुछ पूछता , मेरी बेटी आँगन में आ चुकी थी | वह उस बुजुर्ग महिला को देखते ही जोर से चिल्लाई - माँ .... और उससे लिपट कर रोने लगी | मुझे समझते देर न लगी कि यह कोई और नहीं बल्कि माया है | मैं भी उसके पास गया और सीने से लग कर रोने लगा | तब तक राधा और बच्चे भी आ चुके थे | सब ने उसे घेर लिया | वह सब को अपने गले से लगा रही थी | मुझे मेरी आँखों पर विश्वास नहीं हो रहा था | माया इतनी बदल चुकी थी पच्चीस साल बाद | उसके चेहरे पर तेज था , एक स्वाभाविक मुस्कान थी |

****

घर के सभी लोग माया की आवभगत में लगे हुए थे | भोजनोपरांत मैं माया के कमरे में ही बैठा रहा | जीवन के लंबे अंतराल के बाद माया से मुलाकात हुई थी | मन में बहुत उत्सुकता थी यह जानने को कि प्यार के बारे में उसके अब क्या विचार हैं | मैंने उससे पूछा,

“माया, तुमने तो पश्चाताप के लिए भक्ति मार्ग अपना लिया , गीता का ज्ञान हासिल किया | अब ये बताओ प्रेम क्या है ? “

“मोहन, मैं तो एक साधारण स्त्री हूँ | प्यार के गूढ़ रहस्य को नहीं समझ सकी | जिसे मैं प्यार समझती थी वो तो प्यार था ही नहीं वो तो

काम वासना थी, प्यार तो तुमने किया है जो अब भी मुझे उसी नजर से देखते हो | मैं तुम्हें जन्म, मृत्यु और प्रेम के बारे में ओ शो के विचार से अवगत कराती हूँ | ओशो का कहना था :

निश्चित ही मन के सभी रोग प्रेम की कमी से पैदा होते हैं | लेकिन इस सत्य को समझना पड़ेगा | जीवन में तीन घटनाएं हैं, जो बहुमूल्य हैं : जन्म,मृत्यु और प्रेम | और जिसने इन तीनों को समझ लिया उसने सब समझ लिया |

जन्म है शुरुआत, मृत्यु है अंत, प्रेम है मध्य | जन्म और मृत्यु के बीच जो डोलती लहर है , वह है प्रेम | इसलिए प्रेम बड़ा खतरनाक भी है | क्योंकि उसका एक हाथ तो जन्म को छूता है और एक हाथ मृत्यु को | इसलिए प्रेम में बड़ा आकर्षण है और बड़ा भय भी | प्रेम में आकर्षण है जीवन का ,क्योंकि उससे ऊंची जीवन की कोई और अनुभूति नहीं है |

इसलिए जीसस ने तो परमात्मा को प्रेम कहा | वस्तुतः प्रेम को परमात्मा कहा | बड़ी ऊंची तरंग है उसकी | उससे ऊंची कोई तरंग नहीं | कोई गौरीशंकर प्रेम के गौरी शंकर से ऊपर नहीं जाता | इसलिए बड़ा उद्दाम आकर्षण है प्रेम का | क्योंकि प्रेम जीवन है | लेकिन बड़ा भय भी है प्रेम का , क्योंकि प्रेम मृत्यु भी है | इसलिए लोग प्रेम करना भी चाहते हैं और बचना भी चाहते हैं | यह मनुष्य की विडंबना है | हम एक हाथ बढ़ाते हैं प्रेम की तरफ और दूसरा खींच लेते हैं | क्योंकि हमें जहां जीवन दिखाई पड़ता है उसी के पास लहर लेती मृत्यु भी दिखाई पड़ती है |

जो लोग जीवन और मृत्यु का विरोध छोड़ देते हैं , वे ही लोग प्रेम करने में समर्थ हो पाते हैं, जो यह बात समझ लेते हैं कि जीवन अंत नहीं है, वरन जीवन की परिपूर्णता है , परिसमाप्ति है | मृत्यु जीवन की शत्रु नहीं है, वरन जीवन का सार है , निचोड़ है | मृत्यु जीवन को मिटाती नहीं , थके जीवन को विश्राम देती है | जैसे दिन भर के श्रम के बाद मृत्यु का विश्राम है | मृत्यु के प्रति शत्रुता का भाव अगर हमारे मन में है, हम कभी प्रेम नहीं कर पाएंगे क्योंकि प्रेम में मृत्यु भी जुड़ी है | प्रेम संतुलन है जीवन और मृत्यु का , जन्म और मृत्यु का | इस वजह से हम आकर्षित तो होंगे लेकिन डरेंगे भी | बढ़ेंगे भी , बढ़ेंगे भी नहीं , चाहेंगे भी और इतना भी न चाहेंगे की कूद पड़ें , छलांग लगा दें | हमेशा अटके रहेंगे ,झिझके

रहेंगे,खड़े रहेंगे किनारे पर , नदी में न उतरेंगे प्रेम की | जब प्रेम से वंचित रह जाएंगे तो हमारे जीवन में हजार रोग पैदा हो जाएंगे | क्योंकि जो प्रेम से वंचित रहा ,उसका जीवन घृणा से भर जाएगा , उसके जीवन में चिड़चिड़ाहट और एक क्रोध की सतत धारा बहने लगेगी | क्योंकि वही ऊर्जा जो बहती है, तो सागर तक पहुँच जाती है | यदि वह रुक गई तो सड़ांध पैदा हो जाएगी |

जीवन का अर्थ है, बहाव,सतत, सिलसिला बहते ही जाना | जब तक सागर ही द्वार पर न आ जाए तब तक रुकना नहीं | जो प्रेम से डरा, वह रुक गया |वह सिकुड़ गया, उसका फैलाव बंद हो गया | अब ऐसा व्यक्ति जिसने प्रेम को नहीं जाना, जीवन को भी नहीं जान पाएगा | क्योंकि प्रेम ही जीवन का मध्य है | ऐसा व्यक्ति सिर्फ घिसटेगा, जिएगा नहीं, | उसका जीवन पंगु और लँगड़ाता हुआ होगा | लकवा लग गया जैसे किसी आदमी के प्राण में, जो सरकता है बैसाखियों के सहारे | अगर तुम गौर से देख सको, तो संसार में सौ मे निन्यानबे आदमियों को बैसाखियों पर पाओगे | बैसाखियाँ सूक्ष्म हैं |कोई धन की बैसाखी लगाए हुए है | प्रेम से चूक गया, अब वह धन से प्रेम कर रहा है | क्योंकि जीवित प्रेम से तो खतरा था, धन से प्रेम करने में कोई खतरा नहीं है | अगर तुम किसी व्यक्ति को प्रेम करते हो ,तो खतरा है | तुम खतरे में उतर रहे हो, सावधान ! क्योंकि व्यक्ति एक जीवित घटना है | तुम बदलोगे, तुम वही न रह जाओगे, जो तुम प्रेम के पहले थे | कोई प्रेमी प्रेम के बाद वही नहीं रह सकता, जो प्रेम के पहले था | प्रेम आमूल बदल देता है, दोनों को बदल देता है , जो भी प्रेम में पड़ते हैं | दोनों के अहंकार को मटियामेट कर देता है , दोनों के अहंकार को तोड़ देता है |

“माया, तुम यहाँ से जाने के बाद कहाँ कहाँ भटकती रही ?

“मोहन, ट्रेन की यात्रा में मेरा परिचय इस्कॉन मंदिर की एक साध्वी से हुआ | मैंने उन्हे अपना दुख और पिछली जिंदगी के बारे में बताया | मैंने कहा मैं अपने पापों का प्रायश्चित करना चाहती हूँ | उन्होंने मुझे इस्कॉन के बारे में बताया | मैं उनके साथ वृंदावन चली गई और वहाँ दीक्षा लेकर इस्कॉन मंदिर में सेवा कार्य करती रही , गीता का अध्ययन करती रही, गीता का उपदेश देती रही और कृष्ण भक्ति में लीन हो गई

|"

सुबह का उजाला हो चुका था | माया हमसे विदा लेने को तैयार थी | मैंने कहा,

"माया, मैं तुम्हें अब भी प्यार करता हूँ , यहीं रुक जाओ , तुम्हारा प्रायश्चित हो चुका है|"

"मोहन, अब मैं मुरली वाले मोहन की शरण में हूँ, पारिवारिक माया का सुख भोग चुकी हूँ | मेरे लिए अब वापस लौटना संभव नहीं है | मनोमस्तिष्क के किसी कोने में तुम्हारी याद बाकी थी सोचा ये शरीर त्याग करने के पहले तुमसे मिलकर अपने किए की क्षमा मांग लूँ | आज मेरी ये इच्छा भी पूरी हो गई | मुझे माफ कर देना मोहन , मैं चलती हूँ , हरे कृष्णा |"

हम सब की आँखों में आँसू थे , हम सबने अश्रुपूरित आँखों से माया को विदा किया | पारिवारिक मोह- माया से मुक्त माया हमसे दूर जा रही थी, मोहन की शरण में ....

3

इच्छा की महत्वाकांक्षा

इच्छा की पहली नौकरी का पहला दिन था | मन में नौकरी लगने का उत्साह, नया वातावरण और नए लोगों से मिलने की उत्सुकता लिए वह प्राचार्य के कमरे की ओर बढ़ रही थी |

कमरे के बाहर बैठा हुआ चपरासी एक नौजवान था जो कुछ दिन पहले ही नौकरी पर लगा था | वह दूर से ही आती हुई इच्छा को बड़े ध्यान से देख रहा था और इच्छा की खूबसूरती पर मंत्र मुग्ध हो रहा था |

इच्छा करीब सत्ताईस वर्ष की नवयुवती थी, लंबा छरहरा गोरा बदन, चेहरा कुछ लम्बा, माथे में तेज ,नाक में तीखापन ,आँखें ऐसी कि जो एक बार नजर मिलाले उसे नजरें हटाने का दिल न करे | मुस्कुराती तो गुड़हल के फूल की तरह खिल जाती , हँसती तो लगता कि हरसिंगार के फूल झड रहे हैं | केशरिया रंग की साड़ी और उसी से मिलता जुलता ब्लाउज उसने आज पहना था | गले में एक सोने की पतली चैन थी | बाल उसने सलीके से बांधे हुए थे पर चोटी कमर तक लटक रही थी | उसकी चाल में गजब का भरोसा और आकर्षण झलक रहा था | कंधे में एक बैग लटक रहा था | हाथ में एक फ़ोल्डर था वह आत्मविश्वास से भरी हुई थी |

उसने प्राचार्य के कमरे के सामने बैठे हुए चपरासी से मुस्कुराते हुए पूछा,

“भैया, क्या सर अंदर हैं ?”

चपरासी तो उसकी खूबसूरती देखने में मग्न था , वह चौंक गया और बोला,

“जी हाँ , जी नहीं |”

इच्छा की बरबस ही हंसी छूट गई | उसने फिर पूछा,

“क्या मैं प्राचार्य से मिल सकती हूँ ?”

चपरासी को अपनी बेवकूफी का एहसास हो चुका था | उसने कहा ,

“मैडम , आप किसलिए मिलना चाहती हैं ?”

“ भईया , मेरी पहली नियुक्ति है , मैं हिन्दी की असिसटेंट प्रोफेसर इच्छा जोशी हूँ |”

चपरासी प्राचार्य के कमरे में गया और कुछ देर बाद वापस आकर इच्छा से कहा,

“जी, मैडम मिल लीजिए |”

वह अंदर गई और प्राचार्य से मिलकर कुछ देर बाद वापस आई | उसने फिर चपरासी से पूछा ,

“तुम्हारा नाम क्या है ?”

“ संजय रावत |”

“लगता है तुम भी उत्तराखंड के रहने वाले हो?”

“जी, मैं पौड़ी गढ़वाल का रहने वाला हूँ पर पिछले पच्चीस साल से डबरा में ही सेटल हूँ |”

“संजय, मुझे जरा बताओ कॉलेज का कार्यालय किधर है ?”

संजय इच्छा को कार्यालय तक ले गया , वहाँ इच्छा ने अपने कागजात जमा किए और फिर वो संजय के साथ ही स्टाफ रूम में गई | वहाँ उसकी मुलाकात हिन्दी विभाग के प्रोफेसर्स विवेक और राजन से हुई | थोड़ी ही देर बाद समाज शास्त्र की प्रोफेसर क्षमा मिश्रा से भी मुलाकात हुई | इच्छा सभी को अपना परिचय दे रही थी तभी संजय प्राचार्य का सन्देशा लेकर आया और कहा,

“आप सभी को प्राचार्य ने चाय पार्टी पर आमंत्रित किया है |”

सभी प्रोफेसर्स कॉन्फ्रेंस हॉल में चाय पार्टी के लिए इकट्ठे हो गए | प्राचार्य आए और कहा,

“आप सभी को मुझे यह बताते हुए खुशी हो रही है कि हमारे कॉलेज की टीम में हिन्दी की असिसटेंट प्रोफेसर इच्छा जोशी शामिल हो गई हैं | मैं चाहूँगा आप सभी इच्छा जोशी का तालियों से स्वागत करें | इच्छा उत्तराखंड के देहरादून शहर की रहने वाली हैं | इन्होंने दिल्ली विश्वविद्यालय से हिन्दी साहित्य में पी एच डी किया है | ये इनकी पहली नियुक्ति है | मुझे पूरा भरोसा है , कॉलेज के कार्यों में इनका पूरा सहयोग मिलेगा | एक बार फिर से मैं इच्छा जोशी का कॉलेज के पूरे स्टाफ की तरफ से स्वागत करता हूँ | धन्यवाद |”

सभी ने ती पार्टी का लुत्फ़ उठाया और स्टाफ रूम में चले गए |

इच्छा जब देहरादून से आई तो वो होटल के कमरे में रुकी थी | उसको अब सबसे पहले रहने की व्यवस्था करनी थी | तभी क्षमा ने पूछा,

“ इच्छा तुम अभी कहाँ रुकी हो ?”

“अभी तो होटल के कमरे में रुकी हूँ, कहीं किराये के कमरे की व्यवस्था हो तो बताओ |”

“तुम फिलहाल मेरे साथ रुक सकती हो |”

“क्षमा , तुमने तो मेरी समस्या ही दूर कर दी | तुम्हारा बहुत बहुत धन्यवाद | मैं आज ही शिफ्ट हो जाती हूँ |”

इच्छा अपना समान होटल से लाकर क्षमा के कमरे में शिफ्ट कर दिया और दोनों सहेलियाँ साथ साथ कॉलेज जाने लगीं |

****

इच्छा का आना कॉलेज के लिए महत्वपूर्ण घटना थी | वो इसलिए की इच्छा को देखकर कॉलेज का स्टाफ ही नही बल्कि विद्यार्थी भी आहें भरते थे | हर कोई उससे नजदीकियां बढ़ाना चाहता था | उसकी क्लास में सत-प्रतिशत विद्यार्थी हाजिर होते थे | बल्कि अन्य क्लास के विद्यार्थी भी चुपचाप आकर पीछे की बेंच में बैठ जाते थे | ऐसा नहीं है कि इच्छा को इसकी जानकारी नहीं थी |बल्कि वह जानबूझ कर अनदेखा कर देती थी | कहीं न कहीं उसे यह सब देखकर खुशी मिलती थी |

उसके साथी प्रोफेसर्स विवेक और राजन तो उसके पक्के आशिक हो गए थे | जब दोनों में से कोई अकेला होता तो उससे बड़ी अंतरंगता से बातें करने की कोशिश करता था |

विवेक तो हिन्दी विभाग का प्रमुख थे ,राजन और इच्छा उसके जूनीयर्स थे | विवेक और राजन एक ही रूम में रहते थे | एक साल पहले ही इन दोनों की नियुक्ति हुई थी | वे दोनों अब भी कुँवारे थे |

विवेक मिश्रा उत्तराखंड की राजधानी देहरादून का रहने वाले थे | उनके पिता भी देहरादून के कॉलेज में प्रोफेसर थे | वह एक अच्छे संस्कारों वाला नौजवान था | देखने में बहुत स्मार्ट पर बहुत सरल स्वभाव का व्यक्ति था | जब से उसने इच्छा को देखा था तभी से उसके मन इच्छा से शादी करने की इच्छा जाग उठी थी | वह शादी की बात इच्छा से कहने में संकोच करता था परंतु अपने दिल की बात राजन से जरूर साझा करता था |

वहीं दूसरी ओर उसका रूम पार्टनर राजन गुप्ता मेरठ का रहने वाला था | उसके पिता के परचून की दुकान थी | वह चिकनी चुपड़ी बातें करने में उस्ताद था | इच्छा के आने से पहले वो क्षमा पर डोरे डालता था | पर इच्छा से मिलते ही उसकी भी इच्छा,इच्छा से शादी करने की जाग उठी | उसने यह बात विवेक या क्षमा से कभी नहीं बताई | वैसे भी वह बहुत ही चालाक किस्म का नौजवान था |

एक दिन राजन ने विवेक के मन का टोह लेने के लिए विवेक से कहा,

“ यार विवेक, लगता है तुझे इच्छा से प्यार हो गया है ?”

“बेटा, चक्कर तो तू ही काट रहा है भँवरे की तरह | जब भी देखता हूँ स्टाफ रूम में तू उससे चोंच में चोंच भिड़ाए बैठा रहता है |”

“अरे नहीं यार , इच्छा तुझे ही मुबारक हो , अपनी तो क्षमा ही ठीक है | बहन की शादी होते ही मैं क्षमा से शादी कर लूँगा |”

“फिर तो मेरी लाइन क्लीयर है , पर तेरा कोई भरोसा नहीं है, बनिया है , जहां मुनाफा होगा वहीं सौदा करेगा |”

राजन ठहाके मार कर हंसने लगा और बोला ,

“यार कुछ तो भरोसा कर , तेरा दोस्त हूँ |”

“बेटा, भरोसा तो जब होगा , जब तू क्षमा से शादी कर लेगा |”

"ठीक है तू तब तक इंतजार कर |"

****

संजय रावत छोटी कद-काठी का तीस साल का नौजवान था | काफी समय पहले उसके पिता उत्तराखंड से ग्वालियर आए थे और स्थानीय विधायक के यहाँ चौकीदारी करते थे | संजय की पूरी पढ़ाई ग्वालियर से हुई | वह कॉलेज के दिनों में राजनीति में सक्रीय था | विधायक महोदय की सिफारिश से डबरा के सरकारी कॉलेज में उसे चपरासी की नौकरी भी मिल गई | इसी बीच वह राजनीति विज्ञान में पी एच डी करने लगा | उसने जब से इच्छा को देखा है तो उसके मन में भी ऊंचे ख्याल आने लगे | उसकी इच्छा है कि पी एच डी पूरी करते ही उसे प्रोफेसर की नौकरी मिल जाए तो वह इच्छा से शादी का प्रस्ताव करे | जब भी इच्छा का कॉलेज में आने का समय होता था तो वह गेट पर ही टकटकी लगाए देखता रहता था |और किसी न किसी बहाने स्टाफ रूम के चक्कर लगा जाता था | वह इच्छा को हमेशा कहता था ,

"मैडम, मेरे लायक कोई सेवा हो तो जरूर बताइए |"

" ठीक है भैया जरूर बताऊँगी |"

"मैडम, एक रीक्वेस्ट है |"

"कहो |"

"मुझे भैया न कहें |"

"तो क्या कहूँ ?"

"मेरा नाम संजय है , आप प्यार से संजू कह सकती हैं | आपके मुंह से संजू सुनना मुझे अच्छा लगेगा |"

इच्छा खिलखिला कर हंस पड़ी और उसने कहा ,

"ठीक हैं संजू भैया , मैं ध्यान रखूंगी |"

संजू झेंप गया और गर्दन नीचे झुका कर मुस्कुराने लगा, अपनी हथेलियाँ आपस में मसलने लगा | तभी इच्छा ने कहा,

"आज से मैं तुम्हें संजू ही कहूँगी , अब तो खुश हो न ?"

संजय ने अपनी गर्दन उठाई और प्यार भरी नजरों से इच्छा को देखने लगा | वो अपनी प्यार भरी मुस्कान बिखेरती हुई स्टाफ रूम की ओर बढ़ गई | संजय उसे जाते हुए एकटक देखता रह गया |

****

चूंकि विवेक और इच्छा दोनों ही देहरादून के रहने वाले थे, उन दोनों की यादें देहरादून से जुड़ी थी , वे दोनों करीब आने लगे | पर यह बात राजन को बहुत खटकती थी | वह उन दोनों की हर बात जानने की कोशिश करता था | राजन की नीयत से बेपरवाह विवेक सरल हृदय से अपने दिल की बात उसे बता देता था |

कॉलेज का शैक्षणिक सत्र समाप्त हो रहा था और गर्मियों की छुट्टियाँ आने वाली थी | विवेक और इच्छा ने ट्रेन में एक साथ यात्रा करने के लिए सीट रिजर्व कर लिया |

यात्रा के दौरान एक दूसरे के बारे में जानने का काफी कुछ मौका मिला | दोनों ने तय किया की छुट्टी के दौरान आस-पास के इलाके कुछ दिन साथ बिताएंगे |

उत्तराखंड की राजधानी देहरादून एक साफ-सुथरा और खूबसूरत शहर है | यहाँ उच्च दर्जे के शैक्षणिक संस्थान और पर्यटक स्थल हैं | इनमे से प्रमुख हैं – राष्ट्रीय रक्षा अकादमी, वन अनुसंधान संस्थान, राष्ट्रीय इंडियन मिलिटरी कॉलेज , जोनल म्यूजियम , सहस्त्र धारा वाटर फाल , रोबर्स केव (गुच्चुपानी) , लच्छीवाला इत्यादि |

योजना के मुताबिक दोनों रोबर्स केव देखने के लिए निकल पड़े | वैसे तो इन दोनों ने इस जगह को कई बार देखा था पर आज पूरा दिन यहाँ बिताने का मन बनाया था |

देहरादून से लगभग 9 किलोमीटर की दूरी पर स्थित रोबर्स गुफा एक प्राचीन अद्भुत गुफा है | 600 मीटर लंबी नदी की गुफा को यहाँ के स्थानीय लोग गुच्चुपानी के नाम से भी जानते हैं | रोबर्स गुफा अपनी अनूठी प्राकृतिक घटनाओं के लिए जाना जाता है | इस स्थान को गायब होने वाली धारा के रूप में भी जाना जाता है | कहते हैं कि इस स्थान का उपयोग ब्रिटिश राज्य के दौरान लुटेरे छुपने के लिए भी करते थे |

इच्छा आज बहुत खुश नजर आ रही थी | वह अपने साथ लंच भी लेकर आई थी जिसे दोनों ने मिलकर खाया , आस-पास की हरियाली का दृश्यावलोकन किया ,और फिर फोटोग्राफी की|

इच्छा ने कहा,

"सर, आज आपके साथ मजा आ गया | मैं पहले भी यहाँ अपने दोस्तों के साथ आ चुकी हूँ पर आज का दिन भूलेगा नहीं |"

"मुझे खुशी है कि तुम्हें मेरे साथ यहाँ आना अच्छा लगा , मुझे भी बहुत अच्छा फ़ील हो रहा है | मेरा यहाँ बहुत दिनों के बाद आना हुआ है | यदि तुम कहो तो सहस्त्रधारा चलते हैं |"

"मैं भी यही सोच रही थी |"

"तो फिर चलो चलते हैं |"

वे दोनों 'सहस्त्रधारा' देखने निकल पड़े | यह स्थान रोबर्स केव से मात्र 10 किलोमीटर की दूरी पर है | इस स्थान पर झरने, गुफ़ाएं , सीढ़ियाँ और खेती की जमीन भी शामिल है | यह स्थान उन झरनों और गुफाओं के लिए भी जाना जाता है जिनमे पानी, चूना पत्थर से टपकता रहता है | दोनों ने फोटोग्राफी की , कुछ समय प्राकृतिक दृश्यों का आनंद लेने में बिताया और वापस आ गए |

शनिवार का दिन था , विवेक ने माँ से कहा,

"माँ, कल मैं एक दोस्त को तुमसे मिलवाना चाहता हूँ |"

"बेटा, इसमे पूछने की क्या जरूरत है ?"

"माँ वो दोस्त एक लड़की है , वह नजदीक के ही गाँव रानी पोखरी की रहने वाली है | वह मेरे साथ ही कॉलेज मे प्रोफेसर है | तुम कहो तो उसे लंच पर बुला लूँ ?"

"तू जानता है, मैं तेरी बात इनकार नहीं कर सकती | बुला ले उसे, मैं भी देखूँ कैसी है वो"

माँ ने प्यार से कहा | विवेक ने तुरंत इच्छा को फोन लगाया और कहा,

"इच्छा , कल का क्या प्रोग्राम है ?"

"कोई खास नहीं ,आप से मिलने की इच्छा हो रही थी| फोन करने को सोच ही रही थी तभी आप का फोन आ गया |"

"मैडम , इसी को तो टेलीपैथी कहते हैं | जो मैं सोच रहा था वो तुम भी सोच रही हो | घर आ जाओ , साथ लंच करेंगे | माँ भी तुमसे मिलना चाहती है |"

"ठीक है सर, मैं आ रही हूँ |"

करीब दो घंटे बाद इच्छा विवेक के घर पहुँच चुकी थी | विवेक बड़ी बेसब्री से उसका इंतजार कर रहा था | कॉलबेल बजते ही उसने दरवाजा खोला | एक पल के लिए वो देखता ही रह गया गया | तभी इच्छा ने कहा,

"सर अंदर भी आने देंगे या देखते ही रहेंगे |"

"ओह सॉरी , अंदर आओ बैठो |"

इच्छा अंदर आकर बैठी ही थी तभी विवेक की माँ रसोई से बाहर आई | इच्छा ने माँ के चरण स्पर्श किए तो माँ ने उसे अपने सीने से लगा लिया | दोनों महिलायें आपस में बातें करने लगीं | तभी विवेक के पापा भी आ गए | विवेक ने पापा से इच्छा का परिचय कराया | इच्छा ने उनके भी चरण स्पर्श किए | माँ रसोई में चली गई | कुछ देर बाद इच्छा भी रसोई में जाकर माँ का हाथ बँटाने की कोशिश करने लगी तो माँ ने कहा ,

"तू रहने दे बेटी, खाना तैयार है | सुबह से विवेक खुद लगा हुआ था |

सब ने एक साथ लंच किया | लंच के दौरान माँ ने पूछा ,

"बेटा छुट्टियों में घर आई हो , कहीं घूमने फिरने गई हो कि नहीं ?"

"माँ जी यहाँ तो सब कुछ देखा हुआ है | अब तो सभी दोस्त भी इस शहर से बाहर हैं | अकेले कहीं जाने का मन भी नहीं करता |"

"अकेले क्यों ? विवेक तो है ना ? जाओ, घूमो- फिरो विवेक के साथ |"

माँ विवेक की तरफ मुखातिब होकर कहा,

"बेटा, इच्छा को मसूरी घुमा कर लाओ | इसका भी मन बहल जाएगा |"

"मैं तो तैयार हूँ माँ, इच्छा से पूछ लो यदि जाना चाहे तो मैं कल ही चल दूंगा |"

इच्छा विवेक को देखकर मुस्कुराने लगी और कहा,

"ठीक है कल ही चलते हैं |"

सब ने इच्छा को विदा किया | इच्छा के जाने के बाद माँ ने विवेक से कहा ,

"बेटा , इच्छा बड़ी सुंदर और विनम्र लड़की लगती है | तेरी जोड़ी इसके साथ बहुत अच्छी रहेगी | मैं इसे अपनी बहू बनाना चाहती हूँ |"

"माँ , तुम तो उसकी खूबसूरती पर लट्टू हो गई और सीधे शादी पर पहुँच गई |पहले हमें एक दूसरे को समझ लेने दो फिर शादी का फैसला करेंगे |"

"एक साल से एक साथ काम कर रहे हो फिर भी समझना बाकी है ?"

तभी विवेक के पापा ने कहा ,

"भाग्यवान, बेटे को भी सोच समझ लेने दो वरना जल्दबाजी में मेरी तरह पछताएगा |"

"अच्छा जी , तो आप इस उम्र में पछता रहे हैं , ठीक है चली जाती हूँ मैके , पड़े रहना अकेले खाँसते हुए , कोई चाय देने वाला भी नहीं होगा |"

विवेक के पापा मुसकुराते हुए बोले ,

"नम्रता, मैं तो मजाक कर रहा था, तुम सचमुच सीरियस हो गई |"

"मैं भी तो मजाक कर रही थी, आपको अकेले छोड़ कर कैसे जा सकती हूँ |"

विवेक ने कहा ,

"पापा , आपको भी माँ को छेड़ने ने मजा आता है |"

तीनों हंसने लगे |

****

मसूरी घूमने का इच्छा और विवेक ने दो दिन और दो रातों का प्रोग्राम बनाया था | इच्छा ने अपने घर वालों से कहा था कि वो अपनी सहेली के यहाँ मिलने जा रही है | वैसे भी मसूरी देहरादून से मात्र 35 किलोमीटर की दूरी पर है |

विवेक ने बाइक से ही यात्रा करना उचित समझा | दोनों मसूरी के लिए निकल पड़े | पतली घुमावदार सड़कें, हरे-भरे पेड़, दूर तक नजर आती ऊंची-नीची पहाड़ियां , एक ओर दूर नजर आते बर्फ से ढंके सफेद पहाड़, दूसरी ओर पहाड़ों की गोद में बने छोटे-छोटे घर यानी मसूरी शहर | यहाँ आकर कोई भी रोमांचित हो सकता है | गर्मी के मौसम में दिन के समय हल्की गर्मी जरूर पड़ती है लेकिन यहाँ की मदमस्त कर देने वाली सुबह और शाम किसी को भी लुभा सकती है |

मसूरी को पहाड़ों की रानी कहा जाता है | उस रानी के दर्शन के लिए विवेक अपने दिल की रानी को बाइक पर लेकर जा रहा था | इच्छा

सलवार सूट में थी और उसने विवेक को पीछे से अच्छी तरह पकड़ा हुआ था | उसका दुपट्टा हवा में लहरा रहा था | आज ये पहला मौका था जब वो विवेक के इतने करीब थी | उसका पूरा बदन रोमांच से सिहर उठा था | वहीं विवेक भी उतना ही रोमांचित था | उन्होंने होटल में एक रूम बुक किया, अपना बैग रखा और फिर निकल पड़े मसूरी घूमने |

समुद्र तट से सात हजार फुट की ऊंचाई पर बसा मसूरी शहर कई मामलों में निराला है |यहाँ किसी भी समय बारिश का मौसम बन जाता है | मसूरी के एक ओर से गंगा नजर आती है तो दूसरी ओर से यमुना नदी | मसूरी शहर 1822 से बसना शुरू हुआ और आज तक लोगों के आकर्षण का केंद्र बना हुआ है |

यूं तो पूरे साल यहाँ का मौसम सुहाना रहता है लेकिन अप्रैल से जून और सितंबर से नवंबर के बीच आने वालों को और भी अच्छा मौसम मिलता है |

यहाँ का मॉल रोड घूमने और खरीददारी करने के लिए अच्छी जगह है | मॉल रोड आने वाले सैलानी यहाँ की गन हिल पहाड़ी देखने के लिए जरूर जाते हैं | लगभग 20 मिनट में पहाड़ी की चोटी पर पहुंचा जा सकता है | रोप-वे द्वारा 400 मीटर की चढ़ाई चढ़ने की व्यवस्था भी है |

यहाँ से हिमालय पर्वत शृंखला के बंदेरपंच ,श्रीकण्ठ,पीठवाड़ा व गंगोत्री के बेहतरीन नजारे देखे जा सकते हैं | स्वतंत्रता प्राप्ति से पूर्व 1947 में लोगों को रोकने हेतु फायर करने के लिए इस पहाड़ी पर एक गन लगाई गई थी | तभी से इसका नाम गन हिल पड़ गया |

आज दोनों ने गन हिल पहाड़ी का भ्रमण किया और वापस होटल में आ गए | फ्रेश होकर डिनर किया और यूं ही होटल के बाहर टहलते रहे |

गर्मी का मौसम था , मंद मंद हवा चल रही थी ,मोगरा के फूलों की खुशबू हवा में बिखरी हुई थी | शैलानियों की बड़ी भीड़ थी | जोड़े बाहों में बाहें डाले मौसम का नजारा ले रहे थे |

इच्छा बड़ी बेताब हो रही थी | उसने विवेक से कहा ,

“सर, अब चलते हैं , नींद आ रही है |”

इस मौसम में भी कंबल की शर्दी थी | दोनों ने कपड़े बदले और बिस्तर पर चले गए | कुछ देर यूं ही बातें करते रहे | दोनों यही सोच रहे

थे कि कौन पहल करे | इच्छा से रहा नहीं गया |उसने कहा ,

"सर, कब तक ये दूरी बनाए रखेंगे ?"

विवेक मुस्कुराया और इच्छा को बाहों में भर लिया | इच्छा को ऐसा लगा जैसे उसका पूरा तन-बदन टूटने को बेचैन हो | इच्छा विवेक के अंदर समा जाना चाहती थी | विवेक ने उसके अधरों पर अपने होंठ रख दिए और वह डूबती चली गई | जीवन का पहला एहसास था | एक मीठा सा दर्द , एक हल्की सी चुभन , एक हल्का सा नशा ......

****

सुबह हो चुकी थी | विवेक पहले ही उठ गया था पर इच्छा अब भी बेफिक्र होकर सो रही थी | विवेक ने उसके माथे का चुंबन लेते हुए कहा ,

"उठ जाओ इच्छा, सवेरा हो गया है |"

इच्छा ने विवेक को बाहों में भर लिया और विवेक का चुंबन लेते हुए पूछा ,

"क्या आप तैयार हो गए ?"

"हाँ , मैं तो तुम्हारा इंतजार कर रहा हूँ |"

इच्छा झटपट उठी और तैयार हो गई | नाश्ता करके वे दोनों मसूरी से 15 किलोमीटर की दूरी पर यमुनोत्री रोड पर कैम्प्टी फॉल्स देखने निकल पड़े | ये फॉल्स ऊंची पहाड़ियों से घिरा झरना है | इस प्राकृतिक दृश्य का आनंद लेने के बाद वे म्यूनिसिपल गार्डेन देखने चल पड़े | यहाँ एक छोटी सी कृत्रिम झील है | विभिन्न प्रकार के फूलों से सुसज्जित गार्डन लोगों के आकर्षण का केंद्र बना रहता है |

शाम का समय होने वाला था वे मसूरी से छह किलोमीटर की दूरी पर स्थित नाग देवता का मंदिर देखने गए | यहाँ से दून वैली और मसूरी का नजारा देखना बेहद अच्छा लगता है | सुबह -शाम घूमने के लिए निकलने वालों के लिए कैमल बैक रोड पसंदीदा स्थान है | मसूरी आने वाले सैलानी यहाँ शाम के समय छिपता हुआ सूरज यानी 'सन सेट ' का नजारा देखने जरूर आते हैं | सन सेट देखने के बाद वे होटल वापस आ गए |

आज उनकी सैर का दूसरा दिन भी बहुत शानदार बीता | अब रात का इंतजार था | प्यास तो और बढ़ चुकी थी | वे अब एक दूसरे की बाहों में थे

– उसी अनुभव के लिए जो उन्होंने पिछली रात लिया था |

सुबह हो चुकी थी | वे दोनों देहरादून के लिए निकल पड़े |

इच्छा ने विवेक को पीछे से अपनी बाहों मे जकड़ते हुए कहा ,

“सर, आप तो कमाल के आदमी हैं |”

“मैं समझा नहीं |”

“आप में गजब का स्टेमना है |”

विवेक इच्छा की बात सुनकर हंस पड़ा | वे दोनों बिताए हुए पलों की मीठी यादें लिए घर पहुँच गए |

****

गर्मियों की छुट्टी समाप्त होने के बाद दोनों वापस डबरा पहुँच गए | कॉलेज भी शुरू हो चुका था| राजन ने विवेक से पूछा ,

“यार छुट्टी कैसे बीती |”

“मजे में |”

“इच्छा से मुलाकात तो होती रही होगी |”

“बस ट्रेन में ही मुलाकात हुई है |”

वह इच्छा के साथ मसूरी में बिताए हुए दिनों की बात राजन को बताना नहीं चाहता था |

****

देहरादून से आए हुए तीन महीने बीत चुके थे तभी एक दिन इच्छा ने विवेक से कहा ,

“सर, कहीं घूमने का प्रोग्राम बनाइये |”

“कहाँ घूमना चाहती हो ?”

“ग्वालियर का किला देखने चलें ?”

“हाँ , ठीक है , इतवार के दिन चलते हैं |”

विवेक ने राजन से कहा,

“यार, अगले संडे को इच्छा और मैं ग्वालियर का किला देखने जा रहे हैं |”

“ इच्छा तैयार हो गई क्या ?”

“हाँ , क्यों नहीं ? उसने ही तो कहा है |”

“यार, मैं भी क्षमा को लेकर चलता हूँ |”

राजन अंदर ही अंदर जला जा रहा था | उसे ईर्ष्या हो रही थी कि इच्छा विवेक के साथ जाने को कैसे तैयार हो गई | वह मन ही मन निश्चय कर लिया कि उनके रंग में भंग जरूर करेगा | उसने तुरंत क्षमा को फोन लगाया और पूछा ,

“क्षमा , क्या ग्वालियर का किला देखने चलोगी |”

“मैं तो कई बार देख चुकी हूँ , कहीं दूसरी जगह चलना है तो बोलो ?”

“नहीं, वहीं जाना है , विवेक और इच्छा दोनों जा रहे हैं |”

“तो उन्हे जाने दो , हम कहीं और चलते हैं |”

“नहीं, तुम भी चलो , हम चारों साथ होंगे तो मजा आएगा |”

क्षमा मान गई | राजन यही तो चाहता था कि विवेक और इच्छा कभी एक न हो पाएं | संडे के दिन चारों ग्वालियर का किला देखने निकल पड़े |

सुबह दस बजे वो किले पर पहुँच गए | वहाँ पहुँचने के बाद उन्होंने एक गाईड की सेवाएं ली | गाईड ने उन्हे अलग अलग जगह पर ले जाकर किले के बारे में बताने लगा –

ग्वालियर के किले का निर्माण सन 727 ई में सूर्यसेन नामक एक स्थानीय सरदार ने किया | इस किले पर कई राजपूत राजाओं ने राज किया है | किले की स्थापना के बाद सन 989 तक इस पर पाल वंश ने राज किया | 1023 ई में मोहम्मद गजनी ने इस किले पर आक्रमण किया लेकिन उसे हार का सामना करना पड़ा | 1196 ई में लंबी घेराबंदी के बाद कुतुबउद्दीन ऐबक ने इस किले को अपने अधीन किया लेकिन 1211 ई में उसे हार का सामना करना पड़ा | फिर 1231 ई में गुलाम वंश के संस्थापक इलतुतमिश ने इसे अपने अधीन किया | इसके बाद महाराजा देववरम ने ग्वालियर पर तोमर राज्य की स्थापना की | इस वंश के सबसे प्रसिद्ध राजा थे मानसिंह (1486-1516) जिन्होंने अपनी पत्नी मृगनयनी के लिए गुजारी महल बनवाया | 1398 से 1505 ई तक इस किले पर तोमर वंश का राज रहा |

मानसिंह ने इस दौरान इब्राहीम लोदी की अधीनता स्वीकार कर ली थी | लोदी की मौत के बाद जब मानसिंह के बेटे विक्रमादित्य को हुमायूँ ने दिल्ली दरबार बुलाया तो उन्होंने आने से इनकार कर दिया | इसके

बाद बाबर ने ग्वालियर पर हमला कर इसे अपने कब्जे में लिया और इस पर राज किया लेकिन शेरशाह सूरी वंश के अधीन किया | शेरशाह की मौत के बाद 1540 में उनके बेटे इस्लाम शाह ने कुछ समय के लिए अपनी राजधानी दिल्ली से बदलकर ग्वालियर कर दिया | इस्लाम शाह की मौत के बाद उनके उत्तराधिकारी आदिलशाह सूरी ने ग्वालियर की रक्षा का जिम्मा हेम चंद विक्रमादित्य (हेमू) को सौंप खुद चुनार चले गए | हेमू ने इसके बाद कई विद्रोहों का दमन करते हुए कुल 1553-56 के बीच 22 लड़ाईयां जीतीं | 1556 में हेमू ने ही पानीपत की दूसरी लड़ाई में आगरा और दिल्ली में अकबर को हराकर हिन्दू राज की स्थापना की | इसके बाद हेमू ने अपनी राजधानी बदलकर वापस दिल्ली कर दी और पुराने किले से राज करने लगा |

इसके बाद अकबर ने ग्वालियर के किले पर आक्रमण कर इसे अपने कब्जे में लिया और इसे कारागार में तब्दील कर दिया | मुगल वंश के बाद इस पर राणा और जाटों का राज रहा फिर इस पर मराठों ने अपनी पताका फहराई |

1736 में जाट राजा महाराजा भीम सिंह राणा ने इस पर अपना आधिपत्य जमाया और 1756 तक इसे अपने अधीन रखा | 1779 में सिंधिया कुल के मराठा छत्रप ने इसे जीता और किले में सेना तैनात कर दी | लेकिन इसे ईस्ट इंडिया कंपनी ने छीन लिया | फिर 1780 में इसका नियंत्रण गौड़ राजा छत्तर सिंह के पास गया जिन्होंने मराठों से इसे छीन लिया | इसके बाद 1784 में महादजी सिंधिया ने इसे वापस हासिल किया | 1804 और 1844 के बीच इस किले पर अंग्रेजों और सिंधिया के बीच नियंत्रण बदलता रहा | हालांकि जनवरी 1844 में महाराजपुर की लड़ाई के बाद यह किला अंततः सिंधिया के कब्जे में आ गया |

1 जून 1858 को रानी लक्ष्मीबाई ने मराठा विद्रोहियों के साथ मिलकर इस किले पर कब्जा किया | लेकिन इस जश्न में व्यस्त विद्रोहियों पर 16 जून को जनरल ह्यूज के नेतृत्व वाली ब्रिटिश सेना ने हमला कर दिया | रानी लक्ष्मी बाई खूब लड़ी और अंग्रेजों को किले पर कब्जा नहीं करने दिया | लेकिन इस दौरान उन्हे गोली लग गई और अगले दिन 17 जून को ही उनकी मृत्यु हो गई | फिर अंग्रेजों ने अगले

तीन दिन में ही किले पर कब्जा कर लिया |

किले के अंदर देखने वाले प्रमुख स्थान हैं –सिद्धांचल जैन मंदिर की गुफ़ाएं , उर्वशी मंदिर ,गोपाचल पर्वत ,तेली मंदिर , गरुड स्तम्भ, सहस्त्रबाहु (सास-बहू) मंदिर , दाता बंदी छोड़ गुरुद्वारा , मान मंदिर महल ,जौहर कुंड, हाथी पोल गेट , कर्ण महल , विक्रम महल , भीम सिंह राणा की छतरी इत्यादि |

किले में भ्रमण के दौरान राजन ने विवेक को कोई ऐसा मौका नहीं दिया की वे दोनों आपस में कोई अंतरंग बातें कर सकें | विवेक राजन को ग्वालियर किला घूमने का कार्यक्रम बताकर पछता रहा था | वहीं इच्छा भी असहज महसूस कर रही थी पर कुछ कह न सकी शाम तक वो चारों डबरा वापस आ गए |

****

कॉलेज में वार्षिकोत्सव मनाया जा रहा था | कक्का जी डबरा के स्थानीय विधायक थे | उन्हे मुख्य अतिथि के रूप में आमंत्रित किया गया था | कक्का जी करीब चालीस वर्ष के अधेड़ थे | अब तक उन्होंने शादी नहीं की थी | पर बड़े ही दिलफेंक मिजाज के व्यक्ति थे |

कार्यक्रम के दौरान उनकी नजर इच्छा जोशी पर पड़ी और वो घायल हो गए | इच्छा ने उन्हे फूलों को गुलदस्ता भेंट किया पर वो गुलदस्ता लेते समय इच्छा का हाथ दबाना नहीं भूले | कार्यक्रम समाप्त होने के बाद उन्होंने प्राचार्य महोदय से कहा ,

“सर, आपके विद्यालय में एक नई महिला दिखाई दे रही है वो कौन है जरा उनसे परिचय कराइए |”

संजय नजदीक ही खड़ा था उसे प्राचार्य ने इशारा किया | वह दौड़कर तुरंत इच्छा को बुला कर ले आया | इच्छा ने आते ही उन्हे प्रणाम किया | उन्होंने कहा,

“मैडम आपसे परिचय नहीं हुआ था इसलिए आपको याद किया |”

“जी सर, मेरा नाम इच्छा जोशी है और मैं यहाँ हिन्दी विभाग में असिसटेंट प्रोफेसर हूँ |”

“आपसे मिलकर बड़ी खुशी हुई, हमारा कॉलेज में आना-जाना होता रहता है, फिर मुलाकात होगी |”

सभी ने मुख्य अतिथि विधायक महोदय कक्का जी को विदा किया |

उस घटना के पश्चात यदा-कदा विधायक महोदय कॉलेज के चक्कर लगाते ही रहते थे और कॉलेज के बहुत से छोटे-मोटे काम इच्छा के माध्यम से कक्का जी कर देते थे |

इच्छा को भी यह आभास हो गया था कि कक्का जी उसके आशिक हो गए हैं | अब उसकी दमित महत्वाकांक्षाएं सोये हुए नाग की तरह फन काढ़ कर खड़ी हो रही थी | उसे लगता था कि कक्का जी के संपर्क में आने से उसकी प्रतिष्ठा और बढ़ जाएगी | यदि सब कुछ ठीक रहा तो विवाह भी हो सकता है | कक्का जी देखने में खूबसूरत थे , पहुंचे हुए राजनेता थे | भविष्य में वह राजनीति में भी आ सकती है | संभावनाए बहुत थी बस उन्हे अपने मोह पाश में फँसाने की जरूरत थी |

अब उसका कक्का जी के बंगले से बुलावा भी आने लगा था | उसकी नजदीकियाँ कक्का जी से बढ़ने लगी | एक बार कक्का जी ने इच्छा को भोपाल बुलाया | इच्छा भोपाल गई और उसे लेने कक्का जी खुद स्टेशन गए | उसे देखते ही कक्का जी की बाँछें खिल गईं | कक्का जी ने कहा,

"इच्छा, आपने बहुत इंतजार करवाया |"

"सर, जब आपने बुलाया हम चले आए |"

"बहुत खूब , हम आपकी इसी अदा पर तो मरते हैं , आप इनकार नहीं करतीं |"

"सर, आपका आदेश था कैसे इनकार करती |"

"तुम तैयार हो जाओ फिर भोपाल का बड़ा तालाब घूमने चलते हैं |"

एक घंटे बाद कक्का जी वापस आए और इच्छा को लेकर बड़ा तालाब की ओर निकल पड़े |बड़ा तालाब मध्य प्रदेश की राजधानी भोपाल के मध्य में स्थित मानव निर्मित एक झील है | इस तालाब का निर्माण 11 वीं सदी में किया गया था | भोपाल में एक कहावत है – "तालों में ताल भोपाल का ताल बाकी सब तलैया", अर्थात यदि सही अर्थों में तालाब कोई है तो वह है भोपाल का तालाब | इसे 'बड़ा तालाब' भी कहते है | यह भोपाल के निवासियों के पीने के पानी का सबसे मुख्य स्रोत है |

माना जाता है की धार प्रदेश के प्रसिद्ध परमार राजा भोज एक असाध्य चर्मरोग से पीड़ित हो गए थे | एक संत ने उन्हे सलाह दी कि

वे 365 स्रोतों वाला एक विशाल जलाशय बनाकर उसमें स्नान करें | साधु की बात मानकर राजा भोज ने राजकर्मचारियों को काम पर लगा दिया | इन राज कर्मचारियों ने ऐसी घाटी का पता लगाया , जो बेतवा नदी के मुहाने पर स्थित थी | लेकिन उन्हे यह देखकर झुंझलाहट हुई कि वहाँ केवल 356 सर-सरिताओं का पानी ही आता था | तब कालिया नाम के एक गोंड़ मुखिया ने पास की एक नदी की जानकारी दी, जिसकी अनेक सहायक नदियां थीं | इन सबको मिलाकर संत के द्वारा बताई गई संख्या पूरी होती थी | इस गोंड़ मुखिया के नाम पर इस नदी का नाम कालियासोत रखा गया, जो आज भी प्रचलित है |

बेतवा नदी का पानी इस विशाल घाटी को भरने के लिए पर्याप्त नहीं था इसलिए इस घाटी से लगभग 32 किलोमीटर पश्चिम में बह रही एक अन्य नदी को बेतवा घाटी की ओर मोड़ने के लिए एक बांध बनाया गया | यह बांध आज के भोपाल शहर के नजदीक भोजपुर में बना था | इन प्रयासों से जो विशाल जलाशय बना, उसका नाम 'भोजपाला' रखा गया | यह प्रायद्वीपीय भारत का कदाचित सबसे बड़ा मानव-निर्मित जलाशय है | इसमें अनेक सुंदर द्वीप हैं और उसके चारों ओर खूबसूरत पहाड़ियाँ हैं | यह प्रसिद्ध भोजपुर शिवालय से आज के भोपाल शहर तक फैला हुआ था | कहते हैं की राजा भोज इस जलाशय में स्नान करके अपने रोग से मुक्त हो गए | राजा भोज द्वारा निर्मित विशाल जलाशय 'भोजपाला' की वजह से ही इस शहर का नाम धीरे धीरे 'भोजपाल' और बाद में भोपाल हो गया |

इच्छा ने कक्का जी के साथ पूरा दिन मौज मस्ती में गुजारा | इच्छा ने कहा,

"सर, आपके साथ घूमने फिरने में मजा आ गया|"

"मैडम , असली मजा तो अभी बाकी है |"

यह कहकर उन्होंने रहस्यमयी मुस्कुराहट बिखेरते हुए इच्छा की आँखों में देखा तो इच्छा भी खिलखिलाकर हंस पड़ी | वे दोनों होटल में वापस आ गए | कक्का जी ने इच्छा को होटल में छोड़ा और कहा,

"आप थक गई होंगी , थोड़ा आराम करें, मैं बस दो घंटे में वापस आता हूँ |"

इच्छा सचमुच थक गई थी , उसने एक घंटे आराम किया, नहाया-धोया और बन संवर कर कक्का जी का इंतजार करने लगी |

शाम के सात बज रहे थे | रोशनी में सारा शहर नहाया हुआ था | हवा में मस्ती थी | कक्का जी ने ड्राइवर को यह कहकर वापस कर दिया की वो सुबह सात बजे गाड़ी लेकर होटल में आए | इच्छा के कमरे की कॉलबेल बजाया |

इच्छा की खूबसूरती में आज चार चाँद लग रहे थे | वह बड़े लुभावने कपड़े पहने हुए थी, उसके बाल खुले थे , इतर की खुसबू से पूरा कमरा महक रहा था | वातावरण में मादकता छाई हुई थी | इच्छा ने तुरंत दरवाजा खोला | कक्का जी उसे देखते ही अपने सीने से लगा लिया और चुंबनों की बौछार करने लगे | इच्छा ने कहा,

“सर , इतने बेताब क्यों हो रहे हैं , आपके प्यार का कोटा जल्दी खत्म हो जाएगा |”

कक्का जी हंसने लगे और कहा,

“इच्छा, तुम्हारे लिए ये कोटा हमेशा रहेगा , तुम हमारे दिल के करीब हो |”

“ऐसा कबसे ?”

“मैडम,उसी दिन से जिस दिन आपने हमें फूलों का गुलदस्ता भेंट किया था | हमने उसी दिन सोच लिया था कि आपके फूलों की खुशबू हम जरूर लेंगे |”

इच्छा यह सुनकर मुस्कुराने लगी | वह अब अच्छी तरह जान चुकी थी कि कक्का जी पर उसके इश्क का जादू सर चढ़ कर बोल रहा था | वह अपने मकसद में कामयाब होती दिख रही थी |

कक्का जी ने पूछा ,

“ड्रिंक में क्या लोगी ?”

“सर, मैं ड्रिंक तो लेती नहीं |”

“मैडम, ड्रिंक तो हम भी नहीं लेते पर आपको देखकर डूब जाने को दिल करता है |”

“सर, मेरे लिए आप रेड वाइन मंगा लीजिए |”

कक्का जी ने फोन घुमाया और व्हिस्की और रेड वाइन का ऑर्डर दिया | थोड़ी ही देर में बैरा ड्रिंक और भुने हुए काजू लेकर आ गया | ड्रिंक की चुसकियों में चर्चा होने लगी | इच्छा ने पूछा,

"सर , आपने शादी क्यों नहीं की ?"

"देखो इच्छा, हम मस्त स्वभाव के इंसान हैं | शादी करके हम पारिवारिक बंधनों में बंधना नहीं चाहते | शादी एक जिम्मेदारी है जिसे ईमानदारी से निभाना चाहिए | हमें अपनी कमजोरी पता है | यदि हम शादी कर भी लिए तो वो टिकेगी नहीं | वैसे भी आप जैसी दोस्त बनी रहें तो शादी की क्या जरूरत है ?

कक्का जी शौकिया पीते थे | कभी कभार पार्टी में एक या दो पैग ले लेते थे | आज भी उन्होंने दो पैग ही लिया था | ड्रिंक तो एक बहाना था | असली मकसद तो इच्छा के साथ हमबिस्तर होना था | ड्रिंक की खुमारी दोनों पर छा रही थी | कक्का जी शराब के नशे में अपने दिल की बात इच्छा को बता चुके थे | रात के दस बजने वाले थे | कक्का जी ने इच्छा से पूछा,

"क्या कुछ खाना पसंद करोगी ?"

"सर, स्नैक्स से ही पेट भर गया है , अब खाने की इच्छा नहीं है |"

"देखो, खाने की इच्छा तो हमें भी नहीं है पर प्यास बाकी है |"

इच्छा ने मदभरी आँखों से कक्का जी को देखते हुए कहा,

"सर, देर किस बात की है , जाम भी है , मौका भी है और दस्तूर भी है |"

कक्का जी मुस्कुराने लगे | थोड़ी ही देर में इच्छा कक्का जी के साथ हमबिस्तर थी | उसका मानना था कि उसकी महत्वाकांक्षाएं सत्ता के गलियारे से चलते हुए पूरी होंगी | आज वो पूरी हो रही थी | पहली सीढ़ी वो चढ़ चुकी थी | वह कॉलेज में एक मामूली सी प्रोफेसर थी | उसे लगता था कि वो इससे ज्यादा पहचान और शोहरत की हकदार है |

अब सत्ता की गलियों से गुजरते हुए मिलने वाली प्रसिद्धी उसे दिखाई दे रही थी | उसे याद आया –उसके पिता एक कॉलेज में मामूली से चपरासी थे | इससे आगे वे नहीं बढ़ सके | उसने सोचा था की वो आगे चल कर IAS या IPS अधिकारी बनेगी | उसने तीन बार प्रयास भी किया

पर असफल रही | वह अब कुंठित हो चुकी थी पर अंततः उसे कॉलेज में असिसटेंट प्रोफेसर की नौकरी मिल गई | वह अब भी संतुष्ट नहीं थी |

सुबह हो चुकी थी | कक्का जी की नींद खुल गई थी | उन्होंने इच्छा के चेहरे पर नजर डाली | उसके चेहरे पर संतुष्टि का भाव था | वह अब भी मीठे सपने देख रही थी |

कक्का जी उठे और उसके माथे का चुंबन लिया | वह जाग गई और कक्का जी को अपनी बाँहों में भर लिया | वो शायद इसके लिए पहले से ही तैयार थे | उन्होंने फिर यौन सुख का आनंद लिया |

सुबह के सात बज चुके थे | फोन की घंटी बजी तो देखा कि ड्राइवर का फोन था | कक्का जी ने इच्छा से कहा,

" मैडम,जल्दी तैयार हो जाओ, ड्राइवर गाड़ी लेकर आ गया है |"

इच्छा को आठ बजे की ट्रेन से वापस ग्वालियर जाना था | वह तैयार हो गई | कमरे से निकलने से पहले कक्का जी ने इच्छा का चुंबन लिया और कहा,

" इच्छा, कोई परेशानी तो महसूस नहीं की |"

"नहीं सर, आपने तो मेरी जिंदगी के पल यादगार बना दिए |"

"चलो तुम्हें स्टेशन पर सी ऑफ करके आता हूँ | मुझे भी दस बजे सी एम की मीटिंग में जाना है |"

कक्का जी इच्छा को स्टेशन पर सी ऑफ करके वापस लौट गए | इच्छा की ट्रेन स्टेशन पर आ चुकी थी और वह भी ग्वालियर के लिए रवाना हो गई |

****

इच्छा को कक्का जी ने डबरा की शानदार कॉलोनी में एक मकान किराये पर लेकर दे दिया | इच्छा उस मकान में शिफ्ट हो गई | क्षमा ने पूछा ,

"मुझे छोड़ कर क्यों जा रही है ?"

तो उसने कहा ,

"यार, शादी करने का इरादा है | जाना तो पड़ेगा ही |"

"कौन है तेरा होने वाला दूल्हा, जरा मुझे भी तो बता |"

"कुछ दिन और इंतजार कर फिर तुझे पता चल जाएगा |"

यह क्षमा को बहलाने का सिर्फ एक बहाना था | असली मकसद तो कुछ और था | जब भी वो कक्का जी के बुलावे पर जाती तो क्षमा रूम मेट होने की वजह से कारण जरूर पूछती | हर बार उसे नए नए बहाने बनाने पड़ते थे | अब वो नए बंगले में आजादी से रहती थी और कक्का जी जब भी डबरा आते तो उसके यहाँ ही रुकते थे |

धीरे धीरे यह बात डबरा और ग्वालियर के सरकारी अधिकारियों को पता चल गई कि इच्छा जोशी पर कक्का जी की कृपा है | वो अपनी पोस्टिंग ट्रांसफर की सिफारिश के लिए इच्छा के बंगले पर पहुँचने लगे | इच्छा अब सौदेबाजी करने लगी , अधिकारियों की पोस्टिंग करने के लिए या रुकवाने के लिए उसे अच्छी खासी मोटी रकम मिलने लगी | वह कक्का जी के माध्यम से मनचाहा काम करवाने लगी |

इच्छा जानती थी कि कक्का जी उससे शादी नहीं करेंगे पर जब तक कुर्सी पर हैं तब तक उनके माध्यम से लोगों का काम कराया जा सकता है , प्रसिद्धी पाई जा सकती है और धन भी बटोरा जा सकता है |

शादी के लिए उसे ऐसा आदमी चाहिए था जो उसकी इच्छा के अनुरूप चले और उसके काम मे बाधा न बने | वह जानती थी विवेक और राजन दोनों ही उसके आशिक हैं | पर विवेक अपनी ईमानदारी और सज्जनता की वजह से उसके काम मे बाधा बन सकता है और उसकी महत्वाकांक्षाएं पूरी नहीं हो पायेंगी | वहीं दूसरी ओर राजन दिलफेंक आदमी है| व्यवसायी का पुत्र होने के नाते नफा नुकसान अच्छी तरह समझता है | वह उसके साथ जरूर सहयोग करेगा |

इसी बीच इच्छा को राजन के साथ मीटिंग में शामिल होने के लिए भोपाल जाना पड़ा | यह इच्छा के लिए सुनहरा मौका था | वहीं दूसरी ओर राजन भी इसी मौके की तलाश में था | दोनों साथ ही भोपाल गए और एक होटल में रुके |

दूसरे दिन ऑफिस का कार्य तो चंद घंटों में ही निपट गया | अगले दिन शनिवार और इतवार की छुट्टी थी | राजन ने इच्छा से कहा,

“चलो भोजताल चलते हैं |”

“वह तो मैं देख चुकी हूँ |”

“क्या बोटिंग भी किया है ?

"नहीं |"

"चलो भोजताल में बोटिंग करेंगे, कमला पार्क में कुछ समय बिताएंगे | भोजताल के नजदीक ही लगा हुआ वन विहार राष्ट्रीय उद्यान है उसे भी देखेंगे |"

दोनों ने टैक्सी हायर किया और भोजताल में बोटिंग के लिए निकल पड़े | दोपहर का समय था | मौसम अच्छा था | बोटिंग का आनंद लिया कुछ देर कमला पार्क में बिताए , फिर वन विहार राष्ट्रीय उद्यान की ओर निकल पड़े | इस उद्यान में विदेशी फूलों की प्रजातियों के अलावा ब्लैकबक,चीतल, सांभर , ब्लू बुल, साही, जंगली सूअर और लकड़बघा जैसे वन्यजीव देखे और होटल में वापस आ गए |

आज पहली बार इच्छा को महसूस हुआ कि राजन तो मजेदार आदमी है | हमेशा ही प्रशंसा करता रहता है और हँसाता रहता है | उसने कहा ,

"राजन तुम पहले तो इतना खुल कर नहीं मिलते थे |"

"तुम पहले मौका ही कहाँ देती थी | कभी क्षमा के साथ, तो कभी विवेक के साथ,बातों में लगी रहती थी , मैं तो मौका ही ढूंढता रहता था तुमसे बात करने का |"

"मैं तो सोचती थी तुम क्षमा को प्यार करते हो , इसीलिए मैं तुमसे ज्यादा नजदीकियाँ नहीं बढ़ाती थी | क्या तुम क्षमा को प्यार नहीं करते ?"

"क्षमा मेरी दोस्त जरूर है पर मैंने उसे एक दोस्त के अलावा ज्यादा नहीं समझा | प्यार तो मैं तुमसे ही करता हूँ |"

इच्छा यह सुनकर आवाक रह गई | राजन ने बड़ी सरलता से कह दिया कि वह इच्छा को प्यार करता है | उसने राजन का दिल टटोलने के लिए पूछा ,

"तो क्या तुम मुझसे शादी भी करना चाहते हो ?"

"हाँ , यदि मैडम मौका देंगी तो , पर मेरा इतना बड़ा मुकद्दर कहाँ है ?"

" राजन, मैं भी तुमसे शादी करना चाहती हूँ |"

" क्या तुम सच कह रही हो ?"

"हाँ , इसमें क्या संदेह है ?"

राजन खुशी से उछल पड़ा और इच्छा को अपनी गोद में उठा लिया |

"अरे, छोड़ो बाबा , कोई देख रहा होगा तो क्या सोचेगा ?"

राजन ने उसी जोश में इच्छा के गालों पर चुंबन ले लिया और उसे गोद से उतारते हुए कहा ,

"इच्छा , बता नहीं सकता मैं कितना खुश हूँ | मुझे लगता है परमात्मा ने दुनिया की सारी खुशियां मेरी झोली में डाल दी है | मुझे तो मनचाही मुराद मिल गई है |"

वो दोनों होटल वापस आए ,खाना खाया और बाहर शॉपिंग के लिए निकल गए | जब वापस लौटे तो रात के नौ बज रहे थे |

उनकी आपस की दूरियाँ मिट चुकी थी | वो अब एक ही बिस्तर पर थे |

दूसरे दिन वो सांची स्तूप घूमने निकल पड़े | यह भोपाल से विदीशा राज्यमार्ग पर 50 किमी की दूरी पर स्थित है |भोपाल और संभवतः पूरे भारत में घूमने के लिए सबसे महत्वपूर्ण पर्यटक स्थानों में से एक, सांची स्तूप की भव्यता आज तक बेजोड़ है | माना जाता है कि तीसरी शताब्दी ईसा पूर्व ये इमारत मौर्य राजवंश के महान सम्राट अशोक के शासनकाल में बनाई गई थी और यह देश के सबसे उल्लेखनीय बौद्ध स्मारकों में से एक है | सम्राट अशोक ने बौद्ध धर्म के प्रचार-प्रसार के लिए पूरे देश में भगवान बुद्ध के नश्वर अवशेषों को पुनर्वितरित करने का कार्य किया | स्तूप के विशाल गुंबद में एक केन्द्रीय तिजोरी है जहाँ भगवान बुद्ध के अवशेष रखे गए हैं |

शाम तक दोनों वापस होटल में आ गए | आज की रात भी दोनों से साथ बिताई | अगला दिन इतवार था | वे भीमबेटका की गुफ़ाएं देखने के लिए निकल पड़े |

भोपाल से लगभग 45 किमी दक्षिण मे स्थित, स्मारक भीमबेटका गुफाओं को यूनेस्को की विश्व धरोहर स्थल घोषित किया गया है | ऐसा माना जाता है कि ये गुफायें 30,000 साल से भी ज्यादा पुरानी हैं |यह स्थान भीम के चरित्र से संबंधित है, इसलिए इसका नाम भीमबेटका पड़ा है | गुफाओं के भीतर सुंदर रूप से गढ़ी गई चट्टानों की संरचनाओं के

कारण और घने वृक्षों और हरियाली से घिरा यह स्थान बहुत ही प्राकृतिक और खूबसूरत है |

शाम तक वे दोनों होटल वापस लौट आए | आज उन्होंने हमबिस्तर होकर तीसरी रात बिताई |

सच्चाई तो यह थी की राजन क्षमा का आशिक था पर ज्यों ही उसने खूबसूरती की मलिका इच्छा को देखा तो उसके सान्निध्य के लिए व्याकुल हो उठा | उसकी दमित काम वासना जाग उठी | पर वह यह बात अपने रूम पार्टनर विवेक से हमेशा छुपा कर रखता था क्योंकि विवेक जानता था कि राजन क्षमा का आशिक है | विवेक अपने स्वभावगत संकोच के कारण इच्छा से अपनी शादी की बात न कर सका | वह इच्छा को और परखना चाहता था | इस बीच राजन ने बाजी मार ली | हालांकि राजन विवेक से कह चुका था कि वह क्षमा से शादी करेगा इच्छा से नहीं |

इंसान की नीयत बदलते देर नहीं लगती, वह स्वार्थ वश कुछ भी कर सकता है | तभी तो तुलसी दास जी ने कहा है ,

"सुर नर मुनि सब की यह रीती , स्वारथ लागि करहिं सब प्रीति |"

अर्थात देवता, मनुष्य और मुनि सबकी यह रीति है कि स्वार्थ के लिए ही सब प्रीति करते हैं |

राजन ने इच्छा से पूछा,

"इच्छा , क्या तुम जानती हो विवेक तुम्हें प्यार करता है ?"

"हाँ , पर मुझसे उसने कभी कहा नहीं | तुम यह सब सोच कर क्यों परेशान हो रहे हो ?"

"सोचता हूँ , जब हमारी शादी के बारे में उसे बताऊँगा तो उसकी क्या प्रतिक्रिया होगी ?"

"उसकी क्या प्रतिक्रिया होगी मैं कह नहीं सकती पर यहाँ मुझे संत कबीर का एक दोहा याद आ रहा है –

'जिन खोजा तिन पाइया, गहरे पानी पैठ, मैं बपुरा बूड़न डरा, रहा किनारे बैठ |"

"जो प्रयत्न करते हैं,वे कुछ न कुछ वैसे ही पा लेते हैं जैसे कोई मेहनत करने वाला गोताखोर गहरे पानी में जाता है और कुछ ले कर आता है |

लेकिन कुछ बेचारे लोग ऐसे भी होते हैं जो डूबने के डर से किनारे पर ही बैठे रह जाते हैं और कुछ नहीं पाते | यही हालत विवेक की है|"

ऐसा कहकर वह हंसने लगी |

वे दोनों तीन रातें और तीन दिन साथ –साथ बिताने के बाद वापस डबरा लौट आए |

वापस लौटने के बाद विवेक ने राजन से पूछा,

"यार मीटिंग तो एक दिन ही थी तुमने तो तीन दिन लगा दिए | क्या कर रहे थे ?"

"यार मैं तो अपने एक दोस्त के यहाँ चला गया था | उसके साथ ही घूमता फिरता रहा |"

"क्या इच्छा भी वापस नहीं आई |"

"मुझे जानकारी नहीं है | वह अपनी किसी रिश्तेदार के यहाँ रुकी थी न जाने क्यों वापस नहीं आई |"

विवेक को संदेह हो गया , राजन और इच्छा साथ घूमते –फिरते रहे होंगे पर राजन छुपा रहा है | उसने आगे कुछ नहीं पूछा |

****

एक दिन कक्का जी इच्छा से मिलने आए और उसके बंगले पर रात में रुके | जब पैग का दौर चला तो बातों ही बातों में इच्छा ने कहा,

"सर , मैं शादी करना चाहती हूँ |"

"किससे शादी करना चाहती हैं आप ?"

"आप से |"

कक्का जी जोर से हँसे और कहा ,

"आप मजाक कर रही हैं | मेरी उम्र चालिस की हो रही है , आप अभी तीस की हैं | मैं तो जल्दी बूढ़ा हो जाऊंगा | आप किसी नौजवान से शादी कर लीजिए |"

"सर, इससे क्या फर्क पड़ेगा | एक कहावत है –चलता हुआ आदमी और दौड़ता हुआ घोडा बूढ़ा नहीं होता |"

वो जोर से हँसे और कहा ,

"मैंने तो पहले ही कहा था कि शादी करने का मेरा कोई इरादा नहीं है |आप तो जानती हैं , राजनीति में सत्ता सुख , धन-सुख और स्त्री -सुख

सभी मिलते हैं फिर मुझे शादी की जिम्मेदारी लेने की क्या आवश्यकता है ?"

"ठीक है सर, मैं समझ गई तभी तो मैं किसी और से शादी कर रही हूँ |"

"कौन है वो आपके सपनों का राजकुमार ?"

"सर , वो असिसटेंट प्रोफेसर राजन गुप्ता हैं |"

"हमारा आशीर्वाद आपके साथ है | आप शादी जरूर करिए पर ध्यान रहे, शादी के बाद हमारे और आपके संबंधों में कोई रुकावट नहीं आनी चाहिए |"

"सर, आप उसकी फिक्र न करें |"

कक्का जी मुस्कुराने लगे और इच्छा को अपनी बाहों में भरते हुए कहा,

"तुम सचमुच बहुत समझदार हो | वो कहावत याद है न – हर कामयाब आदमी के पीछे एक औरत का हाथ होता है |"

" सर, यह भी तो सच है – हर बर्बाद आदमी के पीछे एक औरत का हाथ होता है |"

"हा.....हा......हा........ आप समझदार ही नहीं बहुत चालाक भी हैं |"

****

इच्छा और राजन ने आपस में विचार किया कि शादी की बात सबको किस तरह बताई जाए | राजन ने सुझाव दिया कि स्टाफ को चाय पार्टी पर बुलाया जाए और प्राचार्य सबको ये बात बताएं | दोनों सहमत हो गए | कॉलेज के सभागृह में स्टाफ को चाय पार्टी पर बुलाया गया | जब चाय पार्टी समाप्त हो गई तो प्राचार्य ने पूछा,

"क्या आप लोगों को पता है कि ये चाय पार्टी किसने और किस खुशी में दी है ?"

सब प्राचार्य की तरफ उत्सुकता से देखने लगे | प्राचार्य ने कहा,

"इस चाय पार्टी का आयोजन इच्छा और राजन की तरफ से किया गया है | इन दोनों ने आपस में शादी का फैसला किया है | मैं इच्छा और राजन को पूरे स्टाफ की तरफ से उन्हे बधाई देता हूँ ,एक दूसरी खुशखबरी और सुनाना चाहता हूँ | हमारे स्टाफ में जो संजय रावत हैं

उनकी नियुक्ति असिसटेंट प्रोफेसर के पद पर हमारे कॉलेज में ही हो गई है | मैं संजय को उनकी कड़ी मेहनत, लगन और सफलता के लिए पूरे स्टाफ की तरफ से बधाई देता हूँ | मुझे विश्वास है ये पहले की तरह ही हमें अपना पूरा सहयोग देते रहेंगे |"

संजय की उपलब्धि पर सभागृह तालियों से गूंज उठा और सभी इच्छा ,राजन और संजय को बधाई देने लगे |

विवेक ने राजन को बधाई देते हुए कहा ,

"यार , तू तो बड़ा छुपा रुस्तम निकला , रूम मेट को भी हवा नहीं लगने दी कि शादी कर रहा है |"

राजन झेंपते हुए कहा,

"यार, इच्छा सरप्राइज देना चाहती थी इसीलिए नहीं बताया था |"

इच्छा और राजन की शादी से तीन लोगों का दिल टूट गया था | एक तो विवेक जो इच्छा से सच्चा प्यार करता था, दूसरी क्षमा जो राजन को दिल से चाहती थी | पर दोनों ने अपने चेहरे की भाव भंगिमा से अपना असंतोष जाहिर नहीं होने दिया |

और तीसरा व्यक्ति था संजय जिसने सोचा था कि जिस दिन उसकी नियुक्ति उसी कॉलेज में असिसटेंट प्रोफेसर पद पर हो जाएगी तभी वह इच्छा से अपने दिल की बात कहेगा | वह बड़ी जद्दोजहद के बाद कक्का जी की कृपा से यहाँ तक पहुंचा था | आज ठीक वक्त पर उसकी किश्मत ने उसे धोखा दे दिया था | उसके सपने चूर चूर हो गए थे | पर वह अपना मन मसोस कर रह गया | जब इच्छा को अकेले पाया तो उससे रहा नहीं गया और उसने कहा,

"मैडम , आपने अच्छा नहीं किया |"

"क्या मतलब ?"

"मैडम ,आपने तो हमारा दिल ही तोड़ दिया ,हम तो आपको प्यार करते थे , कब से आस लगाए बैठे थे , सोचा था प्रोफेसर बन जाएंगे तभी आपसे अपने दिल की बात कहेंगे | हमारी सोच ही गलत थी | हमारा मुकद्दर ठीक नहीं था | बधाई हो आप को, राजन सर आपका खूब ख्याल रखेंगे | फिर भी हमारी कभी जरूरत हो तो जरूर बताइएगा , हम हाजिर हो जाएंगे | आपके लिए हमारे दिल में हमेशा जगह रहेगी | प्यार जो

किया है ....

ऐसा कहते कहते उसका गला रूंध गया , आखें भर आई और वो अपनी आँखें पोंछते हुए आगे बढ़ गया | इच्छा आश्चर्य से उसे देखती रह गई पर उसे कुछ कह न सकी |

****

इच्छा की शादी राजन के साथ धूम धाम से डबरा में ही हो गई | शादी में कक्का जी, जिले के प्रशासनिक अधिकारी , पुलिस अधिकारी , कॉलेज के स्टाफ , राजन और इच्छा के परिवारजन शामिल हुए |

इस शादी में न शामिल होने वालों में विवेक, क्षमा और संजय थे | इन तीनों की आकांक्षाएं अधूरी रह गई थी | सबसे ज्यादा दुखी विवेक था जिसे गहरा आघात लगा था | वह अब भी नहीं समझ पा रहा था कि इच्छा ने राजन में ऐसी कौन सी खासियत देखी जो उसमें नहीं थी | उसे अब शादी से विश्वास ही उठ गया था |

उसे याद आया – भृतहरि जो सम्राट विक्रमादित्य के बडे भाई थे, वे एक बहुत बडे रसिया थे जो बाद में सन्यासी बन गये । उन्होने 'भृत हरि शतक' नाम की किताब में नीति और प्यार मुहब्बत के 100 श्लोक लिखे । उनमें से एक श्लोक है –

नृपस्य चित्तं कृपणस्य वित्तं मनोरथम दुर्जन मानवानाम ।
त्रिया चरित्रं पुरुषस्य भाग्यम दैवो न जानाति कुतो मनुष्यः

अर्थात –"राजा के चित्त में क्या है की वो अपराधी को सजा देगा या नहीं, कृपण यानी कंजूस के पास कितना धन है, दुष्ट के मन में क्या चल रहा है, स्त्री का तत्कालीन चरित्र क्या है और पुरुष का भाग्य, ये तो देवता भी नहीं बता सकते मनुष्य की तो बात ही छोड़ दो |"

शादी के बाद राजन इच्छा के बंगले में सिफ्ट हो गया था | हनीमून के लिए राजन और इच्छा दस दिन की छुट्टी लेकर गोवा चले गए |

वापस लौटने के पश्चात दिनचर्या सामान्य हो गई | पर अब इच्छा और विवेक एक दूसरे का सामना नहीं करते थे | बातें भी होती थी तो औपचारिक | यही हाल क्षमा का था | उसे पूरा यकीन था की राजन को इच्छा ने ही अपने वश में किया है | वह भी इच्छा से औपचारिक बातें ही करती थी |

कक्का जी से काम कराने के एवज में इच्छा लोगों से रुपये वसूलती रही और राजन भी इच्छा का साथ देता रहा | पर इसी बीच मध्यप्रदेश में कक्का जी की पार्टी की सरकार गिर गई और कक्का जी का गोरख धंधा बंद हो गया |

इसके बावजूद भी कक्का जी का इच्छा के यहाँ अनवरत जारी रहा | कक्काजी गाड़ियों का काफिला लेकर कॉलोनी में बेधड़क आते और इच्छा के यहां रात भर रुकते | इच्छा भी अब कक्का जी से तंग आ गई थी और छुटकारा पाना चाहती थी | ऐसे हालातों में वह चाहती थी कि राजन उसके पास रहे ताकि कक्का जी उसे परेशान न कर सकें | पर राजन को भी इच्छा से दूर रहकर क्षमा के पास जाने का बहाना मिल गया था | वह क्षमा के पास चला जाता और रात वहीं गुजारता |

कॉलोनी के मनचले लड़के अब इच्छा और राजन को गली में आते-जाते देख कर फब्तियाँ कसते थे , ताने मारते थे | कोई कहता,

"कक्का जी की रखैल है |"

"अबे रखैल नहीं , इसका पति हिजड़ा होगा |"

"अबे तेरे को ये हिजड़ा दिखता है ? बेटा ये दल्ला है ,वरना अपनी बीवी को छोड़कर क्यों भागता ?|"

"बेटा ,मेरी ऐसी सुंदर बीवी होती तो रानी की तरह रखता |"

"एक बार मुझे भी मौका देती तो मजा आ जाता |"

"अबे चुप बे , सुन रहे होंगे |"

"सुन भी रहे होंगे , तो मेरा क्या उखाड़ लेंगे |"

जितने मुंह उतनी बातें | इच्छा और राजन इन तानों से तंग आ चुके थे | परिणाम ये हुआ कि राजन और इच्छा के बीच रोज झगड़े होने लगे | इच्छा को अब संजय की याद आई | उसने एक दिन संजय से कहा ,

"संजय , मेरा एक काम करोगे ?"

"मैडम , कहिए आप के लिए तो जान हाजिर है |"

"संजय,राजन का पता करो कि वो रात को कहाँ चला जाता है ?"

"मैडम, ये कौन सी बड़ी बात है ? मैं दो -तीन दिन में ही आप को पता करके बताता हूँ |"

संजय अब राजन पर नजर रखने लगा | उसे पूरा यकीन था कि राजन अब भी क्षमा के यहाँ ही जाता होगा क्योंकि राजन क्षमा का पुराना आशिक था | उस रात कक्का जी ज्यों ही इच्छा के घर पर आए ,उनके आते ही राजन चुपचाप घर से निकल गया | उसी वक्त इच्छा ने संजय को फोन पर सूचना दे दी | संजय क्षमा के घर से कुछ दूरी पर छुपकर देख रहा था | राजन आया और क्षमा के घर में प्रवेश कर गया | संजय का शक सही था | उसने इच्छा को सूचना दे दी |

दूसरे दिन फिर इसी बात को लेकर दोनों के बीच झगड़ा हुआ | इच्छा ने राजन से कहा,

“तुम कैसे मर्द हो जो अपनी बीवी को किसी गैर मर्द के पास छोड़ कर दूर भाग जाते हो | क्या तुम्हें शर्म नहीं आती ?”

“तुम जब उस खूसट कक्का जी के साथ रात भर गुलछर्रे उड़ाती हो तब तुम्हें शर्म नहीं आती ?”

“रुपयों से जेब तो तुम्ही भरते थे | जब रुपये आने बंद हो गए तो तुम मुझे शिक्षा देने लगे और रात अपनी माशूका क्षमा के साथ गुजारने लगे |”

“तुमसे किसने कहा कि मैं क्षमा के साथ रात गुजारता हूँ ?”

“तुम क्षमा को प्यार करते थे , अब भी करते हो और रात वहीं गुजारते हो | तुमने मेरे साथ प्यार का नाटक किया , मैं तुम्हारे बहकावे में आ गई थी और विवेक जैसे सच्चे इंसान का साथ छोड़ दिया | मुझे सब पता चल चुका है | अब तुम निकल जाओ मेरे घर से | तुम्हारे साथ अब मैं एक पल भी नहीं रह सकती |”

राजन अपना समान लेकर क्षमा के घर चला गया |

दूसरे दिन इच्छा ने संजय को बताया की उसने राजन को अपने बंगले से निकाल बाहर किया है | संजय बड़ा खुश हुआ |मन ही मन प्लान बनाने लगा की राजन से इच्छा अलग होते ही वह उससे शादी का प्रस्ताव रखेगा | उसने कहा ,

“मैडम ,आप कहें तो राजन की पिटाई भी करवा देता हूँ |”

“तुम इतनी घटिया बात मुझसे कैसे कर रहे हो | ये मत भूलो राजन अब भी मेरा पति है ”

"मैडम मैं तो मजाक कर रहा था |"

"संजय, ऐसा मजाक दुबारा करना भी नहीं | मैं तुम्हें एक अच्छा इंसान समझती थी पर तुम तो इस लेवल पर उतर आए जो मैं सोच भी नहीं सकती थी |

****

इच्छा को अपनी गलतियों का एहसास हो गया था | अपनी अति महत्वाकांक्षा, पहचान की लालसा और पैसों की भूख लिए वह रास्ते से भटक गई थी | एक बार इस मायाजाल में फंसी तो उलझ कर रह गई | विवेक जैसे सच्चे प्रेमी को छोड़ा , धोखेबाज राजन की चिकनी-चुपड़ी बातों में आकर जीवन का महत्वपूर्ण फैसला ले लिया और राजन से शादी कर बैठी | यह उसके जीवन की सबसे बड़ी भूल थी |

हर इंसान को अपने कर्मों का फल यहीं भुगतना पड़ता है | उसने अपने रास्ते में कांटे बोए थे | आज उन पर चलकर वह असीम मानसिक वेदना से गुजर रही थी | उसका अपना कोई नहीं था जिसे वो अपने दिल की बात कह सके | उसने विवेक, राजन, क्षमा और कक्का जी सभी से दूरी बना ली थी | कॉलेज में अन्य प्रोफेसर्स से औपचारिकता वश ही बात करती थी | चिंता से उसका शरीर घुला जा रहा था | पश्चाताप की आग में जली जा रही थी | वो कक्काजी का बंगला खाली कर विवेक के पड़ोस में किराये के मकान में रहने लगी |

एक दिन उसने मन बना लिया की विवेक से क्षमा मांगेगी और प्रायश्चित करेगी | वह निकल पड़ी विवेक के घर की ओर | चार कदम दूरी पर ही विवेक का घर था | रात के दस बजे थे | विवेक लैंप की रोशनी में बैठ कर पढ़ रहा था | इलाके की बिजली भी गुल थी | इच्छा ने कॉल बेल बजाया | विवेक बनियान और पजामें में ही बैठा हुआ था | दरवाजा खोला तो देखा अँधेरे में कोई औरत खड़ी है | विवेक ने पूछा ,

" कौन हैं आप ?"

"विवेक, मैं इच्छा हूँ,| क्या मैं अंदर आ सकती हूँ |"

"प्लीज, अंदर आ जाओ |"

विवेक ने अपनी कुर्सी उसकी तरफ खिसकाते हुए कहा,

"बैठो |"

विवेक पलंग पर बैठ गया पर वह खड़ी रही और दोनों हाथ जोड़ कर विवेक से कहा,

“सर, मुझे माफ कर दीजिए , मैं भटक गई थी |”

ऐसा कह कर वह विवेक के पैरों मे गिर पड़ी | विवेक ने उसे उठा कर अपने सीने से लगा लिया और कहा

“इच्छा, अपने आप को पश्चाताप की अग्नि में इतना मत जलाओ कि तुम्हारा अस्तित्व ही खत्म हो जाए , बल्कि कुछ ऐसा करो कि तुम्हारा जीवन धन्य हो जाए |”

इच्छा की आँखों से आँसू बह रहे थे और विवेक के सीने को भिगो रहे थे | विवेक को इच्छा की मनोदशा का पूरा-पूरा अंदाजा हो गया था की ये पश्चाताप के आँसू थे | विवेक को सारी बातें संजय के जरिए पता चल जाती थी पर वह निरपेक्ष भाव से रहता था | उसे भरोसा था की एक न एक दिन इच्छा को अपनी गलतियों का एहसास जरूर होगा और वो प्रयायश्चित करेगी | आज वो दिन आ गया | उसने इच्छा से कहा ,

“जो कुछ हुआ, उसे भूल जाओ | अब नई जिंदगी की शुरुआत करो |”

ऐसा कहकर उसने इच्छा के माथे का चुंबन लिया | इच्छा ने कहा,

“सर, इस जगह से मुझे कहीं दूर ले चलिए | अपमान ,वेदना, और कुंठा के रास्ते में चलकर मैं और नहीं जी सकती | मुझे आपका जीवन भर का साथ चाहिए | मुझे अपना लीजिए |”

“इच्छा, तुम्हारे लिए मेरे दिल में आज भी उतना ही प्यार है जितना पहली बार हुआ था | तुम जबसे मुझसे दूर हुई, तभी मैंने शादी न करने का फैसला कर लिया था | तुम अब मेरे पास वापस लौट आई हो , मुझे अपना फैसला बदलना पड़ेगा |”

इच्छा के चेहरे पर मुस्कुराहट आ गई | उसने विवेक के माथे का चुंबन लेकर कहा,

“सर, अब मुझे इजाजत दीजिए , रात के बारह बज रहे हैं , लोग देखेंगे तो कल फिर बातें बनाएंगे |”

****

संजय राजन से खफा होकर बैठा हुआ था | उसे लग रहा था की वो ऐसा करके इच्छा का दिल जीत लेगा और इच्छा अंतत: उससे शादी कर

लेगी | पर इच्छा ने तो उसका सारेआम अपमानित कर दिया |उसके अंदर अब राजन और इच्छा दोनों के लिए बदले की ज्वाला धधकने लगी | | इच्छा ने राजन को घर से बाहर निकाला है ,यह सही मौका है,यदि राजन की पिटाई कर दी जाए तो सारा इल्जाम इच्छा के सर पर आ जाएगा और उस पर कोई संदेह भी नहीं करेगा |

संजय ने कॉलेज के कुछ बिगड़ैल लड़कों को तैयार कर लिया और रास्ते में छुप गया | शाम को जब राजन क्षमा के घर से बाहर निकल कर बाजार जा रहा था तो अँधेरे में मौका पाकर लड़कों ने घेरकर उसकी जम कर धुनाई कर दी और नौ दो ग्यारह हो गए | राजन को अस्पताल में भर्ती होना पड़ा |

इच्छा को पता चला तो वह विवेक के साथ अस्पताल गई | वहाँ क्षमा भी थी | इच्छा ने राजन से कहा ,

“ये सब कैसे हुआ राजन ?”

“तुम मुझसे पूछ रही हो | यह तो सब तुम्हारा ही किया धरा है |”

“राजन, तुम्हें बहुत गलतफहमी है | मैं मानती हूँ की हम दोनों का आपस में झगड़ा हुआ है , पर मैं किसी दुश्मन के साथ भी ऐसा नहीं कर सकती | तुम तो अब भी मेरे पति हो |”

तभी क्षमा बोल पड़ी ,

“इच्छा तुमने राजन को मुझसे छीन लिया ,और उसकी ये हालत कर दी | अब कहती हो राजन तुम्हारा पति है |”

“क्षमा मेरा यकीन करो | मैंने राजन के साथ शादी इसकी मर्जी से की थी | राजन की खुद इच्छा थी , इसने ही मुझे शादी का प्रस्ताव किया था | अफ़सोस हमारी शादी चल नहीं पाई | मैं राजन को तलाक दे रही हूँ | फिर तुम इसके साथ अपना घर बसा लेना |रही बात मार-पीट की ,तो मैं थाने में FIR लिखवा चुकी हूँ | तुम्हें पता चल जाएगा की राजन का असली दुश्मन कौन बन गया है |”

इच्छा और राजन ने आपसी सहमति से तलाक ले लिया | इसी बीच विवेक और इच्छा की पोस्टिंग रीवा के सरकारी कॉलेज में हो गई | विवेक ने इच्छा से शादी कर ली | वहीं दूसरी ओर क्षमा ने भी राजन से शादी कर ली |

संजय की कुटिलता उसके काम न आई | इच्छा से शादी करने की उसकी इच्छा सिर्फ इच्छा ही रह गई | बदले में मिली बदनामी | उसके खिलाफ मारपीट का मुकदमा दायर हो गया | वह कोर्ट के चक्कर लगाता रहा |

यही इच्छा की परिणति है | इंसान के जीवन में इच्छाएं अनंत हैं | कुछ पूरी होती हैं ,कुछ अधूरी | अधूरी इच्छाओं की पूर्ति में इंसान उलझा रहता है | इच्छाओं का संघर्ष ही माया है |

4

शौर्य का संघर्ष

शौर्य प्रताप सिंह विंध्य क्षेत्र की राजधानी कहे जाने वाले एक छोटे से शहर रीवा का रहने वाला था | उसके पिता अजय प्रताप सिंह सेना में एक अधिकारी थे |उसका बड़ा भाई आदित्य प्रताप सिंह रीवा के सैनिक स्कूल में ही पढ़ता था | जब शौर्य का एडमीशन रीवा के सैनिक स्कूल में नहीं हो पाया तो उसका एडमीशन हिमाचल के आर्मी पब्लिक स्कूल दगसाई में करा दिया गया |

हिमाचल की खूबसूरत पहाड़ी में स्थित यह बहुत ही शानदार स्कूल है जहाँ कभी ब्रिटिश सैनिकों की बटालियन रहा करती थी | अब इस स्कूल का संचालन भारतीय सेना के जिम्मे है यहाँ अनुशासन ,शिक्षा , और खेलकूद पर विशेष ध्यान दिया जाता है | अनुशासन को ध्यान में रखते हुए यहाँ सैन्य अधिकारी को प्राचार्य नियुक्त किया जाता है |

शौर्य जब बारह वर्ष का था तभी उसके पिता ने उसे इस बोर्डिंग स्कूल में भर्ती कराया था | यहाँ का प्राकृतिक वातावरण विद्यार्थियों के लिए बहुत अनुकूल है | धरमपुर शहर से यह स्कूल पाँच किलोमीटर दूर ऊंची पहाड़ी में स्थित है | यहाँ से शिमला शहर मात्र 70 किलोमीटर की दूरी पर है | धरमपुर से स्कूल तक पक्की रोड है पर इस रोड पर स्कूल के ही वाहन चलते हैं | यह बच्चों के लिए एक आश्रम की तरह है | यहाँ से बच्चों को शहर जाने के लिए आम तौर पर इजाजत नहीं मिलती है पर शौर्य अपने दो-चार साथियों के साथ छुट्टी के दिन आसपास के गाँव में

सुबह की सैर के बहाने निकल जाया करता था | बच्चों की टोली गाँव से सेव और नासपाती लेकर आती थी | इस स्कूल में ज्यादातर सैनिकों , सिविल उच्च अधिकारियों व व्यापारियों के लड़के-लड़कियां पढ़ते थे |जो अच्छी खासी फीस देने में सक्षम थे | यहाँ विदेशों में रह रहे भारतीयों के बच्चे भी पढ़ते थे |

शौर्य छोटा होने की वजह से पिता का लाड़ला था | इसकी वजह यह थी की वह अपनी बात बिना लाग लपेट के सीधे सीधे मुंह पर बोलता था | जबकि उसका बड़ा भाई आदित्य पिता से अपनी बात कहने में झिझकता था | इसके लिए अक्सर वह शौर्य की मदद लेता था |

बचपन में शौर्य जब अपने माता-पिता के साथ सेना के कैंपस में रहता था तो वहाँ के रहवासी मकानों में बिजली के हीटर लगाने की मनाही थी | फिर भी शर्दी के दिनों में महिलायें सुबह पानी गरम करने के लिए हीटर का उपयोग करती थीं | एक दिन सरप्राइज चेकिंग के लिए टीम आई | शौर्य चार साल का छोटा बालक था वह घर के बाहर ही खेल रहा था | टीम के एक सदस्य ने पूछा,

"बेटा, तुम्हारा नाम क्या है ?"

"शौर्य प्रताप सिंह , पिता का नाम अजय प्रताप सिंह , अम्मा का नाम शांती देवी, और भैया का नाम आदित्य प्रताप सिंह |"

"बेटा, और किसी का नाम बताना बाकी है क्या ?"

"हाँ , हमारे डॉगी का नाम टोमी है |"

"क्या तुम्हारे घर में तुम हीटर लगाते हो ?"

"हाँ, सुबह मेरी अम्मा मेरे लिए पानी गरम करती है | मुझे ठंड नहीं लगती फिर भी गरम पानी से नहलाती है ,कहती है ज्यादा ठंडे पानी से नहीं नहाना चाहिए |"

"चलो तुम्हारे घर हीटर देखने चलते हैं |"

"अंकल हीटर घर में नहीं है , सभी आंटी और अम्मा ने हीटर घर के पीछे छुपा दिया है | चलिए मैं आपको दिखाता हूँ |"

****

जब शौर्य के पिता उसे बोर्डिंग स्कूल लेकर गए तो शौर्य 12 साल का था | उस वक्त शौर्य का बड़ा भाई आदित्य सैनिक स्कूल रीवा में पढ़ता

था | मां अकेले गाँव में रहती थी और उसके पिता अपनी ड्यूटी पर सेना में |

इतनी कम उम्र में छोटे बच्चों को अपने से दूर रखना माता-पिता के लिए बहुत ही कष्टदायक होता है | पर सैन्य सेवा की कठिन हालात और बच्चों के उज्वल भविष्य के लिए शौर्य के पिता ने शौर्य को भी बोर्डिंग स्कूल में भेजने का निर्णय लिया | जब उसके पिता उसे इस बोर्डिंग स्कूल में लेकर गए तब उसे दो दर्जन खाली अन्तर्देशीय पत्र देते हुए कहा,

"बेटा , हर पंद्रह दिन में एक पत्र जरूर लिखना , तुम्हारी अम्मा बहुत चिंता करती है ,मैं भी तुमसे बहुत दूर हूँ और तुम्हारा भाई भी |"

"जी, बाबू जी , जरूर लिखूँगा |"

शौर्य अपनी दुनिया में इतना मस्त रहता था कि उसे माता-पिता की याद ही नहीं आती थी | उसके पिता उसे पत्र लिखते रहते थे | जब कोई जवाब न आता तो वो फोन से पूछते ,

"बेटा, चिट्ठी क्यों नहीं लिखते ?"

तो उसके रेडीमेड बहाने तैयार रहते वह कहता,

" बाबूजी , मैं लिखने ही वाला था |"

"फोन क्यों नहीं करते ?"

"यहाँ बच्चों को फोन करने का मौका ही नहीं मिलता |"

छै महीनों में एकाध बार पत्र लिख देता | छुट्टियों में घर आने पर उसके पिता उससे पूछते

"शौर्य ,तुमने छै महीने में सिर्फ एक पत्र लिखा है , आखिर ऐसा क्यों ?"

शौर्य बड़ी मासूमियत से जवाब देता ,

"बाबूजी, अलमारी में चूहे घुस गए थे और वे सारे लिफ़ाफ़े कुतर गए, फिर कैसे लिखता ?"

तभी शौर्य का भाई अजय बोल पड़ता ,

"बाबूजी , शौर्य ठीक कहता है , बेचारा क्या करता , पोस्ट ऑफिस भी बंद हो गए होंगे |"

अजय और उसके पिता शौर्य की नादानी पर हँसते |

****

शौर्य बचपन में ऐसा ही था | वह अपनी तकलीफें भी नहीं बताता था | एक बार उसके पिता ने बांग्लादेश बॉर्डर से हॉस्टल वार्डन को फोन किया और पूछा,

"हैलो , शौर्य का तीन महीने से न तो पत्र आया और न ही फोन , क्या बात है ?"

"सर, शोर्य चंडीगढ़ के मिलिटरी अस्पताल में पंद्रह दिन से एडमिट है |"

"क्या हुआ उसे ?"

"फुटबाल खेलते वक्त उसका पैर फैक्चर हो गया है |"

" आप ने मुझे बताया क्यों नहीं ?"

"सर, हमने सोचा ,शौर्य ने आपको बता दिया होगा |"

"क्या आप लोगों की कोई जिम्मेदारी नहीं बनती |"

"सॉरी सर, भूल हो गई |"

शौर्य के पिता ने छुट्टी का आवेदन दिया पर छुट्टी मंजूर नहीं हुई | इसी बीच जम्मू-कश्मीर की सीमा चौकी पर पदस्थ शौर्य के चाचा को छुट्टी मिल गई और वो शौर्य को हिमाचल के बोर्डिंग स्कूल से लेकर रीवा पहुँच गए | पंद्रह दिनों बाद शौर्य के पिता भी रीवा पहुँच गए | पिता ने पूछा,

"बेटा शौर्य, तुम्हारा पैर टूट गया और तुमने न ही मुझे फोन किया और न ही चिट्ठी लिखा , ऐसा क्यों ?"

" बाबूजी, मेरे पैर में प्लास्टर बंधा था मैं कैसे चिट्ठी लिखता ?"

" बेटा, चिट्ठी हाथ से लिखना था , चिट्ठी लिखने में पैर का कोई काम नहीं है |"

घर के सभी सदस्य हंस रहे थे और शौर्य मुस्कुरा रहा था |

शौर्य के पैर में जो प्लास्टर बंधा था वह ऊपर से नीचे तक लिखावट से भरा हुआ था | उसमें लिखा था –

"Shourya, get well soon"

"I love you ,shourya"

"Don't loose your heart"

"Wish your speedy recovery"

"We will play again "
"I miss you"
"We are waiting for you "
"you are so cute"
"you have brave heart "

"गिरते हैं घुड़सवार ही मैदान -ए-जंग में, वो क्या गिरे जो घुटनों के बल चले "

शौर्य के पिता ने जब उससे पूछा,

"ये तुम्हारे पैर पर इतने लव लेटर किसने लिखा है ?"

" बाबूजी , जब मैं स्कूल से चलने लगा तो मेरे हॉस्टल के दोस्तों ने लिख दिया |"

"क्या उनमे लड़कियां भी थी ?"

"नहीं , उनका हाउस अलग है , ये तो मेरे हाउस के दोस्तों ने लिखा है |"

****

शौर्य को अपनी बात बेबाकी से पिता से कहने की आदत बचपन से थी | एक बार उसका भाई आदित्य और वो गर्मियों की छुट्टियों में माता-पिता से मिलने त्रिपुरा आए | पिता ने कहा छुट्टियों का सदुपयोग करो , लाइब्रेरी जाकर पुस्तकें लाओ और घर में पढ़ो | जब दोनों भाइयों ने ऐसा नहीं किया तो पिता ने खूब डांट लगाई | उस वक्त तो दोनों भाई चुप रहे पर मौका मिलते ही शौर्य ने पिता से कहा,

"बाबूजी , भैया का कहना है कि अब वो छुट्टियों में घर नहीं आएगा क्योंकि आप उसे बहुत डांटते हैं |"

" अच्छा , फिर तुम्हारा क्या इरादा है ?"

"बाबूजी ,अगर भैया यहाँ नहीं आएगा तो मैं भी नहीं आऊँगा |"

पिता ने सोचा कि अब बच्चों ने बगावत का झण्डा खड़ा कर दिया है ,बेहतर है उन्हे आजादी दे दी जाए | उन्होंने कहा,

"बेटा, अब नहीं डाँटेंगे , तुम यहाँ आना नहीं छोड़ना |"

ऐसे ही एक बार बचपन में शौर्य की मस्ती और पढ़ाई के प्रति लापरवाही देख कर पिता ने कहा ,

"अगर ठीक से पढ़ाई नहीं करोगे तो तुम्हारे लिए सूअर खरीद दूंगा,बस उन्हे चराते रहना |"

शौर्य पिता का मुँहलगा था , वह भला कहाँ चुप रहता , उसने कहा,

"हाँ , सूअर जरूर चराऊँगा पर यदि किसीने पूछा कि किसके बेटे हो तो कहूँगा –ठाकुर अजय प्रताप सिंह का बेटा हूँ |"

पिता शौर्य की हाजिर जवाबी सुनकर बगलें झाँकने लगे |

****

जब शौर्य प्राइमरी कक्षा का विद्यार्थी था तो एक बार शिक्षक ने उसे प्रोग्रेस रिपोर्ट में अपने पिता से दस्तखत करवा कर लाने को कहा | शौर्य ने प्रोग्रेस रिपोर्ट पिता को देते हुए कहा,

"इसमें दस्तखत कर दीजिए , ये मेरी प्रोग्रेस रिपोर्ट है, और आपको टीचर ने स्कूल में बुलाया है |"

पिता ने देखा कि शौर्य सभी विषयों में फेल है | आवेश में उन्होंने प्रोग्रेस रिपोर्ट को फेंक दिया और कहा ,

"ले जाओ इसे, मैं दस्तखत नहीं करूंगा |"

शौर्य प्रोग्रेस रिपोर्ट को मां के पास ले गया और दिखाते हुए कहा,

"क्या मैं इसमें दस्तखत नहीं कर सकता ? देखो बाबूजी के दस्तखत मैंने कर दिए | क्लास टीचर को कह दूंगा – बाबूजी आपसे मिलने को तैयार नहीं हैं |"

अजय प्रताप सिंह को बेटे का रवैया देख कर अपने दस्तखत बदलने पड़े ताकि उनका होनहार बेटा उनके दस्तखत की नकल दुबारा न कर सके |

सौर्य के पिता ने उसे टयूसन पढ़ने के लिए भेजा | शौर्य दो किलोमीटर पैदल चलकर शाम को टीचर के पास ट्यूशन पढ़ने जाने लगा | उस वक्त वो तीसरी कक्षा में पढ़ता था |जब दुबारा परीक्षा हुई तो शौर्य सभी विषयों में उत्तीर्ण था | बल्कि कुछ विषयों में तो विशेष योग्यता के साथ उत्तीर्ण हुआ था | उसके पिता चाहते थे की उसकी मस्ती पर लगाम लगाई जाए | उन्होंने सुबह भी एक ट्यूशन लगा दिया | एक दिन वे टीचर के घर सुबह अचानक पहुँच गए और पूछा,

"क्या शौर्य रोज सुबह पढ़ने आता है ?

"वो शुरुआत में सिर्फ दो दिन आया था |"

पिता ने पाया कि वो ट्यूशन पढ़ने के बहाने घर से चला जाता और मैदान में बच्चों के साथ फुटबाल खेलता | पिता यह समझ गए कि शौर्य पर ज्यादा बंधन लगाना उचित नहीं है | वैसे भी वह शाम को ट्यूशन जाता था और क्लास में भी अच्छे नंबर से पास हुआ था |

शौर्य के बेपरवाह अंदाज में फर्क नहीं आया | वह शाम को ट्यूशन से वापस आते वक्त रास्ते में सैनिकों को फुटबाल खेलते हुए देखकर घर जाना ही भूल जाता था | वह उन्हे खेलते हुए घंटों देखता रहता | एक बार ऐसे ही खिलाड़ी ने फुटबाल को किक मारी | गेंद शौर्य के पास हवा में आई ,शौर्य ने उसे हाथ से रोकने की कोशिश की | शौर्य का हाथ मुड़ गया , वह रोने की बजाए खुशी के मारे कूदने लगा | उसे लगा की ये हाथ कैसे फोल्ड हो गया | वह कहने लगा

"देखो मेरा हाथ मुड़ गया !"

वास्तव में उसका हाथ बीच से टूट गया था |खिलाड़ी को गंभीरता का एहसास हो गया | वह तुरंत दौड़ कर आया ,और शौर्य के हाथ को सीधा कर रुमाल से बांधा | शौर्य के पिता को पता चला तो वो उसे सीधे मिलिटरी अस्पताल ले गए | अगले एक घंटे के अंदर शौर्य के हाथ का ऑपरेशन कर प्लास्टर चढ़ा दिया गया | इतना सब कुछ होने के बावजूद भी शौर्य के आँखों से एक आँसू भी नहीं टपका !

शौर्य ने हौसला कभी नहीं खोया | जब शौर्य हिमाचल के बोर्डिंग स्कूल में था तब उसके पिता बांगलादेश बॉर्डर पर त्रिपुरा में थे | शौर्य और आदित्य दोनों अगरतला से छुट्टी बिता कर वापस गुवाहाटी जा रहे थे | करीब 600 किलोमीटर की यात्रा बस से करनी थी | फिर गुवाहाटी से ट्रेन पकड़कर रीवा जाना था | सड़क यात्रा में भारी बारिश के कारण बस गुवाहाटी स्टेशन पर एक घंटा देरी से पहुंची | तब तक वो ट्रेन जा चुकी थी जिसमें दोनो भाइयों को यात्रा करना था | उनके पास पैसे भी सिर्फ रास्ते के खर्च के लिए थे | ऐसे हालत में बड़ा भाई आदित्य रोने लगा | तो शौर्य ने उसका हौसला बढ़ाते हुए कहा,

"भैया, अब घबराने और रोने से काम नहीं चलेगा | जनरल डिब्बे का टिकट लेकर रीवा की ओर जाने वाली किसी भी ट्रेन में बैठते हैं |"

दोनों भाई तीन दिन बाद तीन ट्रेन बदल कर भूखे प्यासे घर पहुंचे | उस वक्त दोनों की उम्र 14 और 16 साल थी | शौर्य के चेहरे पर अब भी कोई चिंता नहीं थी |

****

शौर्य बारहवीं की परीक्षा उत्तीर्ण कर रीवा वापस आ चुका था | उसके पिता ने उसका एडमीशन रीवा के टी आर एस कॉलेज में करा दिया | कॉलेज में उसका पहला दिन था | उसने देखा कि क्लास में लड़कों के दो समूह आपस में लड़ रहे हैं | उनकी लड़ाई जबान से नहीं बल्कि हाथ पैरों से हो रही है | एक दूसरे के ऊपर कुर्सियाँ फेंक कर मार रहे हैं | एक लड़के का सर फूट चुका है और उसके सर से खून की धार बह रही है |

ऐसा दृश्य देखकर उसे बहुत आघात लगा | उसने निश्चय कर लिया कि अब वो रीवा के इस कॉलेज में नहीं पढ़ेगा | उसने अपने पिता को यह सूचना दी और कहा कि वो पूना के किसी कॉलेज में पढ़ेगा | उसके पिता भी सहमत हो गए | वह पूना जाकर बी कॉम में एडमीशन के लिए प्रयास करने लगा पर बात नहीं बन पाई | अंततः उसे पूना के ही नजदीक शहर अहमदनगर के सरकारी कॉलेज में एडमीशन मिल गया जो पूना विश्वविद्यालय के ही अंतर्गत आता था |

जब वो बी कॉम के द्वितीय वर्ष में पढ़ रहा था तो उसका मन पढ़ाई से उचाट हो गया और वो बीच में ही पढ़ाई छोड़कर पूना चला गया | वहाँ किताबों की मार्केटिंग के काम में लग गया | उसके पिता ने उसे सलाह दिया कि वो पहले अपनी पढ़ाई पूरी कर ले उसके बाद जो चाहे वो काम करे पर उसने पिता की बात एक न सुनी और कहा,

"मैं काम के साथ साथ अपनी पढ़ाई पूरी कर लूँगा |"

जब वो स्कूल में पढ़ रहा था तो पिता ने एक बार पूछा ,

"आगे चल कर क्या करना चाहते हो ?"

"मैं व्यापार करूंगा |"

"व्यापार के लिए पैसे चाहिए और मेरे पास पैसे नहीं है |"

"आप पैसों की चिंता न करें , मैं सब व्यवस्था कर लूँगा |"

पिता जब तक नौकरी में थे तो कई बार उसे समझाने की कोशिश की,

“बेटा, अब भी समय है , पढ़ाई पूरी कर लो , आर्मी इंस्टीट्यूट से मैनेजमेंट पढ़ लो |”

“बाबूजी ,अब मैं इतना आगे आ चुका हूँ कि अब पीछे नहीं जा सकता | आप मेरी चिंता न करें |”

अंततः वह चार साल के अथक प्रयास के बाद अपना खुद का व्यवसाय स्थापित करने में सफल हो गया | किताबों की मार्केटिंग का व्यवसाय था | पूने शहर के शानदार इलाके में एक ऑफिस किराये से ले लिया | उसने अपनी एक टीम तैयार कर ली जिसमें 25 मरचेंड़ाइजर थे जो किताबों की डायरेक्ट सेलिंग करते थे | पाँच अंकों में इनकम होने लगी |सब कुछ अच्छा चलने लगा | सफलता कदम चूमने लगी | पूने की एक आलीशान सोसायटी में उसने फ्लैट ले लिया और कार भी खरीद लिया | परिवार के लोगों की भी जरूरत पड़ने पर आर्थिक मदद करने लगा |

****

अब वह 26 वर्ष का युवक हो गया था | पिता ने विवाह करने की सलाह दी |रीवा के नजदीक ही एक गाँव में निशा नाम की लड़की से उसकी शादी हो गई | शादी क्या हो गई उसके जीवन में बर्बादी की शुरुआत हो गई |

निशा सुंदर, गोरी , लंबे और छरहरे बदन की लड़की थी | शिक्षा एम कॉम तक थी | पर वह विक्षिप्त मानसिकता की लड़की थी | यह बात उसके माता-पिता अच्छी तरह जानते थे | शौर्य के दूर के रिश्ते की एक फुआ ने शौर्य और निशा की शादी करवाई थी | निशा उस फुआ के पड़ोस में ही रहती थी | वह लड़की और उसके माता-पिता के आचरण से पूर्व परिचित थी | वे सब एक ही मोहल्ले में रहते थे | इस शादी को करवाने में फुआ ने लड़की के पिता से कुछ रुपये भी लिए थे |

निशा का पिता वायु सेना में सार्जेंट था | वह सजायप्ता सैनिक था जिसे कई बार ड्यूटी से गैरहाजिर रहने पर सजा मिल चुकी थी | वह भी एक विक्षिप्त मानसिकता का व्यक्ति था | वह अपने पिता से घोर नफरत करता था | एक ही घर में रहते हुए भी अपने पिता से पिछले 15 वर्षों से बात नहीं करता था | उसकी माँ की मृत देह पड़ी थी और उसके

पिता अपनी पत्नी का दाह संस्कार प्रयागराज गंगा तट पर करना चाहते थे पर वो अड़ गया और सभी रिश्तेदारों के सामने पिता को अपमानित करते हुए कहा ,

"डेड बॉडी यहीं शमशान घाट में जलाई जाएगी, मैं इसे प्रयागराज नहीं ले जाने दूंगा |"

उसके पागलपन के सामने पिता मजबूर हो गए और डेड बॉडी शमशान घाट में ही जलानी पड़ी | वह एयर फोर्स की नौकरी छोड़कर बीच में ही चला आया था | वो कहता था कि वो एयर फोर्स में इंजीनियर था जबकि वह 11 वीं कक्षा तक ही पढ़ा था | नौकरी से आने के बाद वह कई दिनों तक गन का लाइसेंस लेने के लिए चक्कर काटता रहा ताकि उसे गार्ड की नौकरी मिल जाए | कभी वह चमारों की बस्ती में जाकर रहता , कभी सनक में आकर विधान सभा का चुनाव लड़ता और अपनी जमानत जब्त करवाता | उसके अंदर पागलपन कूट कूट कर भरा था | मोहल्ले का कोई भी व्यक्ति उसके घर नहीं जाता था |

उसने अपने घर की दीवारों पर पोस्टर चिपकाए हुए थे जिनमे लिखा रहता था –

" इस देश की क्रूर शिक्षा व्यवस्था है |"

" इस देश की भ्रष्ट शिक्षा व्यवस्था है |"

" इस देश की भ्रष्ट सामाजिक व्यवस्था है |"

"शादी एक क्रूर व्यवस्था है |"

उसकी पत्नी एक प्राइमरी स्कूल में टीचर थी | उसे इस बात का अत्यंत घमंड था कि वो टीचर है | जबकि उसका पति सेना की नौकरी छोड़ने के बाद घर में निठल्ला बैठा रहता था | इस दौरान हर बात पर बच्चों को टोका-टाकी करता रहता था | परिणाम स्वरूप बच्चों में पहल करने की क्षमता समाप्त हो गई , हीन भावना विकसित होने लगी और वे कुंठित हो गए |

बच्चों को धूप में निकलने, कोई भी कार्य करने, किसी से दोस्ती करने ,किसी को घर बुलाने या किसी के घर जाने , फोन करने , किसी सांस्कृतिक कार्यक्रम में भाग लेने ,सिनेमा देखने , टी वी देखने ,किसी खेल-कूद या प्रतियोगिता में भाग लेने ,किसी प्राकृतिक स्थान पर घूमने

फिरने की पूरी मनाही थी | वह सबको एक पिंजड़े में रखना चाहता था | यदि उसकी बातों का जरा भी उल्लंघन होता तो वह उनके साथ मार-पीट पर उतर आता था | वह अपनी पत्नी को भी माँ-बहन की भद्दी गालियां देता था | बच्चे यह सब गाली-गलौच सुनते रहते पर खुल कर अपनी बात किसी से नहीं कह पाते थे | ऐसे कुंठित वातावरण में रहते हुए निशा भी कुंठित हो गई थी |

निशा की माँ ने ससुराल जाते वक्त निशा को सलाह दिया,

"निशा , मैं तो बहुत भुगत चुकी हूँ तू मत भुगतना | ससुराल जाते ही शौर्य को अपने कब्जे में ले लेना ताकि तुझे मेरी तरह पति के अत्याचारों का सामना न करना पड़े |"

निशा अपनी माँ के अनुभव से पूरी तरह परिचित हो चुकी थी और पति से निपटने का सूत्र भी उसके हाथ लग गया था | पर वो ये नहीं जानती थी कि एक सूत्र सभी सवालों को हल नहीं कर सकता बल्कि जीवन में हालात के अनुसार व्यवहार करना पड़ता है और निर्णय लेने पड़ते हैं |उसकी परिपक्वता का इसी बात से अंदाजा लगाया जा सकता है कि जब शादी के बाद पति के साथ पहली बार निशा पूने जाने के लिए ट्रेन का इंतजार कर रही थी तो उसके पिता ने उससे पूछा ,

"निशा, ये बताओ जब ट्रेन में यात्रा करते हैं तो क्या ध्यान में रखना चाहिए ?"

"जी पापा, सबसे पहले किसी से बात नहीं करना चाहिए, किसी का दिया खाना नहीं चाहिए , अपनी सीट छोड़ कर जाना नहीं चाहिए , और तो याद नहीं आ रहा है ....

" कोई परेशान करे तो तुरंत टी टी के पास जाना चाहिए |"

"हाँ याद आ गया, पर पापा सीट छोड़ कर टी टी के पास कैसे जाएंगे ?"

एक पच्चीस वर्ष की पोस्ट्ग्रेजुएट विवाहित लड़की को उसका पिता ऐसे समझा रहा था जैसे वो कोई छोटी बच्ची हो और वह भी पिता के रटे रटाये निर्देश सुना रही थी |

****

शौर्य निशा को लेकर अपने माता-पिता के साथ पूने आ गया | यहाँ एक शानदार फ्लैट किराये पर लेकर रहने लगा | घर में काम करने के लिए नौकर भी रख लिया | शौर्य की मां एक मेहनतकश गृहणी थी | वो पहले भी रसोई का काम खुद संभालती थी और अब भी संभाल रहीं थी | निशा ने उनके काम में हाथ बँटाना उचित नहीं समझा |

निशा की तो मौज हो गई | वह देख कर भी घर का कोई काम न करती बल्कि दिन भर कमरा बंद करके फोन में लगी रहती | ससुराल आने के पहले मायके में पिता ने फोन छूने नहीं दिया था | लैंड लाइन पर बात होती थी वह भी निशा के पिता या मां फोन अटेंड करते थे | ससुराल में आते ही शौर्य ने एक बढ़िया सैमसंग का फोन निशा को दे दिया | बस फिर क्या था ? करेला और नीम चढ़ा |

निशा ने अपनी मां की बातें मानते हुए शौर्य पर हुक्म चलाने की कोशिश करने लगी | यही उसके जीवन की सबसे बड़ी भूल थी | शौर्य तो ठीक उससे अलग खुले विचारों का नौजवान था जबकि निशा मानसिक गुलामी में पली बढ़ी लड़की | यदि निशा उत्तर थी तो शौर्य दक्षिण | शादी के दूसरे दिन से ही दोनों में बहस शुरू हो गई | फोन का फैंकना, न समय पर नहाना, न खाना ,न सोना निशा की दिनचर्या में शामिल हो गया | शौर्य के घर पर कदम रखते ही बहस शुरू हो जाती जो रात देर तक चलती | जिसका कोई ठोस कारण नहीं होता था | वह कहती तुम अंबानी बनना चाहते हो और अपनी बीवी को समय नहीं देते | जबकि शौर्य लंच के समय भी घर आता और उसके साथ एक घंटे गुजारता था | उसे कहीं घूमने फिरने ले जाना चाहता तो साफ मना कर देती और कहती ,

" हमें फालतू घूमना –फिरना पसंद नहीं है , हम घर में ही ठीक हैं, तुम भी घर में ही रहो |"

ऐसे लोगों के लिए कवि रहीम ने कहा है ,

कहु रहीम कैसे निभै, बेर केर को संग ।
वे डोलत रस आपने, उनके फाटत अंग ॥

अर्थात दो विपरीत प्रवृत्ति के लोग एक साथ नहीं रह सकते | यानी दुर्जन-सज्जन एक साथ नहीं रह सकते | यदि साथ रहें तो हानि सज्जन की होती है, दुर्जन का कुछ नहीं बिगड़ता | कवि ने इस बात की पुष्टि

करते हुए कहा है कि बेर और केले के पेड़ आसपास उगे हों तो उनकी संगत कैसे निभ सकती है ? दोनों का अलग-अलग स्वभाव है | बेर के पेड़ में कांटे होते हैं तो केले का पेड़ नरम होता है | हवा के झोंकों से बेर की डालियाँ मस्ती में हिलती-डुलती हैं तो केले के पेड़ का अंग-अंग छिल जाता है |

ससुराल में आए हुए निशा को एक सप्ताह हो गए थे | शौर्य की मां ने देखा कि निशा के कमरे का समान वैसे ही पड़ा है जैसे स्टेशन के प्लेटफ़ॉर्म पर रखा हो | कमरे में झाड़ू भी नहीं लगी | जगह जगह पर बालों के गुच्छे फैले हुए हैं | निशा की बॉलकोनी में रखा हुआ तुलसी के पौधे का गमला बिना पानी के सूख चुका है | माँ ने कहा,

"बेटा, समान को तो ठीक से रख लो , चारों तरफ बालों के गुच्छे फैले हुए हैं इन्हे डस्ट बिन में डाला करो | तुलसी भी सूख गई है, इसको कभी पानी दिया करो | तुलसी का सूखना शुभ संकेत नहीं है |"

"मां जी, बाल गिरते हैं तो क्या करें ?"

"उन्हे उठाओ, और डस्ट बिन में डालो |"

उसी वक्त निशा ने अपनी मां को फोन लगाया और पहली एफ आई आर मां के पास दाखिल कर दी | शौर्य के घर वापस आते ही एफ आई आर की कॉपी उसको भी दे दी | इस तरह बात बात पर विवाद का सिलसिला शुरू हो गया और निगेटिव न्यूज सर्कुलेट होने लगी | निशा ससुराल की हर बात टी वी चैनल के संवाददाता की तरह अपने मायके में ब्रॉडकास्ट करने लगी और उसकी मां का हस्ताक्षेप ससुराल में होने लगा | इसके अलावा निशा के पास कोई काम भी नहीं था | बेचारी क्या करती ?

शौर्य घर आते वक्त रात को किताबों की बिक्री के पैसे लेकर आता था और हर सप्ताह बैंक में ले जाकर जमा करता था | इस बीच वो पैसे शौर्य मां की कस्टडी में रखता था | निशा के आने के बाद भी यह प्रक्रिया जारी रही | निशा को इस बात से बहुत ईर्ष्या होती थी कि शौर्य अब भी पैसे माँ के पास ही रखता था | शौर्य का मानना था की निशा अपना कमरा ठीक से नहीं रख सकती तो इतनी भारी रकम कैसे संभालेगी |

शौर्य सुबह आठ बजे ऑफिस चला जाता, दोपहर दो बजे लंच के लिए आता, तीन बजे फिर चला जाता और रात नौ बजे ऑफिस बंद करके आता | फिर शुरू होता निशा के झगड़े का पीरियड जिसका अंत होने का कोई समय नहीं था | कभी कभी यह झगड़ा सुबह तक चलता |

परिणाम स्वरूप निशा सुबह देरी से उठती तब तक शौर्य ऑफिस के लिए जा चुका होता | शौर्य की मां सुबह शौर्य के लिए नाश्ता बनाती, उसके कपड़े-जूते सहेजती और शौर्य को ऑफिस के लिए विदा करती | पर निशा शौर्य को कभी मुस्कुराकर विदा न करती | देर रात को सोने की खुमारी उसके चेहरे पर स्पष्ट दिखती और उसकी सेहत गिरने लगी |

निशा की ईर्ष्या दिनों दिन बढ़ती जा रही थी | वह हर छोटी से छोटी बात अपनी मां को फोन पर बताने लगी | उसने मां से कहा,

"माँ, सासू जी तो मुझे कुछ करने ही नहीं देती | शौर्य को खाना भी देती है , उसके कपड़े प्रेस करती है , और उसके जूते भी लाकर उसको देती है |"

"बेटा, उसके रुपयों पर कब्जा करो | उससे कहो की वो रुपये माँ की बजाए तुम्हारे पास रखे |"

निशा को मुद्दा मिल चुका था | उसने शौर्य से कहा,

" मुझे खर्चे के लिए रुपयों की जरूरत है |"

" तो ठीक है मेरे पर्स से जरूरत के मुताबिक निकाल लिया करो और ज्यादा जरूरत है तो मांग लिया करो |"

"हम किसी से पैसे मांगते नहीं हैं , हम भिखारी थोड़े हैं |"

"किसने कहा कि तुम भिखारी हो?"

"जो पैसे मां रखती है उसे तो हम भी रख सकते हैं ,हमने एम कॉम किया है |"

"अरे भाई, पैसे संभाल कर रखने में एम कॉम की जरूरत नहीं बल्कि जिम्मेदारी और भरोसे की जरूरत होती है |"

"इसका मतलब हम जिम्मेदार और भरोसेमंद नहीं हैं |"

"देखो , बात का बतंगड़ मत बनाओ , मुझे ऑफिस जाने में देर हो रही है |"

"हमारी बात सुनना पड़ेगा , शादी कर के लाए हो , हम तुम्हारी पत्नी हैं | पति का क्या धर्म होता है वो जानते भी हो ?"

"हे भगवान , मुझे माफ कर दो , मुझे जाने दो ,ऑफिस के लिए देरी हो रही है |"

****

एक दिन निशा ने फिर पैसे का मुद्दा उठाते हुए कहा ,

"हमारे भाई को मेडिकल में एडमीशन लेना है | हमें छै लाख रुपए चाहिए |"

"मेरे पास किसी को देने के लिए पैसे नहीं है |"

"जो अटैची भर कर मां को थमाते हो वो क्या हैं ?"

"निशा, समझने की कोशिश करो ,वो बीजनेस के पैसे हैं | कंपनी को पेमेंट करना पड़ता है तभी किताबें आती हैं | वहाँ उधार का कारोबार नहीं चलता |"

" तो क्या तुम्हें बिजनेस में कोई इनकम नहीं होती ?"

"होती है तभी तो घर चल रहा है, कार के लोन की किश्तें जा रही हैं और एक घर भी लेना है |"

" वो सब हम नहीं जानते , पैसे चाहिए तो चाहिए |"

"तुम अपने पिता को साफ साफ बता दो कि मेरे पास पैसे नहीं है |"

"उस दिन तो बड़ी समझदारी दिखा रहे थे , कह रहे थे कि जरूरत हो तो मांग लो |"

"मैंने तुम्हारी जरूरत के लिए कहा था, तुम्हारे परिवार के लिए नहीं | वैसे भी तुम्हारे पिता को पेन्सन मिलती है और मां को तनख्वाह फिर भी तुम मुझसे पैसे मांगती हो | मैंने साफ कह दिया , मैं इतने पैसे नहीं दे सकता |"

****

इसी तरह लड़ते झगड़ते शादी के एक वर्ष बाद निशा ने एक बच्ची को जन्म दिया जिसका नाम रखा नीता | बच्ची के जन्म के समय शौर्य की मां और मौसी निशा के साथ थी | फिर भी निशा ने अपनी मां को अपनी देख-रेख के लिए बुला लिया | उसे अपनी सास और मौसी सास पर बिल्कुल भरोसा नहीं था |

इसी बीच शौर्य के भाई आदित्य के यहां भी एक बच्चा पैदा हुआ जिसका नाम रखा अजीत | अजीत के पैदा होने के एक महीने बाद अन्नप्राशन संस्कार हेतु पूजा के कार्यक्रम में शामिल होने के लिए शौर्य के माता –पिता को 3 दिनों के लिए जाना पड़ा | इससे निशा की मां और निशा को बड़ी ईर्ष्या हुई | उन्हे लगा कि बड़े भाई को ज्यादा प्राथमिकता दी जा रही है और निशा को नहीं | उनका जानबूझ कर अपमान किया जा रहा है | जब शौर्य के माता-पिता तीन दिनों बाद वापस घर लौटे तो निशा और उसकी मां ने उनसे बातें करना भी बंद कर दिया | निशा की माँ दिन भर अपनी बेटी के कमरे में घुसी रहती और उसके कान भरते रहती |

निशा को शौर्य से झगड़ा करने के लिए अब मुद्दों की कमी नहीं थी | उसकी मां ने उसे एक महीने साथ रह कर झगड़ा करने के लिए बहुत से मुद्दे मुहैया करा दिए थे |

अब यदि निशा को जुकाम भी होता तो वह फोन करके शौर्य को कहती ,

"मेरे लिए दवा लेकर आओ |"

"दवा की दुकान बिल्डिंग के नीचे फ्लोर पर है , माँ से कहो वो लाकर दे देंगी |"

"मैं किसी से नहीं कहती, तुम तुरंत आओ और दवा देकर जाओ |"

"मैं ऑफिस में हूँ दोपहर में लंच के लिए आऊँगा तो दवा ले आऊँगा |"

"तुम्हारी बीबी यहाँ मर रही है और तुम लंच का इंतजार कर रहे हो | तुम तो चाहते हो कि मैं मर जाऊँ |"

"कैसी पागलों वाली बातें करती हो ?"

"हाँ मैं तो पागल हूँ , मैं कुछ नहीं जानती,पर मुझे अभी दवा चाहिए |"

जब शौर्य दवा लेकर आता तो वो तुरंत माँ को फोन लगाती और पूछती,

"मां, ये दवा (दवा का नाम) लाए हैं , क्या इसे मैं ले लूँ ?"

"नहीं बेटा, ये दवा नहीं खाना , वो दवा खाना |"

"शौर्य, ये दवा वापस करो वो दवा लेकर आओ |"

"अरे भाई, मैं डॉक्टर से पूछ कर लाया हूँ , इसे खा लो |"

"तुम तो जहर दे दोगे तो क्या हम खा लेंगे ?"

शौर्य अपना सर पकड़ लेता | वो निशा की मानसिक हालत से परेशान हो चुका था | उसने अपने बड़े भाई –भाभी और माता-पिता को बुलाया | सभी ने निशा और शौर्य को समझाने की कोशिश की कि शादी के बाद आपस में सामंजस्य बना कर प्यार से रहने की जरूरत है | हर बात पर झगड़ा करने से जीवन नरक बन जाएगा | पर निशा कुछ समझने की बजाए उलटी प्रतिक्रिया करने लगी | उसने कहा ,

"आप लोग सब मिलकर हमें दबाने की कोशिश कर रहे हैं | हम दबने वाले नहीं हैं |"

अजय प्रताप सिंह को लगता था की निशा की असली समस्या खाली समय है अतः निशा का किसी सकारात्मक कार्य में व्यस्त रहना जरूरी है |

किसी ने सच कहा है – जीवन में इतने व्यस्त हो जाएँ ; कि पछतावा, दुःख ,डर,नफरत के लिए समय ही ना बचे ....याद रखें जीवन में खाली व्यक्ति ही सबसे ज्यादा दुःखी रहता है ....

शौर्य के पिता ने निशा से कहा,

"बेटा, तुम्हारी असली समस्या खाली समय है | तुम इसका उपयोग करो | दिन भर व्हाट्सएप और फेस बुक देखने से कोई फायदा नहीं होगा | इसकी बजाय तुम कुछ और पढ़ाई कर लो , MA, LLB ,BDS , MBA या कोई भी तकनीकी शिक्षा ले लो | मैं जो भी खर्च होगा वह दूंगा | इसका फायदा होगा की तुम व्यस्त रहोगी और जरूरत पड़ने पर शिक्षा काम आएगी |"

"हमारे पापा ने कहा है की आगे पढ़ाई मत करना, इससे बहुत टेंशन होती है | उनका कहना है कि खाना बनाना सीखो |"

" तो वह भी सीखो पर आपस में झगड़ा मत करो |"

"आप अपने बेटे को समझाइए , झगड़ा वही करते हैं |"

"ऐसा करो तुम दोनों कुछ दिनों के लिए गोवा घूम कर आओ |"

"हमारे पिता ने कहा है , दुर्गम स्थानों पर नहीं जाना |"

" कहीं घूमने फिरने तुम नहीं जाना चाहती, कोई फिल्म नहीं देखना चाहती, कोई किताब नहीं पढ़ना चाहती , कुछ सीखना नहीं चाहती, लोई जॉब नहीं करना चाहती , आखिर किसी विषय में तो रुचि होगी तुम्हारी ?

निशा यह सुनते ही गुस्से के मारे तुनक कर अपने कमरे में चली गई और दरवाजा जोर से बंद कर लिया | शौर्य के पिता समझ चुके थे शौर्य और निशा दोनों अलग अलग गृह के प्राणी है और इनमे तालमेल असंभव है |

****

शौर्य को बचपन से ही कुत्ते बहुत प्यारे लगते थे | वह लेबराडोर नस्ल के दो कुत्ते ले आया | उनका नाम रखा -बूजो और मारिया | वो जब ऑफिस से आता तो उनके साथ भी कुछ समय बिताता | उन कुत्तों की देख रेख उनका नौकर और शौर्य की मां रखती थी | पर निशा तो जली भुनी बैठी रहती थी | उसे कुत्तों से बड़ी घृणा थी | हालांकि जब शादी के लिए बातचीत हो रही थी तो निशा को शौर्य के पिता ने स्पष्ट बताया था कि उनका बेटा कुत्ते पालने का शौकीन है | निशा ने तब कहा था –'कुत्ते मुझे भी बहुत अच्छे लगते हैं' जबकि वह कुत्तों से बहुत घृणा करती थी | अब वह शिकायत करती थी कि कुत्ते जब भूँकते हैं तो उसे सर दर्द होता है | उसे कुत्तों से भी ईर्ष्या थी | वह शौर्य से कहती थी –'हमसे अच्छे तो कुत्ते हैं जिन्हे तुम प्यार करते हो , बीवी के लिए तो तुम्हारे पास टाइम ही नहीं है '|

शौर्य की मां बेटे-बहू के बीच में सब देखते-सुनते हुए भी कुछ नहीं बोलती थी | पर अंदर ही अंदर घुटती जा रही थी और उसका स्वास्थ्य गिरने लगा | शौर्य के पिता ने अपनी पत्नी की हालत देखी तो उसे वापस रीवा ले गए | नौकर भी निशा के व्यवहार से तंग आकर काम छोड़ कर चला गया | अब बूजो और मारिया को देखने वाला कोई नहीं था | वो बेचारे एक कोने में अनाथ की तरह पड़े रहते | जब शौर्य ऑफिस से आता तभी उन्हे घुमाता-फिराता और खाना देता | निशा कहती ,

"बच्चे तो पाले नहीं जाते कुत्ते पालने का शौक चढ़ा है |"

"तुम उन्हे खाना-पानी तो दे सकती हो , घुमाने –फिराने का काम मैं कर लूँगा |"

"हमसे कुछ नहीं होगा , तुम्हारे कुत्ते हैं तुम जानो |"

"अरे कुत्ते भी प्राणी है , उन्हे भी प्यार और सम्मान की जरूरत है |"

"उनके प्यार और सम्मान की तुम्हें बहुत फिकर है , हमारे प्यार और सम्मान की तुम्हें परवाह ही नहीं है |"

"तुम्हारे पागलपन का कोई इलाज नहीं है |"

निशा के आने के एक साल बाद देखरेख के अभाव में बूजो की ऑपरेशन टेबल पर मौत हो गई | शौर्य खूब रोया , उसका दोस्त जा चुका था |अब मारिया रह गई | वह भी उदास रहती थी | उसे शौर्य का भाई आदित्य अपने पास ले गया | अब शौर्य का दुख बांटने वाला कोई न रहा |

****

अब पूने में निशा, बेटी नीता और शौर्य ही रह गए | शौर्य अब सुबह का नाश्ता और लंच ऑफिस में ही करने लगा | रात को जब आता तो निशा झगड़ा करने बैठ जाती | अब वह तनाव में रहने लगा | उसके पास पैसे तो खूब थे पर उसका ध्यान रखने वाला कोई नहीं था|

इन्ही दिनों उसके स्कूल का बेरोजगार दोस्त अमित रीवा से पूने आ गया | उसे भी शौर्य ने अपने काम पर लगा लिया | वह खूब मजाकिया, पर छिछोरे स्वभाव का नौजवान था | शौर्य ऑफिस से लौटने के बाद उसके साथ बैठ कर शराब पीने का आदी हो गया | अब तो निशा को झगड़े का और मुद्दा मिल गया | वह कहती,

"छोटी सी बच्ची है, घर में कोई काम करने वाला भी नहीं है , हम बच्ची को भी देखें , तुम्हारे लिए खाना भी बनाए और रात को तुम्हारा बिस्तर भी गरम करें | कल से ऑफिस से सीधे घर आओगे | मैं यहाँ बैठी अकेले इंतजार करती रहती हूँ और तुम वहाँ बैठे दारू पीते रहते हो |"

" मैं इसीलिए तो पीता हूँ की तुम्हारा बिस्तर गरम न करना पड़े |"

"साले, तुम गवांर हो, तुम्हारे मां-बाप ने यही सिखाया है | तुम्हारा बाप तो अपनी मेहरारू को लेकर चिपका रहता है , उससे दूर नहीं जाता और तुम हमसे दूर भागते हो |"

"तुम घर में चैन से जीने कहाँ देती हो ?"

"तो क्या पति-पत्नी में झगड़े नहीं होते हैं ?"

"होते हैं , पर इस तरह नहीं | तुम तो सुबह ऑफिस से निकलने के पहले और ऑफिस से वापस आते ही रोज झगड़ा करने बैठ जाती हो |"

"इसका मतलब है हम गलत हैं और तुम सही हो |"

"अरे भाई, गलत-सही की बात नहीं है | न तुम टाइम से नाश्ता देती हो, न खाना देती हो प्यार के दो बोल बोलना तो तुमने सीखा ही नहीं |"

"तुम्हें हमारी परेशानी का कोई अंदाजा है ? तुम्हें तो सब कुछ टाइम से चाहिए | तुम तो बस चढ़ गए और उतर गए , उसके बाद एक औरत को कितना तकलीफ उठाना पड़ता है , जानते हो ? नौ महीने बच्चे को पेट में रखना पड़ता है ,पैदा होने के बाद उसे संभालना पड़ता है |"

"तो क्या तुम दुनिया में अकेली औरत हो जो बच्चा पैदा की हो ?"

"ये सब तुम्हारी वजह से हुआ है | हम बच्चा नहीं चाहते थे |"

"जब बच्चा नहीं चाहिए था तो शादी क्यों की ? शादी होगी तो बच्चा भी होगा |"

"बच्चा हमारा अकेले का नहीं है , इसकी देखभाल की तुम्हारी भी जिम्मेदारी बनती है |"

"तो ठीक है, बच्चा मैं संभालता हूँ , तुम मेरा बिजनेस संभालो |"

"हम सब कुछ कर सकते हैं ,आज की नारी पुरुषों से कम है क्या ?"

"जब कम नहीं है तो संभालो काम, आगे आओ , सिर्फ कैंची की तरह जबान चलाने से कुछ नहीं हासिल होगा |

"साले, हमारे घर बारात लेकर गए थे, शादी कर के लाए हो, अब जिंदगी भर खिलाना पड़ेगा | तुम्हारी****नहीं फटनी चाहिए |"

"देखो, इतनी बदतमीजी से बात मत करो |"

"तो क्या हम तुम्हारी आरती उतारें ?"

शौर्य परेशान होकर आधी रात को ही घर से बाहर निकल जाता | कुछ देर यूं ही भटकता रहता , फिर कार पार्किंग में जाकर कार में सो जाता | सुबह उठ कर ऑफिस के लिए निकल जाता |

निशा शौर्य के बीजनेस को भी नुकसान पहुंचाना चाहती थी |शौर्य के मार्केटिंग बीजनेस में लड़कियां भी थी | जब उनसे निशा की मुलाकात

होती तो वो उन्हे हतोत्साहित करती थी | एक लड़की को उसने कहा ,

"तुम्हारे मां-बाप कैसे हैं जो तुम्हें शहर में काम करने के लिए अकेले छोड़ दिया हैं? तुम्हें यह काम छोड़ देना चाहिए | लड़कियों का काम नहीं है दिनभर धूप में घूम कर किताबें बेंचना | तुम काम छोड़ दो और घर जाओ |"

" मैडम, काम करने में क्या खराबी है ? सर का व्यवहार बहुत अच्छा है | हमे जो मार्केटिंग के बारे में सर सिखाते हैं उससे बड़ा फायदा होता है |"

"तुम्हारे सर अपना फायदा तो कुछ कर नहीं पा रहे,तुम्हारा क्या फायदा करेंगे ?"

वह लड़की निशा को आश्चर्य से देखती रह गई | उसे संदेह हो रहा था की क्या निशा सचमुच शौर्य की पत्नी है |

इस सलाह के पीछे भी निशा के अंदर छिपा हुआ डर बोलता था | उसे लगता था की कहीं कोई लड़की शौर्य को अपने जाल में न फँसा ले | जबकि शौर्य सबसे प्रोफेसनल डीलिंग करता था | वह अपने काम के प्रति पूरी तरह समर्पित था | उसने अब तक अपने काम के अलावा किसी लड़की से अफेयर नहीं किया |

****

शौर्य और निशा दोनों ही एक दूसरे से तंग आ चुके थे | आपस में उनकी बोलचाल भी बंद हो गई थी | शौर्य रात को जब घर आता तो अक्सर होटल से खाना खाकर आता या किचन में जाकर ठंडा खाना निकाल कर खा लेता और अलग कमरे में सो जाता | एक दिन निशा ने कहा,

"हमें मायके जाना है , हमारा ट्रेन में रिजर्वेशन करवा दो |"

शौर्य ने रिजर्वेशन करवा दिया और निशा अपने मायके चली गई |

शौर्य के पिता ने निशा के माता-पिता को घर पर बुलाया और उनसे शौर्य और निशा के संबंधों की चर्चा की | उनसे अनुरोध किया कि वे निशा को शांति और प्यार से रहने के लिए समझाएं | परंतु निशा के पिता ने कहा ,

“निशा को हमने फूलन देवी बनाया है , हमारी बेटी किसी से दबने वाली नहीं है | आपका बेटा गवांर है | हमने तो अपनी बेटी को तीन साल के लिए ट्रायल पर भेजा है |”

“ट्रायल का क्या मतलब ? आप ने तो शादी की है |”

“हमने शादी जरूर की है पर हम देख रहे हैं | हमें पता था इसीलिए हमने आप के बेटे को मंगनी में अंगूठी भी नहीं पहनाया था | निशा बच्चा भी नहीं चाहती थी, उसके साथ जबरदस्ती की गई, हमसे पूछा भी नहीं गया और बच्चा हो गया |”

“इसका मतलब क्या बच्चा भी आपसे पूछ कर पैदा करना था ?”

“जब निशा नहीं चाहती थी तो आपके बेटे ने बच्चा क्यों पैदा किया ?”

“बेहतर है , अब आप यहाँ से चले जाएँ |”

“आपने बुलाया था इसीलिए यहाँ आए थे , हमें शौक नहीं था यहाँ आने का |”

ऐसा कह कर निशा के माता-पिता चले गए | शौर्य के पिता को इसका कोई हल दिखाई नहीं दे रहा था |

****

शौर्य ने अपना पूने ब्रांच का कार्य अपने दोस्त अमित को सौंप कर इंदौर चला गया और इंदौर में एक ब्रांच खोल दी | नई ब्रांच थी बिजनेस धीरे धीरे गति पकड़ रहा था | छै महीने हो गए थे |

शौर्य को अपनी बेटी नीता की याद सताने लगी |उसने सोचा कि पुरानी बातों को भूल कर फिर से जिंदगी शुरू की जाए | वह निशा को लेने रीवा पहुँच गया | जब शौर्य निशा के घर पहुँच तो उसका पागल पिता कंपाउंड के दरवाजे पर ताला लगा कर घर के अंदर दरवाजा बंद करके बैठा हुआ था | उसे निशा के जरिए पता चल चुका था की शौर्य निशा को लेने आ रहा है | शौर्य ने घर पहुँच कर निशा को आवाज लगाया,

“दरवाजा खोलो , निशा |”

निशा के पिता ने पूछा ,

“क्या तुम हमे मारने आए हो ?”

“नहीं , मैं निशा को लेने आया हूँ |”

"तुम्हारा कोई यकीन नहीं है , तुमने पिस्तौल या चाकू छिपाया होगा|"

" यकीन करें , मैंने ऐसा कुछ नही छुपाया है |"

निशा के पिता ने डरते हुए दरवाजा खोला | घर के सभी सदस्य चौकन्ने होकर घर के अंदर छुपे हुए थे मानो शौर्य उनकी हत्या करने आया था | पहले निशा की मां नीता को लेकर डरते हुए बैठक में आई | कुछ देर बाद निशा भी सामने आई | शौर्य ने कहा कि वह निशा को लेने आया है | यह तय हो गया की निशा शौर्य के साथ दूसरे दिन इंदौर जाएगी | वह तो तैयार ही बैठी थी |

जब इंदौर जाने का समय हुआ तो निशा के पिता ने शौर्य से कहा,

"तुम अपने पिता से संबंध तोड़ दो | ये पिता किसी के सगे नहीं होते , हमेशा धोखा देते हैं , तुम मेरे पिता को ही देख लो |"

शौर्य उनके मुंह से यह सब सुनकर नाराज हो गया और बात बिगड़ गई | शौर्य निशा को बिना साथ लिए ही अपने घर वापस लौट गया और अपने माता पिता को लेकर इंदौर चला गया | निशा रास्ते भर उसे फोन करती रही, गालियां देती रही और वो सुनता रहा | अंत में शौर्य के पिता को कहना पड़ा,

"बेटा, अब तो हद हो गई , फोन बंद कर दो और सीधे गाड़ी चलाओ वरना कभी भी एक्सीडेंट हो सकता है |"

निशा को मायके में रहते हुए करीब एक साल बीत गया | अब निशा शौर्य को फोन पर रोज बच्ची से बात कराने लगी और कहने लगी कि वो उसे इंदौर ले जाए | शौर्य बच्ची के मोह में निशा की बात मान गया | निशा खुद रीवा से अपनी फुआ के यहाँ भोपाल आ गई, वहाँ कुछ दिन रही और फिर शौर्य उसे भोपाल से इंदौर ले गया |

पूने में शौर्य का दोस्त अमित उसका बिजनेस संभालने में असफल रहा | उसे शराब की लत लग गई थी और वह एक लड़की के मोह जाल में फंस गया था | बिजनेस डांवाडोल होने लगा |

इधर रोज रोज के झगड़े शौर्य और निशा के बीच अनवरत जारी रहे | कोई ठोस कारण नहीं था | सिर्फ एक मानसिक विक्षिप्तता थी | शौर्य ने निशा को कहा,

"निशा, चलो हम एक मनोचिकित्सक के पास चलते हैं और उससे हमारी समस्या का समाधान पूछते हैं |"

"इसका मतलब है तुम मुझे पागल समझते हो ?"

"मैं तुम्हें पागल नहीं समझ रहा | हो सकता है मैं ही पागल होऊँ | पर जो भी हो मनोचिकित्सक से हमारा इलाज तो होगा | रोज के झगड़ों से छुटकारा तो मिलेगा |"

"तुम्हें पागलपन चढ़ा है | तुम रोज दारू पीकर आते हो | जाओ अपना इलाज कराओ |"

शौर्य अब अंदर ही अंदर टूट रहा था | वह निशा के व्यवहार से बहुत निराश था | उसने निशा के पिता से अनुरोध किया की वो निशा को मनोचिकित्सक के पास जाने के लिए राजी करें | निशा के पिता से उसे दो टूक जवाब मिला,

"तुम क्या सोचते हो हमारी लड़की पागल है ? हमने ठीक -ठाक हालत में उसकी शादी की थी , तुम गवांर हो , तुम्हारे अंदर सहनशीलता नहीं है, अपने आप को ठीक करो | शादी को निभाना पड़ता है , हम भी तो निभा रहे हैं , तुम भी निभाओ | जब देखो तो हमसे शिकायत करते रहते हो , रखो फोन और दुबारा फोन नहीं करना |"

शौर्य ने निशा के भाई से कहा कि वो अपने पिता को राजी कर ले ताकि निशा की मनोचिकित्सक से जांच कराई जा सके | उसके भाई ने भी पिता से अनुरोध किया ,

"पापा, निशा को मनोचिकित्सक से जांच कराने में क्या हर्ज है ?"

"तुम्हारा दिमाग खराब हो गया है | हमने तुम्हें मेडिकल की पढ़ाई के लिए भेजा है | तुम डॉक्टर बनने वाले हो और ऐसी बे-सिर पैर की बात करते हो | अपनी बहन को पागल घोषित करवाना चाहते हो ताकि वो घर वापस आ जाए , अपना मुंह बंद रखो |"

इसी बीच शौर्य का भाई आदित्य अपनी पत्नी और बेटे अजीत के साथ दो दिन के लिए नीता के जन्मदिन के अवसर पर इंदौर आया | नीता का जन्म दिन मनाया गया | शौर्य ने बेटी नीता को एक सायकल गिफ्ट में दिया और साथ ही अपने भतीजे अजीत के लिए भी एक सायकल गिफ्ट में दी | बस निशा को झगड़ा करने का ठोस कारण मिल

गया | रात को जब शौर्य निशा के कमरे में आया तो निशा चिल्लाने लगी,

" तुमने अजीत को गिफ्ट क्यों दिया ?"

" कैसी बातें करती हो ? वह भी तो एक छोटा बच्चा है | उसे भी खुशी हुई है |"

"तुमने सब की खुशी का क्या ठेका ले रखा है ? पैसे बर्बाद करने में मजा आता है | मैं जब मांगती हूँ तो पैसे नहीं निकलते |"

"घर के लिए सभी जरूरत का समान तो मैं खरीद कर लाता हूँ | तुम तो चार कदम चल कर भी समान लाने में डरती हो | फिर पैसों की क्या जरूरत है ? जब भी बाजार जाना चाहती हो तो पैसे तो ले जाती हो | फिर और कौन से पैसे की बात कर रही हो ?"

"तुम्हारा जो भी बीजनेस का पैसा है मेरे पास होना चाहिए |"

"बिजनेस का पैसा मैं बैंक में जमा करता हूँ , वो घर में रखने के लिए नहीं है |"

"मैं कुछ नहीं सुनना चाहती , मुझे पैसे चाहिए |"

****

शौर्य बहुत परेशान हो गया था | उसका इंदौर का बिजनेस भी बहुत नीचे चला गया था | पूने की ब्रांच का बिजनेस अमित की लापरवाही से डाउन हो गया था | वो इंदौर का बीजनेस ऑफिस बंद कर वापस पूने चला गया | पर निशा के रवैये में कोई परिवर्तन नहीं आया और रोज झगड़ा होता रहा | अब निशा पूरी तरह उग्र हो गई थी | वह धमकी देते हुए कहती ,

"हम आत्म हत्या कर लेंगे , इस बिल्डिंग की आठवीं मंजिल से कूद जाएंगे , उसके पहले बेटी का गला दबा देंगे |"

"तो कूद जाओ, मुझे क्यों बता रही हो |"

"हाँ , तुम यही तो चाहते हो की हम मर जाएँ और तुम दूसरी शादी कर लो |"

"निशा, मरने वाले मरने का डिंडोरा नहीं पीटते |"

एक दिन निशा ने कहा,

"हमारा ट्रेन में रिजर्वेशन करा दो | हमें शादी में शामिल होने मायके जाना है | निशा मायके चली गई | निशा के जाने के बाद शौर्य ने मकान

खाली कर दिया कहीं दूसरी जगह दूर इलाके में छोटे से मकान में सिंगल रहने लगा | निशा वापस पूने आने के लिए शौर्य पर दबाव डालती रही पर वो उसे वापस पूने नहीं ले गया | शौर्य ने कहा कि उसका बीजनेस डाउन चल रहा है अत: निशा कुछ महीने ससुराल में रहे | जब यह बात निशा की मां को पता चली तो उसने कहा ,

"हमने अपनी बेटी को पूने में रहने के लिए शादी की थी | हमारी बेटी अब पति को छोड़कर ससुराल में कैसे रहेगी ?"

निशा के पिता ने कहा,

"तुम नालायक हो, पहले उसे ससुराल जाने दो फिर देखेंगे क्या होता है |"

निशा के पिता के लिए यह बड़ी खुशखबरी थी | अब उसकी मुशीबत टलने वाली थी | वो निशा का पूरा समान बांधा और आनन फानन में रात में ही निशा को उसके ससुराल में छोड़ कर चला गया |

दूसरे दिन अजय प्रताप सिंह ने अपनी पोती का एडमीशन Kidzee स्कूल में करा दिया |

निशा की वही पुरानी आदत थी – देर से उठना , कोई काम न करना , सुबह उठते ही मोबाइल फोन में लगे रहना, बच्ची को टाइम से स्कूल के लिए तैयार न करना | स्कूल की गाड़ी हॉर्न बजाती रहती पर निशा को कोई फर्क न पड़ता | जब स्कूल की गाड़ी चली जाती तो भागते हुए पागलों की तरह चिल्लाना ,स्कूल बस ड्राइवर से झगड़ा करना ,और बात बात पर कुढ़ना जारी रहा | ऐसे हालात में नीता सिर्फ चार दिन स्कूल जा पाई | ड्राइवर ने इंतजार करना छोड़ दिया तो निशा एक दिन बच्ची को लेकर स्कूटर से स्कूल गई और आते ही रणचंडी बन गई और चिल्लाने लगी,

"हमें कोई कोऑपरेट नहीं करता , स्कूटर चला कर तीन किलोमीटर जाना पड़ा अगर हमारा एक्सीडेंट हो जाता तो कौन जिम्मेदार होता ? वो हरामी हमें यहाँ छोड़ गया है,हम क्या क्या करें ? कोई देखने वाला नहीं है |"

निशा अपनी आवाज से पूरे मोहल्ले को जताना चाहती थी कि उस पर अत्याचार हो रहा है | शौर्य के पिता ने कहा,

"निशा, क्यों तमाशा कर रही हो ? शांत हो जाओ और टाइम से उठा करो ताकि बच्ची टाइम से स्कूल चली जाए |"

"आप कौन होते हैं मुझे समझाने वाले ?"

"मैं तुम्हारा ससुर हूँ |"

"ससुर का फर्ज भी जानते हैं ?"

"अब क्या ये फर्ज मुझे तुमसे सीखना पड़ेगा ?"

बहस को बढ़ता देख शौर्य की मां अपने पति को कमरे में ले गई और बाहर से दरवाजा बंद कर दिया |

निशा का चिल्लाना जारी रहा ,

"मैंने अपने बाप की नहीं सुनी तो इनकी क्या सुनूँगी .....बड़े आए अपने आप को ससुर बोलने वाले .....बेटे को नहीं समझाते जो अपनी जवान औरत को यहाँ मरने के लिए छोड़ गया है |"

निशा अब अपने असली रूप में आ चुकी थी | उसने शौर्य को फोन लगाया और शुरू हो गई जहर उगलने ,

"अबे साले, जब तेरे ****में दम नहीं था तो शादी करके क्यों लाया था ? बारात लेकर क्यों गया था मेरे घर? तब क्यों नहीं बोला कि मेरा *******नहीं होता , मैं बीवी की ******नहीं कर सकता ? जब से शादी किया है पेर डाला , क्या सिर्फ बीवी के साथ सिर्फ सोने के लिए है ? जब बीवी को जरूरत है तो कहता है बीजनेस डाउन चल रहा है ,तेरा साले सब डाउन ही रहेगा ,तेरा *****भी डाउन है और बीजनेस भी डाउन है | तो फिर बचा क्या है ? बाबाजी का ********| अंबानी बनने चला था , पैसा कमान चाहता है , तू कभी अंबानी नहीं बन सकता | साले, पढ़ी -लिखी सुंदर बीवी मिल गई तो संभालना नहीं जानता , बीवी की कदर नहीं करता | मुझे यहाँ छोड़ गया है अकेले मरने के लिए....... साले तू क्या सोचता है तेरा पीछा छूट जाएगा ? मैं छोड़ने वाली नहीं हूँ तेरे को , इस घर की ईंट से ईंट बजा दूँगी , मैं शेर की सवारी करने वाली दुर्गा हूँ , मैं तेरा महिशासुर मर्दन करूंगी , रण चंडी हूँ मैं, तेरा काल बन जाऊँगी | मुझे परेशान करने का ऐसा श्राप लगेगा कि तू भीख मांगेगा सड़कों पर ....मैं तो सब कुछ कर लूँगी ,मैं पढ़ी लिखी हूँ , मैं तो कलेक्टर भी बन सकती हूँ ....और बनूँगी कलेक्टर तब पता चलेगा तुझे कैसी बीवी को

तूने छोड़ा है ....

निशा की ऊल जलूल बातें शौर्य फोन पर चुपचाप सुनता रहा , जब वह चुप हो गई तो कहा,

"तुम कलेक्टर नहीं प्रधानमंत्री बन जाओ पर मैं तुम्हें अब पूने ले जाने वाला नहीं हूँ |"

"साले, तू नहीं ले जाएगा तो मैं तेरे मां-बाप की छाती में बैठ कर मूंग दलूँगी |"

"तो दलो न , मुझे क्यों बता रही हो ?"

"तू अपने बाप से बोल कि मुझे घर के ऊपर का फ्लोर किराये से दे दे | मैं अब अलग रहूँगी|"

"वो उनका घर है , वो किराये से दें या न दें उनकी मर्जी है |"

निशा को ससुराल आए हुए चार दिन ही हुए थे और आज वो अपने असली रूप में आ गई थी | शौर्य की मां शांति उसका यह रूप देखकर डर के मारे मरी जा रही थी | उसे डर ये था की रीवा की इस संभ्रांत कॉलोनी में उसकी इज्जत मिट्टी में न मिल जाए | उसने सास की तरह कभी निशा पर हुकूम नहीं चलाया | वह चला भी नहीं सकती थी |यदि कुछ कहती तो शायद वो अपनी जान से हाथ धो बैठती , उसे हार्ट अटैक हो सकता था | किसी को कुछ कहना और सुनना उसके वश में नहीं था | वो बहुत ही शांत प्रकृति की महिला थी | वो अपने पति के सामने भी हमेशा चुप रहती थी | उसका ये रवैया देख कर पति का गुस्सा अपने आप शांत हो जाता था | उसने अपने जीवन में किसी से झगड़ा नहीं किया था | जब उसकी सहनशीलता से कोई बात ज्यादा हो जाती तो उसकी आँखों में आँसू आ जाते पर फिर भी जबान बंद रखती | वो तो शौर्य में इतनी सहनशीलता थी कि वो निशा का गुस्सा झेलता था और उसकी मां शांति मूक दर्शक बनकर देखती थी | इसी का नतीजा था कि निशा रणचंडी बन गई थी |

शौर्य के पिता अजय प्रताप सिंह को निशा का ये व्यवहार असहनीय हो गया | वो सोचने लगे कि क्या किया जाए ? निशा का पागल पिता कहता है –'हमने अपनी बेटी को फूलन देवी बनाया है' उसकी अहंकारी मां कहती है – 'हमने अपनी बेटी की शादी पूने के लिए किया था रीवा के लिए नहीं' वहीं मनोरोगी निशा कहती है –'मैं रण चंडी हूँ '| यदि पुलिस

के पास जाते हैं तो उल्टा मुकदमा दायर कर देगी |

भारत में जीतने भी कानून बने हैं वह सिर्फ महिलाओं के हित को ध्यान में रख कर बनाए गए हैं | पुरुषों के लिए एक भी कानून नहीं है जहाँ उनकी सुनवाई हो सके | पक्षपात पूर्ण कानून बना कर इस देश की संसद और न्यायपालिका ने सबसे ज्यादा महिलाओं का ही नुकसान किया है | महिलायें इन कानूनों का खुल कर दुरुपयोग करती हैं | पुरुष अगर शिकायत करे तो उल्टा महिला की ही सुनी जाती है | इस देश में पुरुषों की कोई सुनवाई नहीं है | अबला नारी का चोला पहनकर वो पुरुष पर कितना भी अत्याचार करें पर दोषी पुरुष ही ठहराया जाएगा | वे पुरुषों से अपनी तुलना करती हैं पर उन्हे सहारा चाहिए पुरुषों का | वो यह नहीं समझती कि उनकी तुलना पुरुषों से नहीं हो सकती | यह प्रकृति के अनुकूल नहीं है | प्रकृति ने शारीरिक और मानसिक संरचना के अनुसार स्त्री और पुरुष को अलग अलग बनाया है | वे एक दूसरे की पूरक हैं, विरोधी नहीं | उनके मिलन,प्रेम और परस्पर् सहयोग से ही प्रकृति की पूरी व्यवस्था चलती है | स्त्री और पुरुष के टकराने से प्रकृति का विनाश होता है , परिवार, समाज और देश टूटता है | इतिहास गवाह है की आज तक जीतने भी युद्ध हुए हैं वह जर (धन संपत्ति), जोरू (स्त्री) और जमीन के लिए ही हुए हैं |

अजय प्रताप सिंह ने समझदारी से काम लेना उचित समझा , अपनी पत्नी से कहा,

“शांती एक काम करोगी ?”

“कहिए |”

“इस मुशीबत से छुटकारा पाने का सिर्फ एक ही उपाय है की तुम निशा के घर जाकर उसके माता-पिता को समझाओ कि निशा की मानसिक स्थिती ठीक नहीं है , कहीं तनाव में आकर आत्महत्या न कर ले और फिलहाल वो उसे अपने घर ले जाएँ |”

“आप क्यों नहीं जाते समझाने ?”

“तुम जानती हो, उस पागल आदमीं को झेलना मेरे वश की बात नहीं है | कहीं बात बढ़ गई तो मामला बिगड़ जाएगा |”

"मैं भी तो आखिर एक पागल आदमी को इतने सालों से झेल रही हूँ |"

" देखो शांति ,ये मजाक का वक्त नहीं है , तुम तुरंत जाओ कहीं अनर्थ न हो जाए |"

शौर्य की मां निशा के पिता को सारी बात समझा कर आ गई | निशा का पिता दूसरे दिन निशा को लेकर अपने घर चला गया |

****

शौर्य पूने से रीवा आ गया और रीवा की फेमिली कोर्ट में तलाक का मुकदमा फ़ाइल कर दिया | निशा को मायके में रहते हुए करीब एक साल हो गया था | तलाक का मुकदमा फ़ाइल होने के बाद दोनों को परिवार परामर्श केंद्र में सुलह की सलाह दी गई | पर शौर्य उसे पूना ले जाने के लिए नहीं माना | अब निशा अपने हथकंडे अपनाने लगी | वह शौर्य के पूरे परिवार के खिलाफ एफ आई आर लिखाने पुलिस थाने पहुँच गई | जब पुलिस को पता चला की तलाक का मुकदमा फ़ाइल हो चुका है तो पुलिस ने कोई कार्रवाई नहीं की | वह कभी कहती –'हमें एस पी साहब ने कहा है कि तुम उसी घर में रहो , तुम्हारा हक बनता है' | कभी कहती हम अभी आ रहें हैं वहाँ रहने के लिए | उसके रिश्तेदार शौर्य को धमकियाँ देने लगे | जब धमकियों से काम नहीं बना तो शौर्य के पिता के ऊपर उनके रिश्तेदारों और दोस्तों से समझौते का दबाव डलवाने लगे | बात फिर भी नही बनी |

इन लड़ाई झगड़ों में शादी के छै साल निकल गए थे | दोनों परिवारों की शांति और खुशी छिन गई थी | शौर्य की बेटी नीता पाँच साल की होने वाली थी | वह पिता के प्यार से वंचित हो गई थी | उसके सामने ही निशा और शौर्य झगड़ा करते थे | उसका बचपन बर्बाद हो रहा था | वह भी जिद्दी होती जा रही थी | स्कूल में एडमीशन होने के बाद भी उसके नानी –नाना उसे Kidzee स्कूल नहीं भेजते थे जहां उसके दादा ने उसका एडमीशन कराया था | जबकि स्कूल उनके घर से रीवा शहर में ही मात्र आठ किलोमीटर की दूरी पर था | बस की पूरी व्यवस्था थी | फिर भी उन्हे लगता था कि स्कूल बहुत दूर है | उनके पागलपन का खामियाजा बच्ची भुगत रही थी | निशा की मां नीता को ढाल बना रही थी | वह नीता

की शौर्य से रोज बात कराती , उससे कहती की वो अपनी बेटी को ले जाए | शौर्य भी अपने बेटी के मोह में आसक्त था |

एक दिन शौर्य के पिता को लगा कि निशा और शौर्य के झगड़े में बच्ची नीता का भविष्य बर्बाद हो रहा है | उन्होंने शौर्य से समझाते हुए कहा,

"बेटा, हो सके तो एक बार समझौता कर लो , बच्ची का भविष्य बर्बाद हो जाएगा |"

बेटी की याद आते ही शौर्य का दिल भी पसीज गया | वह भी चाहता था की उसकी बेटी स्कूल जाए और उनके झगड़े का खामियाजा उसकी मासूम बेटी को न भुगतना पड़े | उसने कहा ,

"ठीक है बाबूजी , आप चले जाइए और निशा को बता दीजिए कि मैं उसे लेने आ रहा हूँ|"

अजय प्रताप सिंह निशा के घर गए और निशा को समझाया | नीता दादा की गोद में आकर खेलने लगी | बीती बातों को भूल कर फिर से सुलह के साथ अजय प्रताप सिंह घर वापस आ गए |

अजय प्रताप सिंह चाहते थे की एक बार सभी रिश्तेदार बैठकर चर्चा करें और शौर्य व निशा को समझाएं | उन्होंने निशा और उस के माता पिता व रिश्तेदारों को बुलाया साथ ही अपने रिश्तेदारों को भी बुलाया | चर्चा होने लगी पर निशा की मां शौर्य पर आक्षेप पर आक्षेप लगाती रही और पूरा वातावरण दूषित हो गया | निशा के माता-पिता उसे चर्चा में शामिल होने के लिए नहीं लाए बल्कि उनका कहना था कि –'निशा को सम्मान के साथ लेकर आओ' | अजय प्रताप सिंह ने निशा की मां से पूछा ,

"यदि शौर्य इतना ही अत्याचारी है ,और निशा से इतना दुर्व्यवहार करता है, तो आखिर निशा बार-बार उसके साथ क्यों जाना चाहती है ?"

" हमने उसे अच्छे संस्कार दिए हैं , वो पत्नी-धर्म निभा रही है |"

चूंकि अजय प्रताप सिंह अपने बेटे शौर्य को निशा को साथ ले जाने के लिए मना चुके थे , उन्होंने निशा की मां के आडंबर पूर्ण उत्तर पर अपनी कोई प्रतिक्रिया नहीं दी |

शौर्य ने अदालत से तलाक का मुकदमा वापस ले लिया | उसके पिता ने कहा ,

“बेटा ,मुकदमा वापस लेना सही नहीं है , तुम निशा को पूने लेकर जाओ और देखो कि उसका व्यवहार आगे कैसा रहता है , मुकदमा बाद में वापस लेना |”

“बाबूजी, मुकदमा वापस ले लेता हूँ , बार बार पूने से रीवा आना संभव नहीं है | पैसा और समय दोनों बर्बाद होते हैं |”

शौर्य के वकील ने भी उसे समझाने की कोशिश की पर वो नहीं माना और अंततः मुकदमा पूरी तरह वापस ले लिया | यह शौर्य की सबसे बड़ी बेवकूफी थी जिसका खामियाजा उसे आने वाले समय में भुगतना पड़ा |

****

शौर्य निशा और बेटी नीता को लेकर एक बार फिर पूने चला गया इस उम्मीद के साथ कि अब सब ठीक हो जाएगा | पर ये नहीं होना था और नहीं हुआ | पूने स्टेशन पहुंचते ही एक घटना घट गई | शौर्य स्टेशन के बाहर निशा और नीता को समान के पास बैठा कर टैक्सी लेने चला गया | वापस आया तो देखा नीता वहाँ नहीं थी | उसने निशा से पूछा,

“नीता कहाँ है ?”

“हमें क्या पता ,तुम्हारे साथ गई होगी , तुम बच्ची को भी नहीं संभाल सकते और हमसे पूछ रहे हो कि कहाँ चली गई |”

“ तुम सर गड़ाए फेस बुक देखती रही और बच्ची गायब हो गई और मुझे उल्टा डांट रही हो |”

“मैं कुछ नहीं सुनना चाहती मुझे मेरी बेटी चाहिए , तुम्हारी लापरवाही से मेरी बेटी गायब हो गई ”, निशा जोर जोर से चिल्लाने लगी |

“निशा, , तुम जरा शांत रहो ,मैं उसे ढूंढ कर लाता हूँ |”

ऐसा कहकर शौर्य नीता को ढूँढने चला गया | तभी रेलवे प्लेटफार्म से उद्घोषणा सुनाई दी ,

“किसी की नीता नाम की बच्ची खो गई है वो रेलवे पुलिस के पास है | कृपया प्लेटफार्म नंबर एक पर GRP से संपर्क करें |”

शौर्य दौड़ता हुआ गया और बच्ची को लेकर आ गया | बच्ची के आते ही निशा ने उसे झिंझोड़ डाला , उसके गाल पर एक तमाचा जड़ दिया , बच्ची रोने लगी | शौर्य ने उसे चुप कराया , निशा को कुछ कहना बेकार था ,उसने टैक्सी में समान लादा और अपने गंतव्य की ओर चल दिया |

शौर्य अंदर ही अंदर टूट रहा था | वह अब कुछ सहारा ढूंढ रहा था | उसने निशा को ISCON temple (International Society for Krishna Consciousness) भी लेकर जाने लगा कि शायद उसके आचरण में कुछ बदलाव आए पर पहले की तरह इस बार भी निशा के रवैये में कुछ फर्क नहीं पड़ा | रोज लड़ाई-झगड़ा और चिल्लाना जारी रहा | परेशान होकर शौर्य ने अपने माता-पिता को सलाह दिया की वो रीवा का घर बेंच कर पूने में आ जाएँ ताकि सब साथ रहें | फिर निशा के व्यवहार में बदलाव आ जाए |

निशा को जब पता चला की उसके सास ससुर भी स्थाई रूप से रहने के लिए पूने आ रहे हैं तो वह शौर्य को धमकियाँ देने लगी ,

“आने दो तुम्हारे बाप को, देखती हूँ वो कैसे यहाँ रहता है | रीवा का घर बेंच कर पूने आ रहे हैं, उन्हे पूने का घर बेंच कर वापस रीवा जाना पड़ेगा ,ये मैं कहे देती हूँ |”

शौर्य के माता-पिता ने रीवा का घर बेंच कर पूने अपने बेटे के पास चले गए , अपना मकान भी खरीद लिया और बेटे, बहू व पोती को अपने साथ ही रहने के लिए बुला लिया | यह उनके जीवन की सबसे बड़ी भूल साबित हुई |

निशा और उग्र होती गई | हर छोटी बड़ी बात अपनी मां से बताती , साथ ही घर के पूरे दरवाजे खोल देती ताकि उसकी बातें पड़ोसी भी सुने | जब उसे शांत रहने को कहा जाता तो चिल्लाने लगती , आए दिन पुलिस बुलाती, मार-पीट का झूठा इल्जाम लगाती | पुलिस थाने में शिकायत दर्ज करवाती |

शौर्य को लगता था कि उसकी गृह दशा खराब है | वह पिता को लेकर एक ज्योतिषी के पास पहुंचा | ज्योतिषी ने उसे एक पत्थर की अंगूठी पहनने की सलाह दी और सर्प दोष दूर करने के लिए ताबें के सर्प बना कर दिया और कहा कि इन्हे नदी या तालाब में रोज सुबह डालें | साथ ही

अजय प्रताप सिंह को भी पत्थर की अंगूठी पहनने की सलाह दी | उन्हे इस पर कोई भरोसा नहीं था पर बेटे के अनुरोध पर वो यह सब करने को सहमत हो गए | इन सब टोटकों का कोई लाभ नहीं हुआ बल्कि पैसे बर्बाद हुए |

इसी बीच दो दिन के लिए शौर्य और उसके माता-पिता अपने पोते का जन्म दिन मनाने के लिए बड़े बेटे आदित्य के पास गए | वो वहाँ पहुंचे भी नही थे तभी रास्ते में निशा के फोन पर फोन आने लगे |शौर्य के ऊपर वह चीखने चिल्लाने लगी,

"साले तुम तीनों कहाँ जा रहे हो , आज करवा चौथ का हमने तुम्हारे लिए व्रत रखा है और तुम अपनी ऐसी-तैसी कराने जा रहे हो |"

"मैं तुम्हें बताया था की हम लोग भैया- भाभी के पास जा रहे हैं |"

"घर में बीवी को छोड़ कर भाभी के पास जा रहा है , जरूर तेरा कुछ उससे गलत संबंध है | तू वापस आ , यहाँ पुलिस खड़ी मिलेगी , घर में घुसने नहीं दूँगी , तीनों को जेल में भिजवाऊँगी | जब पुलिस कोड़े लगाएगी तब पता चलेगा |"

वो रात भर फोन करके शौर्य को परेशान करती रही | सुबह पाँच बजे फिर फोन किया और पूछा ,

"तू कहाँ है ?"

"मैं रास्ते में हूँ |"

"तू अभी तक मरा नहीं |"

"नहीं मैं जिंदा हूँ |"

"तू एक जिंदा लाश है |"

"भाई, तुम तो ठीक हो न |"

" तू क्या भाभी का ******पीने जा रहा है ?"

शौर्य ने यह सुनकर फोन रख दिया | अजीत का जन्म दिन मना कर तीनों वापस पूने लौट आए | निशा ने फिर झगड़ा शुरू कर दिया | अजय प्रताप सिंह ने पुलिस थाने में जाकर शिकायत दर्ज कराई पर उस पर कोई कार्रवाई नहीं हुई |

वो बहुत पहले समझ चुके थे कि निशा मानसिक रोगी है पर उसका पिता मानने को तैयार नहीं है क्योंकि उसे डर है की यही आधार तलाक

का कारण न बन जाए | निशा को अपने विचार और व्यवहार पर कोई नियंत्रण नहीं था | वह अपने पिता को भी गालियां देते हुए कहती थी ,

"साला, हरामी हमें नरक में छोड़ दिया हमारा जीवन बर्बाद कर दिया |"

वह शौर्य से हताशा में कहती ,

"मायके में हमारी बात बाप नहीं मानता था , यहाँ तुम नहीं मानते , इससे तो मर जाना ही अच्छा है |"

शौर्य उसे समझाने की कोशिश करता ,

"निशा, तुम अपनी सोच बदलो सब बदलेगा | किसी और को दोष देना बंद करो , सकारात्मक सोचो और अपनी दिनचर्या में सुधार करो , सब ठीक हो जाएगा |"

"क्या घंटा ठीक हो जाएगा ? हम मेडिकल पढ़ना चाहते थे, तो हमारे बाप ने कभी इंग्लिश मीडियम में पढ़ाया ,कभी हिन्दी मीडियम में पढ़ाया, कभी साइंस में पढ़ाया तो कभी कॉमर्स में पढ़ाया | हमें कहीं का नहीं रखा , हम बर्बाद हो गए |"

"तुम पहले दिमाग को स्थिर रखो , योगा करो, मेरे साथ सुबह सैर करने चलो और अपनी कैंची जैसी जबान को कंट्रोल करके रखो | तुम देखोगी कि कुछ दिनों में ही सब ठीक हो जाएगा |"

****

शौर्य के समझाने –बुझाने का निशा पर कोई असर नहीं पड़ा | शौर्य के पिता एक बार फिर निशा के पिता से जाकर मिले और उन्हे कहा ,

"भाई साहब, निशा और शौर्य एक साथ नहीं रह सकते | अब इनका तलाक ले लेना ही ठीक रहेगा |"

"आप लोग गवांर है ,एक औरत की इज्जत नहीं करते , आप का लड़का संस्कार विहीन है , उसे कुछ नहीं आता, वो मेरे बराबर इंग्लिश भी नहीं बोल सकता , वो अपनी बीवी को नहीं संभाल सकता | मैंने तो अपनी बेटी को ट्रायल पर भेजा था , मैंने पहले ही इस मादर*****को कहा था तलाक ले ले पर मेरी कोई नहीं सुनता, हमने शादी कर दिया अब तुम संभालो |"

“भाई साहब , संभालते संभालते छै साल गुजर गए , पर ये दोनों नहीं संभले, आखिर कोई तो हल होगा ?”

“आप क्या चाहते हैं मेरी बेटी तलाक ले ले ? मैं ऐसा कभी नहीं करूंगा |”

“अभी तो आप कह रहे थे कि आपने उसे तलाक की सलाह दी थी |”

तभी निशा की मां बोल पड़ी ,

“अब इसकी बच्ची हो गई है , ये बच्ची नहीं चाहती थी , इसके साथ जबरदस्ती की गई |”

“मैडम जी, आपने जब बेटी की शादी की है तो कौन सी जबरदस्ती की गई ? पति-पत्नी के बीच सहमति से बच्चा होता है | आप और मैं कौन होते हैं जो इनको बच्चा पैदा करने से रोकेंगे |”

“आप का बेटा तलाक ले लेगा फिर मेरी बेटी की जिम्मेदारी कौन लेगा ?

“जो तलाक लेगा वो अपनी जिम्मेदारी भी उठाएगा | आपकी बेटी कहती है –हम कलेक्टर बन सकते हैं , हम सब कुछ कर सकते हैं , फिर आप उसके लिए क्यों चिंता कर रही हैं ? बनने दीजिए उसे कलेक्टर |”

“मेरी बेटी में कोई कमी नहीं है , वह देखने में सुंदर है ,पढ़ी लिखी है , अपना घर का काम करती है , यही तो सब औरतें करती हैं , और क्या चाहिए आपको?

“आपको उसकी सुंदरता दिखाई दे रही हैं उसका स्वभाव नहीं | आप तो मां हैं , मां को बच्चे में कोई कमी दिखाई नहीं देती | इसी का नतीजा है कि उसका जीवन बर्बाद हो रहा है |”

“मेरी बच्ची सोलह आने सच्ची है , उसका जीवन आप लोग बर्बाद कर रहे हैं |”

अजय प्रताप सिंह कुछ जवाब देते इसके पहले निशा के पिता ने हस्ताक्षेप करते हुए कहा ,

“निशा की मां , ये दहेज लोभी हैं , इन्हे दहेज चाहिए , अंदर जाओ और एक लाख रुपया और निशा के गहने लेकर इनको दे दो |”

विजय प्रताप सिंह ने कहा,

"भाई साहब , मैं आपसे रुपये और गहने लेने नहीं आया हूँ | भगवान के लिए समझने की कोशिश कीजिए | हम इतने बुरे हैं,मेरा लड़का बहुत बुरा है ,आपकी बेटी के काबिल नहीं है फिर भी आप उसे साथ रहने पर क्यों जोर डालते हैं ? याद रखें, वो बच्चे नहीं है, आप उन्हे सिर्फ सलाह दे सकते हैं पर जबरदस्ती बेड पर सुला नहीं सकते | "

"आप बड़े बदतमीज और बेहूदे आदमी हैं , चले जाओ मेरे घर से और दुबारा नहीं आना | जब देखो तो शिकायत लेकर मुंह उठा कर चले आते हैं | मैंने बेटी की शादी कर दी है और उसे संभालना तुम्हारी जिम्मेदारी है | अब मैं कुछ नहीं जानता .... निकल जाओ यहाँ से ....|

****

अंत में तंग आकर शौर्य के पिता ने शौर्य को सलाह दिया कि वह पूने में किराये से अलग मकान ले ले | निशा को वहाँ शिफ्ट कर दे ताकि रोज का झगड़ा समाप्त हो जाए | वो यह भी चाहते थे कि उनकी पोती उनसे दूर न जाए , अत: उन्होंने नजदीक ही किराये का मकान लेने की सलाह दी |

अब निशा अजय प्रताप सिंह के घर से जाने को तैयार नहीं थी | उसके माता-पिता उसे ससुराल किसी भी हालत में न छोड़ने की सलाह दे रहे थे | उसने शौर्य से कहा ,

"मैं अलग घर में नहीं रहूँगी | अगर मेरा बलात्कार हो गया तो कौन जिम्मेदार होगा ?"

"कैसी पागलों वाली बातें करती हो ? अरे मैं भी तो तुम्हारे साथ हूँ , दोनों घर आस-पास ही तो हैं | चाहता हूँ कि रोज का झगड़ा न हो | ये घर बाबूजी का है ,वो मुझे नहीं रहने दे रहे तो मैं क्या करूँ? तुमने तो मेरा जीना मुश्किल कर दिया है |"

"अच्छा ठीक है , तुम पूरा अपना समान लेकर मेरे पास ही रहोगे, मेरे साथ सोओगे | सप्ताह में एक बार मिलने आ सकते हो |"

"ठीक है भाई, तुम जैसा कहती हो वैसा ही होगा |"

"अच्छा ये बताओ कि तुम हमे अलग घर में क्या सुविधा दोगे ?"

"जो सुविधा यहाँ है वो सब वहाँ मिलेगी |"

इतना समझाने के बाद भी वो घर से न जाने के लिए अड़ी रही | बाप-बेटे एक कमरे में बैठ कर जब बातें कर रहे थे तो वह दरवाजे के पीछे छुप कर कान लगा कर उनकी बातें सुनने की कोशिश कर रही थी | अजय प्रताप सिंह अचानक बाहर आए और उसे ऐसा करते देख लिया , उससे पूछा ,

"निशा , तुम छुप कर क्या सुन रही थी ?"

"आप लोग हमारे पीछे सड़यंत्र कर रहे हैं |"

"तुम्हारा दिमाग घूम गया है, तुम हमेशा ही निगेटिव सोचती हो |"

"हाँ, मैं निगेटिव सोचती हूँ सिर्फ आप लोग पॉजेटिव सोचते हैं |"

ऐसा कहकर वह चिल्लाने लगी और मोहल्ले वालों को बुलाने लगी | पर जब उन्होंने भी अपना उग्र रूप दिखाया तो वह डर गई और वहाँ से अलग घर में रहने को तैयार हो गई |

शौर्य ने उसी कॉलोनी में एक फ्लैट किराये पर ले लिया और निशा को वहाँ शिफ्ट कर दिया पर वो खुद वहाँ शिफ्ट नहीं हुआ और न ही अपने माता-पिता के साथ फ्लैट में रुका | वह पूने के दूसरे कोने में एक मित्र के घर में रहने लगा |

वह यह जानता था कि निशा और उग्र होगी और उसका जीना मुश्किल कर देगी | अब उसका बीजनेस पूरी तरह बंद हो गया था | वह पूरी तरह निराश हो गया था |

अब निशा शौर्य के माता-पिता के फ्लैट के सामने आकर गालियां देती ,मां को कहती ,

"नीचे उतर बुढ़िया , तेरी चुटिया पकड़ के खींचूँगी | अपने बेटे को अपने लंहगे के नीचे छुपा रखा है, निकाल बाहर उसको |"

पड़ोसी पूछते क्या हुआ ? क्यों इतना चिल्ला रही हो ? तो कहती,

"इस बुढ़िया ने बेटे को लहंगे में छुपा रखा है ,मेरे पास आने नहीं देती, मुझे घर से बाहर निकाल दिया है , मैंने तीन दिन से खाना नहीं खाया है , बच्ची ने दूध नहीं पिया है |"

निशा अपनी बच्ची को कपड़े लेकर भेजती और कहती,

"इन्हे दादी को दो और बोलो कि इसे धो दें , हमारे पास वाशिंग मशीन नहीं है |"

नीता अपनी मां से छुपकर दादा -दादी से मिलने आती थी | वो उसे खिलाते-पिलाते उसका ध्यान रखते | एक दिन निशा उसे तलाश करते हुए आई और दरवाजा पीटने लगी | जब दरवाजा नहीं खोला तो लातों से मारने लगी और पड़ोसियों को इकट्ठा कर लिया | नीता की दादी ने दरवाजा खोला और नीता को बाहर जाने दिया | तब निशा ने कहा ,

"ये कौन सा न्याय है ? हमसे ये लोग नफरत करते हैं और हमारी बेटी से प्यार करते हैं | हमारा पति छीना है तो हम भी अपनी बेटी को इनसे छीन लेंगे |"

ऐसा कहकर वह नीता की पिटाई करते हुए अपने साथ ले गई | शौर्य की सीधी-सादी मां यह सब देखकर डिप्रेसन में आ गई | इसी बीच निशा पूने पुलिस के परिवार परामर्श केंद्र पहुँच गई | पर वहाँ भी शौर्य ने उसके साथ रहने से इनकार कर दिया | अजय प्रताप सिंह ने इस समस्या से छुटकारा पाने के लिए अपना मकान किराये से देने का निश्चय किया | निशा को पता चला तो वो किरायेदारों को भड़काने लगी , उन्हे पुलिस की धमकी देने लगी | उसका इरादा था कि शौर्य अपने माता-पिता से मिलने अवश्य आएगा | यदि वो यहाँ से चले गए तो फिर उसका आने का कोई करण नहीं होगा | अंततः अजय प्रताप सिंह अपना मकान किराये से देकर वापस रीवा आ गए और शौर्य अपने बड़े भाई आदित्य के पास चला गया |

शौर्य बेटी से मिलने आता तो नीता कॉलोनी की गली में खेलते हुए मिल जाती | वो उसे अपने साथ ले जाता, कुछ देर उसके साथ गुजारता, उसे प्यार करता , खाने –पीने के लिए फल व चॉकलेट देता पर निशा को पता ही नहीं चलता क्योंकि उसे तो अपने फोन से ही फुरसत नहीं मिलती थी और न ही वो घर से बाहर निकलती थी |जबकि बच्ची आवारा की तरह गलियों में खेलती रहती और किसी से चॉकलेट मांग कर खाती रहती | जब बच्ची पिता से मिलने की बात अपनी मां को बताती तो वो उस पर अपनी खीझ निकालती , उसे पिता से न मिलने की हिदायत देती और उसकी पिटाई करती |

शौर्य निशा से इतना परेशान हो चुका था कि उसकी शक्ल भी नहीं देखना चाहता था | पर निशा की जिद थी कि वो उससे मिलने जरूर आए

| वह फ्लैट के नीचे बेंच पर बैठ कर वहाँ की महिलाओं को दिन भर अपना दुखड़ा सुनाती रहती | अंततः वहाँ की महिलाओं ने भी उससे दूरी बना ली और अपने बच्चों को निशा की बच्ची नीता से मिलने और साथ खेलने की मनाही कर दी |

निशा वापस अपने मायके जाने को तैयार नहीं थी | उसे उसके माता-पिता सलाह दे रहे थे कि वो किसी भी हालत में पूना छोड़कर रीवा अपने मायके वापस न आए | वो जानते थे कि एक पागल लड़की को उन्होंने कितनी चालाकी से शौर्य के रिश्तेदार को घूस देकर शादी के लिए तैयार किया था | यदि अब भी निशा वापस मायके आ गई तो उनके किए कराए पर पानी फिर जाएगा |

देश में करोना का प्रकोप बढ़ गया | कुछ दिनों के लिए आवागमन बाधित हो गया | निशा आठ महीने अपनी बच्ची के साथ फ्लैट मे रही | शौर्य मकान का किराया मकान मालिक को हर माह दे देता और निशा के खाते में खर्चे के लिए पैसे जमा कर देता | अब बच्ची भी आवारा घूमती रहती और निशा दिन भर फोन में लगी रहती – एक पागल की तरह | पर शौर्य उससे मिलने नहीं आया |

निशा एक सोची समझी साजिश के तहत कार्य कर रही थी | उसने एक तथाकथित सामाजिक कार्यकर्ता स्त्री को अपनी झूठी –सच्ची व्यथा बताई और एक पत्रकार से संपर्क किया और उन्हे लेकर पूने के चंदन नगर पुलिस स्टेशन पहुँच गई | उसने थाना इंचार्ज को धमकी दी कि यदि उसकी रिपोर्ट नहीं लिखी गई तो वह आत्मदाह कर लेगी और मीडिया में फैला देगी |

पुलिस ने कोशिश की कि यह FIR न लिखनी पड़े क्योंकि ऐसे कई झूठे मामले उन्हे रोज दायर करने पड़ते हैं और वो सिरदर्द बन जाते हैं , पुलिस इंस्पेक्टर ने शौर्य से संपर्क साधा और कहा कि वो थाने आकर अपनी पत्नी से मिल ले , उसे मना कर वापस ले जाए ताकि रिपोर्ट न लिखनी पड़े, पर शौर्य नहीं माना |

अंततः निशा पुलिस को दबाव डालकर शौर्य और उसके पिता के खिलाफ भारतीय दंड संहिता की धारा 498 A,353,323,504,34 के तहत शादी के साढ़े सात साल बाद 06 जुलाई 2020 को दहेज , मार-पीट

की झूठी FIR लिखवाने में सफल रही और पुलिस को पूने की अदालत में झूठा मुकदमा दायर करना पड़ा | तत्पश्चात निशा अपने मायके रीवा आ गई |

****

शौर्य के पिता चाहते थे कि तलाक का मुकदमा आपसी सहमति से हो जाए इसमें दोनों पक्षों की भलाई है | उन्होंने निशा के सभी रिश्तेदारों से संपर्क किया कि निशा के पिता को इसके लिए राजी करें | पर जो रिश्तेदार पहले समझौते और न्याय की दुहाई दे रहे थे वो निशा के माता-पिता व बेटी का व्यवहार देख कर पीछे हट गए | कोई भी रिश्तेदार उनसे बात करने को राजी नहीं था |

अंततः शौर्य के पिता अपने दो रिश्तेदारों को लेकर निशा के घर गए | उसके सामने आपसी सहमति से तलाक का प्रस्ताव रखा और कहा,

"शौर्य पाँच लाख रुपये देगा , आप बच्ची को हमें दे दें हम उसकी परवरिश करेंगे |"

निशा का पिता भड़क गया और गाली-गलौच देने लगा | उसकी बातों से लग रहा था कि वो सहमत है पर अपनी पत्नी और बेटी के सामने न मानने का नाटक कर रहा था | उसने कहा,

"तुम्हारे बेटे को सजा मिलनी चाहिए , अपराधी बचना नहीं चाहिए , समाज का तभी सुधार होगा |"

"भाई साहब , समाज सुधार के पहले आप बच्ची का जीवन सुधार दीजिए और सहमति से तलाक के लिए मान जाइए |"

"हमें मंजूर नहीं है , निकल जाओ मेरे घर से और दुबारा नहीं आना | जब देखो तो मुंह उठा कर चले आते हो |"

दूसरे दिन शौर्य अकेले ही निशा के पिता से मिलने गया | इस बार उसने शौर्य से कहा,

"आओ बैठो, तुम तो सोने की अंडा देने वाली मुर्गी हो | मुझे तुम्हारा प्रस्ताव मंजूर है | कल अदालत में आ जाना |"

अगले दिन शौर्य ने जब उसे अदालत आने को कहा तो निशा के पिता का जवाब था ,

"हमारे घर में झगड़ा हो रहा है , निशा और उसकी मां सहमत नहीं हैं , हम अदालत नहीं आएंगे |"

करीब एक साल बाद शौर्य के पिता निशा के घर सहमति बनाने के लिए फिर गए | वह इस बार भी वह गालियां बकता रहा | पर शौर्य के पिता उसे पागल समझ कर उसकी गालियां सुनते रहे | वह कहता रहा,

"अपने बेटे को गोली मार दो |"

"मेरा बेटा है ,उसे नहीं मार सकता , आप मार दो |"

"मेरे पास उसे लेकर आओ , मैं गोली मारूँगा |"

अपने पागलपन के बावजूद भी वो तलाक के लिए तैयार था | तभी उसकी पत्नी बाहर आई और कहा,

"निशा पूने जाने के लिए तैयार है , आप उसे क्यों नहीं ले जा रहे |"

"अब आप इसकी स्वप्न में भी आशा न करें , शौर्य का कहना है कि चाहे उसकी गर्दन कट जाए पर अब वो निशा को स्वीकार नहीं करेगा |"

"शौर्य ने तो ऐसा नहीं कहा ,ये आप कह रहे हैं |"

"तो ठीक है , शौर्य से पूछ लें अगर वो निशा को फिर से अपने साथ ले जाने को तैयार है तो मुझे कोई आपत्ति नहीं है | मुझे तो खुशी होगी कि प्यार से साथ दोनों रहने को तैयार हैं |"

निशा का पिता अपनी पत्नी पर बरस पड़ा और गरजा,

"हरामजादी , कुतिया अभी भी तुझको उम्मीद है कि शौर्य आएगा | तेरी बेटी को भी ****** गा और तुझे भी यहाँ आकर ****** गा | चल जा घर के अंदर वरना मैं तुझे यहीं ******गा |

अजय प्रताप सिंह को इतने अपमान जनक शब्द सुनकर बहुत ग्लानि हुई | वो तुरंत घर वापस आ गए और निश्चय कर लिया कि अब कुछ भी हो जाए वो निशा के घर नहीं जाएंगे और उस पागल का सामना नहीं करेंगे |

उसी दिन निशा ने अपनी बेटी नीता की आवाज में एक ऑडिओ रिकॉर्ड कर के व्हाट्सअप पर शौर्य के पिता को एक संदेश भेजा | ऑडिओ में नीता के बोल इस प्रकार थे,

" दादा जी , कान खोल कर सुन लो , मेरी मां को परेशान मत करो , हम परेशान हो गए हैं , मुझे आपकी चॉकलेट , रुपये, कपड़े नहीं चाहिए

, बिल्कुल नहीं चाहिए , कुछ भी नहीं चाहिए ,अरे हमें चैन से जीने दो , पापा ने मुझे एक दिन एक चांटा मारा था , मेरा गाल लाल हो गया था , मैं उन्हे प्यार नहीं करती , अरे पाँच लाख में कोई तलाक होता है ? पाँच करोड़.....नहीं ...नहीं एक करोड़ दो तब तलाक होगा | बताए देती हूँ , मुझे परेशान मत करो ....

निशा ने अपना जहर उगलने के लिए अपनी सात साल की अबोध बच्ची नीता का इस्तेमाल किया | उसे ये एहसास नहीं हुआ कि आगे चलकर इसका कितना खतरनाक परिणाम होगा | वह उसे अपने ही रास्ते पर घसीट रही थी | वैसी ही परवरिश कर रही थी जैसी उसके माता-पिता ने उसके साथ किया था |

निशा अपने पागल पिता और अहंकारी माता की परवरिश का नतीजा है | उन्होंने उसकी ऐसी परवरिश की कि उसका जीवन बर्बाद हो गया | उसका बचपन ऐसी कुंठा में बीता कि उसका आत्मविश्वास शून्य हो गया , उसकी शिक्षा बेकार हो गई | वह खुद भी नहीं समझ पाई कि उसे जीवन में करना क्या है | प्यार की जगह घृणा, ईर्ष्या , कुंठा, बदले की भावना उसके दिलो-दिमाग में बैठ गई | एक अच्छा जीवन साथी मिलने के बावजूद भी उसका जीवन खुशहाल न रहा | अपने पागलपन से उसने अपने पति को खो दिया | जब तक वो उसके पास था , उसकी अहमियत नहीं समझी | अब उसे लगता है कि शौर्य के अलावा उसे और कोई बर्दास्त नहीं कर सकता वरना अब भी वो शौर्य के साथ रहने की जिद क्यों करती ? यदि वह अपने ससुर की सलाह मानकर कुछ पढ़ती ,सीखती या किसी सकारात्मक कार्य में व्यस्त रहती तो उसके जीवन में इतनी उथल पुथल न होती | उसने अपने पागल पिता की सलाह मानी जो कहता था कि ज्यादा पढ़ाई मत करो, पढ़ाई से टेंशन होता है | उसने अपनी कुंठित मां की सलाह मानी जो कहती थी रुपयों पर कब्जा करो | मां ने अपनी कुंठित सोच का जहर अपनी बेटी को दिया | बेटी ने वो जहर सास ससुर व पति पर उगला , नतीजा उसकी गृहस्थी ही बर्बाद हो गई | वो अपने कर्मों का फल भुगत रही है | उसकी बर्बादी का जिम्मेदार उसके माता , पिता और वो स्वयं हैं | उसके माता-पिता ने अपनी बेटी के साथ साथ शौर्य और उसकी बेटी का भी जीवन बर्बाद कर दिया | दोनों परिवारों

का सुख चैन छीन लिया | यह सब अविद्या मायाका ही एक रूप है |

यह कहानी सिर्फ शौर्य और निशा की कहानी नहीं है बल्कि ऐसी कहानी है जो हमारे भारत देश के हर शहर और गाँव में देखने और सुनने को मिल जाएगी | इसका कारण है – माया के दुर्गुण ,कुसंस्कार, अहंकार ,ईर्ष्या, कुंठा ,लालच व सांसारिक सुख की अत्यधिक कामना | वहीं दूसरी ओर माया के सद्गुण – त्याग,सेवा और समर्पण का सम्पूर्ण अभाव |

शौर्य का संघर्ष अब भी जारी है ....

लेखक की रचनाएं

1. **BORDERMAN**
2. सीमा प्रहरी
3. आवारा
4. कमीने दोस्त
5. संगिनी
6. काबिल
7. मुक्तिदाता
8. माया

ये सभी उपन्यास **Notionpress.com, Amazon.in and flipcart** पर उपलब्ध हैं | यदि उपर्युक्त उपन्यास प्राप्त करने में कोई परेशानी हो तो लेखक से सीधे संपर्क कर सकते हैं | लेखक से पत्र व्यवहार का पता : rps1959@gmail.com**Mobile No. 7000153809**

9 798885 211239

Printed by Libri Plureos GmbH in Hamburg,
Germany